文字編織

讓寫作變容易的六章策略

廖玉蕙　著

三民書局

國家圖書館出版品預行編目資料

文字編織:讓寫作變容易的六章策略 / 廖玉蕙著.－－
初版四刷.－－臺北市: 三民, 2014
面; 公分.－－(文學流域)

ISBN 978-957-14-4734-6 (平裝)

1. 寫作法 2. 中國語言－作文

811.1 96002428

著作人 廖玉蕙
發行人 劉振強
發行所 三民書局股份有限公司
地址 臺北市復興北路386號
電話 (02)25006600
郵撥帳號 0009998-5
門市部 (復北店) 臺北市復興北路386號
(重南店) 臺北市重慶南路一段61號

出版日期 初版一刷 2007年2月
初版四刷 2014年8月
編號 S 811370
行政院新聞局登記證局版臺業字第〇二〇〇號

ISBN 978-957-14-4734-6 (平裝)

http://www.sanmin.com.tw 三民網路書店

自序

廖玉蕙

近年來，我有多次機會應邀為教育部的文學教育獻策，譬如國中學測加考作文、文言文網站建立、高中及國中、小語文教學參考手冊的制定及種子教師的培訓等，深知教育乃百年大計，是急不來卻又緩不得的大事，除了耐心、愛心之外，教學方法的求新、求變，才是當務之急。於是，這兩、三年間，我奔走台灣各地，和國、高中的國文教師相互切磋，期待在教學的第一現場營造活潑生動的氣氛，吸引學生在教室中踴躍參與討論，讓文學課程不再是學生不可承受之重，甚至進而引發他們對文學的興趣與熱情。

除了到處演講宣揚教學理念、分享教學心得之外，為了不和現實環境脫節，我把握和時代脈動接軌的各項機會，參與大學學力測驗及指考的閱卷；擔任全國性國中作文競賽的召集人；應邀到各縣市文化局、報社所舉辦的文學獎擔任評審；接下「好書大家讀」的評審工作……，我努力閱讀、細心觀察、持續寫作，期待以自身教學及創作經驗，為文學教育貢獻一己之得。

這本書就是這種情況下的產物，文分六章，主題圍繞在閱讀與寫作兩方面。有特為老師的教學而寫的「如何引導學生接近文學」的專章，談到教材、引導歸納與分析討論的策略；其餘則是為喜愛文學或希望寫好文章的讀者或學生（包含老師）所撰寫的，包括創意的養成、文學的虛構或真實、寫作者必須涵養的工夫，甚至是十分實用的作文自我練習方法或在教室內老師可以採用的集體寫作練習策略……，有些是我長期以來創作的經驗談，更多的是多年教學的心得呈現。文章的最後一章，題為「文壇前輩怎麼說？」，徵引文壇上炙手可熱的作家如琦君、林太乙、夏志清、王鼎鈞、余光中、瘂弦、陳映真、韓秀、劉大任、施叔青、莊信正、白萩、林泠、楊牧、張曉風、李敏勇、顏崑陽、廖輝英、袁瓊瓊、陳義芝、羅智成、王德威、周芬伶、向陽、簡媜……等二十餘位的文學談話，談文學現象、文學趨勢，也談個人的創作經驗。這是前些年我執行國科會及教育部計畫案時，對他們所做的訪談紀錄的摘錄，資料相當珍貴。言談中，可見他們的寫作信念與堅持，喜愛文學的讀者，或可從其中得到若干的啟發，所以，特別整理出來和讀者分享。

最後，要向書中徵引為範例及附錄的文章作者表達謝意，尤其是我教授過的學生

——中正理工學院、東吳大學及目前任教的世新大學的學生們。雖然，我在教書期間已經將可能蒐集成書的構想提前和他們說明並也取得轉載同意，但時隔多年，本應再次確認，卻因年深月久，學生散居各處，找尋不易，而無法如願。不過，我深信這份師生緣會不會因為歲月的逝去而減色，我記下這些交會時互放的光芒的此刻，一張張似幻還真的臉孔也同時浮現腦海，當年教室中的熱情互動，彷若又重現眼前，那真是一段又一段令人難忘的美麗回憶。我刻意以學生作品為例，而盡量減少徵引名家之作，除了考慮這些作品更加親切易讀、易學之外，私心裡，也多少有為這二十多年來的文學教學做整理、回顧的紀念意義在內。

多謝學生的參與和成全，使得教書成為讓別人豔羨、讓自己感受無比幸福的事。書名題為《文字編織》，除了記錄寫作經驗外，更期待讀者能在實際的文字編織過程裡，捕捉並珍惜色彩斑斕的今生緣會。

文字編織：讓寫作變容易的六章策略

CONTENTS

1 CHAPTER 第一章

文學中的創意

散文創作是作家將生活與讀者分享的門徑，無論展示生活瑣事的生活小品、探討生命奧義的哲思散文，抑或針砭時事的專欄文字，無不和生活息息相關。因此，散文作者和讀者的距離可謂最為接近。在真實和虛構的比例上，散文也較諸其他文類更趨向真實，更切近生活。雖然如此，並不因為散文和真實距離最短，便意味著它最不需經營，或最不講究創意。

一般言之，一篇受到稱譽的文章通常需要具備三個要件：一是主題思想的豐富深刻；二是寫作手法的翻新出奇；三是寫作情感的真誠無偽。凡此種種，形諸文字之時，要想煥發文采、吸引讀者的目光，非「創意」未能竟其功。而何謂「創意」？創意是新鮮的、與眾不同的。例如：與傳統不同是一種創意；與別人不同是一種創意；與過去的自己不同也是創意。所謂「創作」，是發自內心的一種聲音，是不吐不快下的產物，和在學校裡被老師強逼著寫作的「作文」是有一些的不同的，創作是為自己理念而寫。其中，「創意」是決定作家作品與眾不同的關鍵。文學中的「創意」可分以下三點言之。

壹 思想的顛覆

創意除了反常，也必須合道。「合道」就是「合理」，也就是「合於一般思考的邏輯」，所謂「詩以奇趣為宗，反常合道為趣」❶。舉個大家耳熟能詳的例子來說：李白〈秋浦歌〉中說「白髮三千丈，緣愁似箇長」。「白髮三千丈」是句不合理、反常的句子，但是「緣愁似箇長」便將上一句反常拉回到合理的思考來，我們不是常將頭髮說成是「三千煩惱絲」嗎？「愁」就像「三千丈」如此之長。

傳統精神非常強調「自我覺醒」，這就是王陽明的「致良知」說，這種不畏權威，充分展現自我的結果，可以擴大文學的境界。整體說來，寫好文章很重要的一點是——要有創意。例如：經過明代理學的推波助瀾，守貞的觀念變成是很自然的事。但是民國七年時，胡適先生認為：只要求女性守貞的所謂「片面貞操」是極不合理的，如果要求女性守貞，則男性也必須守貞才算合理。胡適先生在習於男女不平等的社會裡，提出這樣的反省，這種思維顯然是和傳統不符的，這就是創意的表現。思想的顛覆也見諸於王陽明的前衛理論，他說：「古者四民，異業而同道，其盡心焉一也。」顛覆傳統「士」為四民之首的排序，將商人對社會的貢獻提高到與「士人」同列。在那樣的年代裡，王陽明洞燭機先，引領出一般大眾「棄儒從賈」的風潮，甚至因之影響明代市民文學的盛行，使得明代有關商人的故事多了起來，這就是學術深深影響到文學的情形。而目前，我們發現創意、發明確實被奉為圭臬。資訊發達的年代，創意在廣告中最呈現百花齊放的盛景。以前的廣告再直接不過了：「克寧奶粉，克

❶ 蘇東坡云：「詩以奇趣為宗，反常合道為趣」（見《詩人玉屑》卷十引）。

寧奶粉，請喝克寧奶粉！」我們馬上知道是奶粉的廣告；「綠油精，綠油精，爸爸愛用綠油精！……」大家都知道是綠油精的廣告。現在就不同了，廣告商絞盡腦汁，出奇制勝，朦朧、間接取代直陳、明朗，伯朗咖啡靠優美的背景音樂呈現；口香糖的廣告充滿都市叢林的意象，廣告的內容顛覆以往的習慣，開始充滿想像的空間。

在文學的創作方面，我們也可以看到其中的變化。就以文學中的女性書寫來說，早期，無論琦君女士的〈髻〉（《紅紗燈》），潘人木女士的《馬蘭故事》、《蓮漪表妹》，抑或白辛〈風樓〉，故事中的母親都是忍辱負重、含辛茹苦的形象，繼承了中國傳統女性溫柔敦厚的情操。而近年來，受到西方文化的催發，文學中的女性開始思考自身的處境，不再以遵守「母職神話」為高，揭發種種不公不義社會現象的文章開始大量出現，加上女性主義崛起，小說或散文中的女人也急起直追，亟欲擁有屬於自己的天空。例如李昂《殺夫》、廖輝英〈油蔴菜籽〉、袁瓊瓊〈自己的天空〉、蕭颯《如何擺脫丈夫的方法》、平路《行道天涯》、簡媜《女兒紅》、陳幸蕙《樂在婚姻》、周芬伶《汝色》……等，都或自覺或不自覺地描寫此一渴望。

中國傳統的倫理中，父子關係一逕疏離，男人寧可高談民生經濟，也不屑在筆端吐露絲毫鐵漢柔情。而新時代的男性作家，也開始檢討「夫為妻綱」的傳統觀念，體認兩性共治時代的來臨已是不可遏抑的潮流，新時代的男人若堅持不調整「男主外、女主內」的制式分工原則，遲早要被唾棄。於是，新好男人的角色應運而生，這樣的觀念理所當然地反映在他們的作品當中。自豐子愷起，才將溫柔的眼神投向兒女，《傅雷家書》踵繼前賢，展示了做父親的瑣碎叮嚀，以稠密的書信傳達對兒子、新媳的殷殷期盼；林良的《小太陽》接著呈現了另類父親的恩慈寬容，顏崑陽《手拿奶瓶的男人》，坦承樂於摘下領帶、拿起奶瓶；張大春的《聆聽父親》、駱以軍的《我們》……新世代的男子終也勇於拋頭露面，老實招認對父親、兒女不辭細小的關心和柔情，在生活及文學作品中履踐幽默機趣、體貼溫柔的好兒子、好丈夫及好父親的德行。男人不再視寫私領域的生活為恥，也開始樂於和讀者分享生活中的點滴，並反省過去父權至上的家庭生活，小野、苦苓、侯文詠……等紛紛卸下心防，為新好男人重新加以定義。這些男性撰寫的親子書之所以受到廣大讀者的歡迎，證實了新觀念、新作法的創意生發，在文學中是相當重要的。

第一屆林榮三文學獎得獎作品蔡逸君的〈聽母親說話〉❷，以工筆描摹了母子互動的種種，極家常、極細碎支離，卻曲盡世態人情，並有意無意間勾勒出一幅現代浮世繪。

母子親情起於奶水的餔育，最終也命定歸於家常的吃食。作者由一頓飯開始著墨，精準切入台灣母親慣常的表情達意方式——等待的母親總以好菜好飯和兒女進行既親密又生疏的接軌。其後一路迤邐，母親的話有一搭沒一搭，種花、曬衣、買樂透、接詐騙電話、臨摹報上插圖、作夢、吃藥、等兒女電話、打瞌睡……老母親自言自語、絮絮叨叨，其間幹練和無

❷ 蔡逸君撰：〈聽母親說話〉（《自由時報・副刊》，二〇〇五年十二月五日），見附錄一。

知奇異並生，箇中不乏人生世故的奧義，顯露歲月積累的痕跡；兒子閒閒應答、藕斷絲連，觀察及言談裡俱見對母親寂寞等待的疼惜與無法常相左右的悵惘。

老人時代忽焉降臨，聽母親說話勢將成為未來全民的必修課，本文作者示範了母子相互體貼的對待之道，既真誠又無奈，人們在讀之心下惘惘然之餘，或許也會萌生回老家看看母親、聽聽母親說話的想頭。這篇文章啟動人們重新思考孝順的傳統定義——光耀門楣、傳宗接代……，在豐衣足食卻腳步匆驟的現代，也許父母最需要的孝順，不過是子女們聽他們說說話吧！

附錄一

聽母親說話

蔡逸君

假日回家，母親端出剛煮好的颱風筍，因為她吃素，湯裡只放醃蘿蔔提味，沒放小魚乾。她說很久沒吃颱風筍，不知味道一不一樣。我舀來喝，接著再一碗，湯水甘甜但微微滲著苦澀，筍圈薄嫩卻韌性十足，正是昔日的味道。我對母親說，好吃極了，她說應該再苦點會更好。

母親開始自說自話，說昨天二哥開車載著她四處遊逛，路經一戶農家，門前婦人正剝著幾根颱風筍，他們趕緊停車，上前詢問，婦人說不賣的，央求了半天，才讓出一根。我邊聽母親說話，邊把湯料澆在飯裡，又多吃了一些，想著昔時住在農村，每每颱風過後，便鄉野竹叢下撿拾颱風筍。它不是市場裡常賣的從土裡挖出來的綠竹幼筍，而是鄉下處處可見高長的麻竹新莖尾端，仍在抽長，卻因強風折落，農家惜物，便削其嫩處泡水浸軟後煮食。

母親還繼續說，不管我聽進了沒，她說醃蘿蔔也是按照祖母以前的古法泡製，說湯煮滾再淋上幾滴豬油會更爽口，說已經二十多年沒吃的這道鄉野菜比任何大餐廳的料理還富滋味，我聽著只是微微點頭，知道她可以不斷地這樣自言自語，儘管無人回應。

飯後，我手握遙控器躺在沙發上看電視，母親收拾好剩菜，坐回一旁她固定的座位，又開始說話。她的聲音不疾不徐從左後方傳來，我半閉著眼睛休息聽新聞播報停水的消息，嘴裡還留著湯的苦味。

這樣的相處模式已經許多年，自從我離開家以後，母親總是抓住我不定時回家的機會，細數她周旁發生的所有事情。不分大小，只要起個頭，她便不停地敘說，從她種的花草植物到樓下鄰居加蓋廚房占去防火巷，從她養的孔雀魚到大賣場白蘿蔔三根只賣四十元，從這件事到那件事，一花能說一世界，鉅細靡遺。

新聞播報詐騙集團的騙錢手法，我跟母親說要小心點，如果有人打電話來說是妳的兒子被綁架，千萬不要相信。她說早就接到好幾通，哭哭啼啼地叫媽叫得很傷心，她想兒子們從來也沒叫媽叫得那麼大聲，就問啊你是我第幾個兒子？住在哪裡？通常他們答不出來，就掛掉電話。她說我們兄弟住三個地方，歹徒要猜中的機率不大，而且她沒有信用卡也不會操作提款機，壞人是拿她沒辦法的。我笑母親說妳頭腦還很清楚嘛，她說人只要不貪就不會騙人也不會被騙，說她去郵局提錢，遇到金光黨一大包的現金要給她，她看都不看就走人。

母親說話的聲音帶著得意，從我背後持續傳來，我有一搭沒一搭的接腔，拿著遙控器轉台，切來換去不知要看什麼。突然母親改口說道，現在電視都不準，大家隨隨便便黑白講，還是自己算的比較準。我瞄了一眼，節目裡所謂學者專家正在談論命理與星座，我知道接下來她要開始分析樂透彩的明牌。

果然沒錯，她說上一期抓中兩號，可惜第三個號碼24被颱風翻牌變成42，不然就有兩百塊。我問最近贏還是輸，她說刮刮樂刮中幾次五百、一千，加加減減，沒輸沒贏，不過她說不管我們是輸或贏，做莊家的穩賺不賠，最後還不是全部被政府贏去。

接著她告訴我，不只這些專家失準，連一向她信賴的氣象預報也不靈了，沒開出一個號碼。我無奈地說他們根本不是在報明牌，她不管，說前天某台SKII的廣告又出現，雖然SKII也失效好幾次，但這期還是有可能出12或17。我知道這是她經過細心比對各期號碼，花了長時間觀察某台某個時段播出這則廣告才得到的統計資料，所以也就不再爭辯。她又接著說，還是農民曆最準，今天沖到屬馬的，她從節氣裡抓出幾個號碼，要我去簽，不一定會中獎，但機會很大。

我說我會試試看，順著她的興頭又問，幾米呢？還準不準？母親停頓了一下，說幾米以前在那些報紙畫的很好看，什麼時候出現一棵大樹，一隻兔子，小女孩的圍巾怎麼飄，顯現的數字都很準。可是現在在這個報畫的很奇怪，人纏著繃帶，植物動物也都長得奇形異狀，好像受傷了，母親話鋒一轉不再分析樂透明牌，她說幾米的內心一定很苦吧，不然怎麼會畫成這樣。我說妳哪裡知道，妳又不認識幾米，她說不會錯，內心有痛，不要說畫畫，連說出來的話和吃下去的飯菜都會苦苦的。她說不知道幾米發生什麼事，還是被報紙影響了，報紙那麼亂他才畫得那麼苦，我說他不苦，應該賺了很多錢。母親說那跟苦不苦沒有關係，像陳水扁、馬英九，就一定很苦，想贏的人通常都是最苦的，看電視上他們的臉就知道沒睡好。

遠處傳來幾聲悶雷，母親說又要下雨了，忙起身去後陽台收衣服。

我閉上眼睛，想要是幾米知道母親的說法不知是何反應。後來模模糊糊知道母親收完衣服又坐回來，對我說很多很多的話，不知她說些什麼，我就已經睡著了。

醒來時電視還開著，卻沒聽見母親的聲音，我轉頭看，她靠在椅背上也睡著了。她睡得很安靜，我關掉電視，整個屋子跟著安靜下來，只有些微雨聲從門縫滲進來。我看著母親，想若是平常日子，她一個人在家，要找誰說話呢？難怪死了一隻孔雀魚她會說上好幾遍，難怪她那麼認真關心幾米苦不苦，難怪她連我睡著時都還不斷對我說話。

我安安靜靜地看著母親，她的座位旁邊有一張矮方桌，桌面上擺放她常用的物品。玻璃瓶罐內插滿幾十枝粉色鉛筆，旁邊疊放數本空白筆記，那是她的畫冊，這幾年她臨摹報紙上的插圖畫了一本又一本，有一次她畫自己的大頭照，我回家時她得意地拿給我看，說以後相片不用放大，用畫的這張就可以。

靠牆有英文ABC習字簿，她去念夜間國中補校，因為她的孫女開始講她聽不懂的英語。還有農民曆和佛經，除了分析樂透明牌，最主要她說最近常常夢見死去的親人，農民曆可解夢，佛經可以迴向安慰亡靈。占去桌面偌大空間的是個塑膠瓶罐，裡頭塞得滿滿一包包的藥袋，光糖尿病就有五種藥丸，另外高血壓，長年無解的夜間乾咳，最近她說右眼又開始模糊，很像幾年前左眼白內障的症狀，我這才想到為什麼近來這些日子，她都不畫畫了。

我安安靜靜地看著母親。藥罐旁就是她伸手即可抓到的電話筒，每次我打電話回家，鈴聲不曾超過兩次，她就一定接起來，母親選擇坐在電話旁的位置，不過就是等待著，深怕漏接任何一通我打回家的電話。詐騙的歹徒一定也深知這樣的母親，所以一次一次打電話，打得比我還勤。我安安靜靜地看著母親，她雖然睡著，但看著她，她的周遭，我知道她仍然持續地在跟我說些什麼。我離開家好幾年，母親也老去好多，我看著安安靜靜睡著的她，想跟她說些什麼，卻什麼話也說不出來。

我緩緩地起身，想拂去沾在母親臉上的飯粒，還沒靠近，她卻醒了，看著我她說怎麼憨神憨神站著不動，是不是要走了，有工作要做就趕快回去做。我搖頭，說是要抽菸，便往後陽台走去。

雨仍然持續飄著，後陽台上母親種的花草植物都被淋濕，我好不容易點燃菸，才抽了幾口卻被嗆到，眼淚差點咳了出來。這時母親又說話，她不知何時來到廚房，隔著後陽台的門窗，她說有沒有看到木瓜，沒想到種在這麼小這麼難的地方也會結果，我說才一顆，她說一顆就很了不起，等下次回來可以吃吃看。我看著那顆不到拳頭大小的木瓜，感念母親漫長耐心的等待。

回到客廳，母親坐回老位子，又翻開農民曆來看，她說一雷破九颱，希望今年不要再有颱風，停水真的很麻煩，我說如果還停水就馬上通知我回來提水，她說找大哥就可以，他住得比較近，不要我跑太遠。見我還在咳，她從藥罐裡掏出藥片遞給我說很有效，又說菸不要抽那麼多，酒也要少喝點，我怕她說起我就沒完沒了，趕緊猛點頭，阻止她說下去。

母親闔上農民曆，靜默了片刻，說這是最後一件事，這次說完她就不再說了。我知道母親要說的是什麼，電話裡她已經提過好幾次，我都沒有回應。她說堂兄們來通知，他們打算把手上南部老家最後一塊田地處理掉，問我們要不要，不然就賣給別人。我還是沒吭聲，她說那是祖產，已經傳下好幾代，還有包括老家的厝地，如果不要，到我們這代人跟故家就算斷了。我不知道如何接話，想如今我們離開農村那麼久遠，不要說種田，連扛一袋穀子的力氣都失去，有那塊田地也等於無用。

母親歎了口氣，說也不是真的要賣，就連想到要賣給別人，好像就失去什麼，心頭糟糟地。我問母親有沒有想過要搬回南部，她說想是想，但是太為難了，大家各人有各人的生活，太勉強就不完滿，她說偶爾回去看看也就不錯，真的要住，可能已經不習慣。

輪到我歎氣了，母親跟著我們搬離故鄉接近二十年，現在她夢裡的場景人物都還留在過去，而我們已經各自在別處落地生根，搬不回去了。我看著母親，心中有著愧疚，她立即明白我的心思，說不要再為這件事煩惱，把眼前的事做好才重要，她說沒關係，等中樂透有閒錢，再去買回來。

母親看著外面的天空，停雨了，她說趕快回去吧，路上開車要小心，她問我下次什麼時候回家，我說還不知道，有空就會回來。

這時母親卻笑了，抬頭看著我，說是不是覺得媽媽很囉嗦，說話說個不停，不敢回來。我看著微笑的母親的嘴角，那裡面有一顆蛀牙，勸了老半天要她去看醫生，她說鹽巴刷刷就不痛了。我看著母親，說不會呀，回來聽聽媽媽說話，會比較好睡。

貳 手法的出奇

寫作手法的翻新或脫胎換骨，往往是文學評論者對作家最大的期待。例如楊牧的作品融知性、感性於文章之中，作品《年輪》❸以長篇散文方式表現，以寓言和象徵為文學的基礎格調，手法新穎；而曉風女士〈你想要做什麼〉一文，文采非凡，將古典與現代冶於一爐，無論是從思想的深厚或美學的高度來看，都是令人擊節再三的；研究老莊哲學的顏崑陽教授，近年所寫的〈窺夢人〉、〈鏡中的兒子〉等，運用寓言的方式呈現社會窺密的狂熱、身為父母的焦慮，以虛實相生的手法探討現代人的通病。那麼，如果有人問這到底是屬於何種文體，到底它是小說？還是散文？我們只能說詩、散文、小說不過是傳達的工具而已，其實不必硬加分派。「文類出位」的嚴重，已引起廣大的注意，在此不再贅言。

在描摹人生的文學內容上，可分「共相」與「殊相」兩種。共相是原理原則，譬如上一代父母的共相：母親多半慈愛辛勞，父親多半莊重嚴厲。但不管「慈愛辛勞」或「莊重嚴厲」，其表現的事例應該個個不同，這便是「殊相」。寫作不應人云亦云，共相的成功描述得靠殊相

❸ 楊牧撰：《年輪》（洪範出版社，一九八三年）。

的靈動飛躍來成全。例如有人寫父親的故事卻套用朱自清的〈背影〉的模式，似乎每個父親都是蹣跚的步履，這是蹈襲前人的腳步，既缺乏創意，也難引起讀者的共鳴。而陳映真先生的〈父親〉散文❹，由父親的一雙鞋子寫起，寫父親不屈於惡劣環境的堅強、父親因深知貧窮失學的痛苦，轉而幫助受貧困桎梏的學子的那分悲天憫人胸懷，寫父親的教育熱忱、宗教理念及亟思修補族譜缺口的心情……，從文章中，我們終於了然小說家矢志追求自由與愛，原是父親身教下的耳濡目染！〈父親〉一文，不只是寫一位父親，更重要的是寫出一位風骨嶙峋、自在謙沖的中國知識分子。宇文正側面描寫母親的〈水兵領洋裝〉❺，由學校操場上的罰站出發，娓娓引出不易言宣的母女緊張關係；雷驤先生探討艱困年代人情的〈車棚裡的先生〉❻回溯少年時代的一位老師，因為不甚妥貼的要求被家長所拒，因而現實地顯出前恭後倨的姿態，讓無辜的孩童飽嚐被孤立的滋味。文章雖寫得含蓄，甚至並無一句怪罪之語，讀者卻反從其中的謙遜，讀出嘲諷教育怪狀的千言萬語！雷驤個人風格鮮明的特殊語風，使得回憶迤邐婉轉，影影綽綽，形成一種奇異的節奏感，非常迷人。資深作家白辛的〈風樓〉❼以風樓的興衰摹寫父親「鋤

❹ 陳映真撰：〈父親〉（《父親》，洪範出版社）。
❺ 宇文正撰：〈水兵領洋裝〉（《八十九年散文選》，九歌出版社）。
❻ 雷驤撰：〈車棚裡的先生〉（《刑台與手風琴》，二魚出版社）。
❼ 白辛撰：〈風樓〉（《中國近代散文選》，洪範出版社）。

頭提不起，筆又放不下」的舊時代男人，惆悵之情，溢於字裡行間。

另外，徐錦成先生〈夢十夜〉❽用十個意象鮮明的夢境分別介紹日本文學中的十位重量級作家，每一個夢都指向作家一句極具代表性的文字或一宗耐人尋味的行徑，淡香疏影似的不過幾筆，卻靈動異常，風格和日本文學特殊的風情頗為神似！虛虛實實，堪稱奇巧！九十五年台灣省文學獎第二名作品田威寧〈猴子〉❾透過八歲孩童的眼睛，看猴子、看祖父，將一位近乎被棄的寂寞祖父和一隻身世不詳的猴子做類比，以「自若的獨處與棄絕」曲盡一老一猴的悲涼。全文從人、猴姿態、神情、遭遇的相似入手，而以眼神的飄忽、交會直到眼睛變得混濁貫串，將人、猴間似有若無的緣會描繪得淋漓盡致，手法高妙，內容引人鼻酸，是一篇極為動人的作品。

附錄二

猴子

田威寧

八歲那年，大伯帶隻猴子回來。老家只有爺爺和我，每天過得都一樣，多了猴子的生活，也沒改變太多。

❽ 徐錦成撰：〈夢十夜〉《八十九年散文選》，九歌出版社）。

❾ 田威寧撰：〈猴子〉《台灣文學獎得獎作品集．新詩散文類》，國家文學館籌備處出版），見附錄二。

大伯在猴子脖上繫了條長鐵鏈，另一頭拴在桂花樹上，邊拴邊說：「我事多，就讓牠待在這吧！」爺爺未置可否，我和猴子倒是同時搔搔頭。

每天早上爺爺會在院子掃落葉宣告一天的開始，枯葉刮地嘎嘎作響，成為倒嗓的鬧鐘。爺爺修葺花草時，大大的剪刀喀擦喀擦，有種自成一格的節奏，暗合早晨的調，也有點京派的味道。花花草草生猛地張著竄著，互相越界屢見不鮮；雖然杜鵑的豔像是性格剛烈的女子，梔子花的白有著小家碧玉的矜持，爭起地盤時，全變身為叉腰罵街的潑婦。相較之下，猴子顯得安份許多，總是蹲在牆頭，悶悶地往外看；視線彷彿落得極遠，又彷佛落得極近。猴子黑黑亮亮的瞳孔讓人直覺牠有洞穿一切的本領，孤絕的背影像處於一切潮流之外。院子裡的桂花仲秋時香得不像話，常讓爺爺和猴子鼻子過敏，同時發出撕紙般的聲音。他倆一起打噴嚏時簡直像在照鏡子。

猴子始終沒有名字。

餵食的工作由我來，一日兩餐，無論我餵什麼牠總是吃得精光，吃完甚至會將食皿倒扣表示不要了。年幼的我應視其為寵物，然而不知為何，對於那隻猴子就是無法打從心裡感到親近。每次把東西放在食皿後即速速離開，像晚一秒地就會裂開似的。後來的我甚至會刻意避開牠的視線，也許是因那眼神實在太像人了！猴子其實很乖，只要按時餵牠，不吵也不鬧；就算有時忘了，牠也只是眨巴眨巴地等著我想起，靜靜地。我曾經刻意忘了餵，希望能看到牠跟平常兩樣些的行為，但最後仍是我投降。

村裡的住戶都在院子種了許多「好吃的樹」，我家也不例外。爺爺上了年紀之後，行動不太方便，因此改由我來摘石榴與芭樂。忘了從哪天開始，猴子無聲無息地加入，摘完後還會堆成尖尖的小塔，軟的和硬的分開，相當聰明，不偷吃也不邀功。我得承認這點我輸了。猴子摘果子的側臉看來專注極了！堆果子的樣子像是小朋友堆積木，有時令我湧起摸牠的衝動，但畢竟沒有；事實上，除了大伯，家中沒人摸過牠，雖然猴子的毛看來紅紅軟軟的，像是上好的絲綢，觸感應該相當舒服。

剛開始，大伯約每週會回來看猴子（不是看爺爺）。見了「主人」的猴子既沒有表現出興奮狀，也沒有吱吱亂叫；把鐵鍊拿掉時不會野性大發，丟給牠香蕉和蘋果也不會狼吞虎嚥，只是輕輕接著，以一種作客的態度。這隻猴子像是長住家中的客人，住得再久也不會擁有家中的鑰匙，再放鬆也不會在浴室引吭高歌。牽牠的手要帶牠散步，牠總一副意興闌珊貌。「這隻猴子真不像猴子！」大伯的語氣聽來有些失望。我想大伯八成有著「期待的謬誤」，他不明白他帶回來的不是一隻狗。大伯一開始還會興致勃勃地幫猴子做造型，他愛把猴子的頭髮剪成安全帽的形狀，令人看了發噱。不過，隨著猴子的無動於衷，大伯回老家的間隔越拉越長，到後來根本像忘了有這回事兒。大伯態度的轉變完全在意料之中。

黃昏時，爺爺在書房念書，透過百葉窗篩進的光讓爺爺像是穿了條紋衣，也像是現出「蝦之原型」。我老認為爺爺像隻蝦。爺爺瘦瘦高高的，長年駝著背，小小的眼睛分得有些開，陽光透過百葉窗射進時會在爺爺身上投出橫條陰影，看來十分有趣。自從猴子來了之後，爺爺寫書法時多了很多無意義的停頓，循著爺爺的視線看去，猴子坐在牆上的背影被夕陽拉得好長，頭低低的，駝著背，似乎陷入了哲人慣有的沉思；那樣的背影不涉蒼涼，無關悲傷，反而透著來自生命底蘊的靈光。有時，牠的手動了動，真要懷疑牠也在寫字。爺爺最常寫的是我完全看不懂的草書，懸著的腕如曼妙的腰，動人地婆娑著；停頓時滴下的墨慢慢地暈開，像是一種神諭也像是待解碼的絃外之音。

缺乏玩伴的我窮極無聊時會在院子裡對著牆壁丟球。有一回，沒算好反彈的力道，球飛了出去，竟被猴子接得正著。猴子不將球丟還給我，也無意占為己有，只是把球輕輕地放在院子裡的溜滑梯上，牠的食皿旁邊。猴子轉過身去，露出牠的紅屁股，尾巴往上勾，看來像個問號。我始終沒有去撿，出自一種奇異的自尊心。

爺爺生日那天，大伯專程送了個大蛋糕回來，不過，是爺爺不愛吃的鮮奶油蛋糕。大伯老忘了有胃疾的人不能吃奶油。我問大伯猴子幾歲？牠個子不小，應該有點年紀了。大伯滿嘴奶油含糊地說：「哪知道？朋友抓來的。」我還想多問點什麼，但大伯一下要我幫他泡茶一下要我幫他買菸。對話始終未完。

很難得知猴子想不想家，喜不喜歡跟我們在一起，因為猴子與爺爺像是在進行「誰先講話就輸了」的比賽。有時我甚至覺得他們沒有聲帶，偶爾發出的簡短音節，像沒栓緊的水龍頭，滴答聲引起的回音在空盪的屋裡被放大無數倍。

下雨的時候，我總是感到猶豫，因為爺爺沒指示我讓猴子進屋，猴子也看不出想進屋的意思。猴子來家裡後的第一個雨天，我拿了把傘到院子，把傘撐開，正準備放著時，發現自己行為的愚蠢，訕訕地回屋裡。透過雨水縱橫的窗看猴子，一切變得有點兒不真實。滴滴答答答答滴滴中，我看到猴子一躍而下，以一種極其優雅的弧度落在溜滑梯的階梯，一手攀著邊緣，翻身將自己藏進溜滑梯中間的直角三角形裡。「簡直是個大俠啊！」我不禁這樣想著，嘴巴不自覺微張。

一個盛夏夜晚，蛙和蟬忘情地叫著，叫著叫著整個夜瀰漫著一種永恆，彷彿教堂的鐘聲正悠揚。那樣的夜太美麗，萬事萬物都在瞬間得到相應於心的諒解。爺爺突然下樓，拄著他平常擱著的核桃木拐杖。爺爺在院子裡吃著綠豆糕，我端了碗銀耳蓮子湯過去。爺爺突然哼起了小曲，以一種自顧自的節拍。猴子在牆上露出有點兒狐疑的臉，胸口起起伏伏的，一會兒，猴子跳了下來，鐵鏈拖地的聲音在夜裡顯得格外詭譎，讓我想到所有不該想到的鬼故事。爺爺的拐杖斜靠在搖椅，被鐵鏈勾倒了。月光下，爺爺臉部的線條有著說不出的溫柔。爺爺彎下腰，不是撿拐杖，而是把猴子的頸圈鬆開。爺爺的手不太靈光，頸圈尚未鬆開綠豆糕倒是散了一地。那一刻，我覺得猴子的眼裡有些什麼。

隔天，猴子依然在矮牆上出現。然而，沒有拴住猴子這件事遭到鄰居抗議。我只好再次鏈住牠。雖然猴子相當配合，頭自動低下來，但我的手抖得不像話，且完全無法看猴子的眼睛，我怕我會掉眼淚。

之後，我們的互動模式沒有改變太多。猴子依舊不會跟我玩，雨天時爺爺依舊讓牠窩在溜滑梯下，爺爺寫書法時依舊時常停下來。只是，在非常偶爾的時候，猴子的食皿裡會多了幾片綠豆糕或是一小撮甜納豆，那是小時候的我最愛吃的。

好久不見的大伯回來了，微醺的他開懷地說：「竟然有人要！我過幾天回來拿。」大伯也沒問爺爺的意思，大伯是這樣的人，說風就是雨的。爺爺是這樣的人，當他想說什麼，他才會說。猴子絕對是靈性排行榜第一名！牠沒聽到大伯說的話，我也始終沒想好該怎麼啟齒，但牠知道！因為最後幾天，雖然猴子仍把食物吃光光，作息也沒有任何改變，但眼睛突然變混濁，像是天將明未明時的夢。現在回想起，爺爺過世前的眼睛也是那樣。

我沒跟猴子說再見，因為大伯來時我在學校，整天眼皮一直跳。那天的營養午餐是我心中的黃金組合，但筷子卻成了千斤重。上課時心不在焉，在課本上不停地塗鴉，雖然都是寥寥幾筆的勾勒，但很明顯畫的都是我家猴子的背影。

猴子走了，留下頸環與鐵鏈。爺爺把那些都丟了，包括食皿。爺爺總能自若地獨處與棄絕。那時的我才驚覺：「猴子的東西」竟只有這些！奇怪的是，猴子跟我們住了大半年，卻一張照片也沒有。

我沒有太多離別的感傷，只是覺得圍牆變了溜滑梯變了果樹變了；天濛濛亮時，夕陽西下時，傾盆大雨時，明月皎皎時，感受尤其深刻。雖然爺爺是個嘴硬的人，但相信我們想的是一樣的。

猴子始終沒有名字，因為牠不需要。

參 題材的創新

三〇及四〇年代的寫作題材，在政府有意的引導下，多半以公領域的書寫為主軸，以集體意識的塑造為優先。譬如：「保密防諜，人人有責」、「如何推行新生活運動」、「反共必勝論」……等，現在時代開放，思想多元，相形之下，寫作的題材也就比較趨向個人意志的挖掘，堪稱百花齊放。例如〈聯副〉在網路徵文中曾以「我的第一次」⑩為主題，鼓勵參賽者將個人經驗形諸文字。其中，有一篇題為〈天使與軟糖〉⑪的文章撰寫罪犯在法庭上的供詞，

---

⑩見廖玉蕙主持：〈聯合文學咖啡網〉（聯合新聞網，一九九九年九月）。

⑪C大調賦格撰：〈天使與軟糖〉（《聯合報・副刊》，一九九九年九月三十日），見附錄三。

敘述罪犯用彩色糖球騙走小孩並將她勒斃的經過，筆致細膩，內容駭人聽聞，引起讀者深刻記憶，她的寫作手法靈動，利用簡單的對白把可愛的女孩和初秋的公園，渾然無間的綰合在一起。將殘酷的凶殺寫得如詩如畫。乍看像是娓娓敘述著一個美麗的故事，最後方才揭曉是累犯凶手的法庭告白，題材非常特異。另外，所謂的「同志書寫」自白先勇《孽子》開其端後，邱妙津的《鱷魚手記》、《蒙馬特遺書》，吳繼文半自傳體的《天河撩亂》都是描寫同志議題的佳作；第三屆台灣省文學獎的首獎作品阮鎮岳的〈光陰〉也是同樣的主題，用婉轉流動之筆寫隱晦之情，有相當動人的表現，顯得深情美麗。另外，許多有關自然環境的議題，也因為環境保護呼聲日高，而一度成為熱門主題，自然寫作因之蔚為風潮。如：寫鳥的劉克襄，寫魚的廖鴻基，寫海洋的夏曼．藍波安，寫自然的徐仁修、陳列，都在各自熟悉或關切的領域內開出一片天。尤其是陳列先生，所發出的抗議聲音，溫雅蘊藉，頗引發讀者的共鳴。近年來，網路成為年輕族群流連的場域，作家也逐漸投身其中，網路文學的開花結果是必然的趨勢，中壯派的作家如陳豐偉、孫瑋芒、陳正益等都有十分傑出的表現。而身為醫師的莊裕安曾寫了一篇〈盧岡與馬加爾家族史〉⑫，從左拉對小說人物的塑造談起，旁徵博引，預言反應基因圖譜的文學作品當應運而生，便將最新科技知識引進散文之中，也非常另類。

---

⑫ 莊裕安撰：〈盧岡與馬加爾家族史〉《八十九年散文選》，九歌出版社，二〇〇一年四月）。

（原載《明道文藝》，二〇〇三年三月，原題〈創意生發與反常合道〉，二〇〇七年一月修訂）

附錄三

天使與軟糖

C大調賦格

到我掐斷那細嫩的脖子，其間也不過短短幾十秒而已。

幾十秒，就是那樣，她從我指縫永遠地溜走了，像隻初春的黃蝴蝶。

那時秋天才剛降臨，我帶她上山，代價是一顆紅色軟糖。那天她穿藍白相間的小洋裝綁鑲有彩色玻璃珠的髮圈。我牽著她的小手，「多麼可愛的小女孩啊。」路人說。是啊，多麼可愛的小女孩。她向我伸出手比了個「五」，我才和她差三十歲而已。

我像個初戀的少年牽著她的小手，在別人的眼裡我們就像一對父女吧。秋天的太陽斜斜地映在她略帶金茶色的頭髮上，霎時山嶺彷彿成了童話中的城堡。我抱著她坐在一片芒草前，「妳喜不喜歡叔叔？」「喜歡啊！」「媽媽呢？」「不喜歡！」「為什麼？」「媽媽罵我。」「那就不要回去了。跟叔叔走，好不好？」天空漸漸變成灰色，夕陽綻放餘暉。

「我要回家了。」她推開我說。

「為什麼？妳不喜歡叔叔嗎？」

「我要回家吃飯了。」

「妹妹，別走……」

她甩開我的手，「我要回家！」

「妹妹，別走！」

就是那麼突然，我也不知道為什麼會這樣。我抓住她的手，緊緊的。她開始掙扎，不知怎地我就是放不開，「媽媽——媽媽——」她尖叫，我搗住她的嘴，一手掐住她脖子，「妹妹，不要叫……」

然後就是那樣了。周圍沒有任何人，我看見芒草慢慢、慢慢變成藍色。

後來我同樣以一顆軟糖帶走了好幾個小女孩，但都沒有第一次那麼動人。該說的我都說了，其餘就交給法庭吧。你能相信嗎？沒有理由，沒有原因，就在初秋的公園，我遇見一位可愛的天使……

2

CHAPTER 第二章

文學裡的生活思考

——文學教育的再思

壹 前言

在經濟掛帥、科技領軍的現代，人文素養的普遍低落已是不爭的事實。人文教育的疏忽，已使今天的台灣飽嚐失調的後果。

人文教育當中，讀哲學，可以了解生命的奧義，讓我們面對生活不致張皇失措；讀歷史，可以知古鑑今，讓我們不會陷在泥沼中，不停重蹈覆轍；讀文學，可以豐富人生、潤澤生活，為生命帶來更多的可能……人文教育非但可以增加生活的情趣，解除生命的疑義，更可以加深思考的深厚度。現今科技發展固然推動了人類物質文明的突飛猛進，但是，如果缺少哲學的思辨，無法記取歷史的殷鑑，又缺乏文學的潤澤，這些進步將淪為野心家的武器，非但未能為人類帶來幸福，甚且可能成為世界的災難。在人本思想已然成為當代主流思想的今天，人文教育豈可等閒視之？所以，台灣人文教育的再度反省實為刻不容緩之要務。所以，近年來，許多關心教育的學者專家已經開始展開反省，謀求對策，期望為人文教育注入源頭活水。

貳　中國文學教育的重點

人文教育的重視固然應該從觀念的突破開始，但是，教育內容及教育方法的求變求新，也許正是建立新觀念最快、最有效的捷徑。以中國文學的教學為例：一般而言，國文教學的宗旨不外六端：一、提升語文表達能力；二、啟發獨立思考；三、培養文學欣賞能力；四、增進對中華文化的了解；五、培養具開闊通識的眼光；六、奠定各科基本知能。

中國文學教學的目的雖然不僅在培養創作人才，也不必一定侷限在傳承中華文化，但是，前述語文表達能力的提升、奠定各科基本知能，是基礎功夫，當然不容忽視；而培養文學欣賞能力、增進對中華文化的了解，可以為未來可能的單調生活增添若干的華彩，是彩繪人生的要訣；另外，啟發獨立思考、培養具開闊通識眼光，則是明辨是非及豐富人生的前置作業；而想達到以上所說的目的，我以為以下四點應該列入當今人文教育的重點：

一　情意的開發與表達

文學功力的積累，固有待知性的強記、分析，但如缺乏感性的體貼、感同身受，則所有的理性分析都將只是一堆沒有生命的死水，讓人味同嚼蠟。因此，如何將作品的精髓透過教師個人的生命經驗的體會，和學生做深度的交流，使作品從書本中復活起來，真正發揮感動與發的力量，毋寧是當今國文教學所應努力的目標。換言之，情意的開發，是文學教育的第一步。

文學作品並非只是白紙黑字的文字呈現，它是作者精神生命的寄託。文學作品雖然是作家所創造，但它的生命卻不起始於創造的剎那，而係開始於讀者閱讀它的那一刻。文學是人性、社會性與自然的調和，正所謂「一粒砂裡見世界，半瓣花上說人情」，所以，郁達夫先生就曾說過：

> 就是最純粹的詩人的抒情散文裡，寫到了風花雪月，也總要點出人與人的關係，或人與社會的關係來，以抒懷抱。❶

而國文教學的終極目標就是一方面引領學子行過時間及空間的隧道，走入作者當時的心境中去，和作者同悲喜；一方面也藉前人作品中所呈現的生命經驗來驗證自己的人生。在學生接觸文學的剎那，這毋寧是更為重要的意義，而文字的解說、句讀的分析，只是幫助我們

❶ 郁達夫撰：〈中國新文學大系・散文二集導言〉（《中國現代散文理論》，頁408，蘭亭書店）。

對作品做出初步的詮釋，絕不能、也不應視為唯一的目的。只有讓文學跟生命經驗相結合，情感才能流動起來。

常常，我們會發現老師在教學或學生在備課時，往往將生字、陌生語辭較少的白話文跳過，彷彿除了解釋之外，文學就不剩什麼了。這種漠視情意開發的教學與學習習慣的養成，既阻礙了深度文學欣賞的可能，對中華文化的了解程度也就可想而知，更遑論培養開闊通識眼光及啟發獨立思考了。除了教授作者生平、解釋、翻譯、修辭之外，如果能進一步開放討論，讓學生能在老師的引導下，針對課文所言及的種種，把自身的感動、不快、疑惑、共鳴……等情意提出，一來可訓練獨立思考，二來也必定對學生的處世有直接的促進。我們雖不必期待以國文教學來彌補制式公民道德教育的缺失，但如果能收相輔相成的功效，未始不是功德一件！

所以，首先我們必須釐清閱讀優質文學作品的目的何在？我們知道一篇好的文學作品，必定具備真切的情感、善良的主題與美麗的手法。美麗的手法提供閱讀者美感的經驗；善良的主題是提醒對所處世界的關懷；而真誠情感的體現，就是藉由作家的誠懇表白，來引起讀者的思考，使他在看完作品後，能受到某種程度上的啟發；甚至是希望閱讀者能在感動之餘，產生和以往不同的想法。作家用如椽之筆記錄人生種種，其實，就是試圖為生活找到一個說法，一個切入解釋世態人情的角度。字句的詮解、研讀固然仍有其必要，但若不能進而著重通篇文章的徹底了解與融會貫通，還停留在這樣淺薄的層次上，就難怪學生的學習意願低落了。

如果文學教育沒有教會學生領會文學之美，難怪學生離開學校後，便和書本絕緣；如果文學教育仍停留在灌輸、強記的階段，難怪學生會避之唯恐不及；如果學生一直沒學會從作品的賞鑑和意見交流中，誠實面對自己的情感，充分開發情意，培養對美善事物的感動，難怪一闔上書本，古聖先賢就被永遠關死在課本中，再好的人生哲理也只是枉然。

我曾經在課堂上和同學一起討論他們同班同學的一篇題為〈面會〉❷的作品，一直到現在還印象深刻。文章是寫父親因販賣安非他命在日本監獄服刑十年後，女兒懷抱著陌生的恐懼感，迢迢奔赴日本京都的監獄和父親面會的經過。心疼的女兒想用眼淚來表達對父親的深情，卻為落不下淚而著急；等真正落淚不止時，卻又擔心父親過度傷心而急切想止住眼淚。文章寫得既纏綿又靈動，當我和同學分享這篇文章時，幾乎所有同學都感動萬分。下課時，我看到有些同學走向作者，並彼此擁抱，讓人動容。其後，我應邀進入宜蘭的某監獄演講，也拿這篇文章和受刑人分享，當下引起非常大的迴響，聽講者莫不俯首涕泣。這篇文章的文辭容或不是鍛鍊得十分精美，可是情感卻是萬分真摯感人的。因為這篇文章的寫作和分享，讓同學之間彼此更加理解相親，讓受刑人唏噓流涕，重新再思蛻變的可能，是我教學生涯中難忘的經歷。可見，即使並非名家作品，只要切近生命經驗，同樣能藉由真摯的情感啟發人

❷施玉容撰：〈面會〉（《中央日報．副刊》，一九九四年一月二十九日），見附錄四。

性內在的美善。

附錄四

面會

施玉容

儘管已經是櫻花怒放的時節了，春天的日本卻有著我從未體驗過的寒冷。

在府中刑務所的小面會室裡，大姊、大姊夫以及三姊都閉著眼小憩著。眼前的小暖爐不斷地釋放出二氧化碳，連一路哭鬧搗蛋的小姪子、小姪女都昏昏沉沉地睡去。空氣很悶，像被厚棉被裹住全身一樣，令我幾乎透不過氣來，終於我選擇投入門外冷冽的寒風中。「冷」刺激了我的每一根神經，將我渙散的思緒凝結了起來。

十年的時間，我度過了我的青春期，父親也在獄中度過了盛壯的黃金光陰。我和他之間一如十年前一樣的陌生，而這種生疏是來自於我對他的敬畏。記得從我上小學開始，父親就教我們五個子女背《三字經》，即使他是從不責罰我們的，我卻沒有一次不是顫抖地吐完每一個字；父親愛看我們讀書、寫字，他常常喜歡靜靜地站在我身後看我寫生字，而我也寫得格外用心、賣力，父親因此以為我十分乖巧，也將大有出息。可是，他是不了解真正的我的：有一次，我想看卡通，打開房門，一看見父親正在看電視，我便不安的走向一旁的書櫃，胡亂的拿了一本書，便急急離開房間。又有一回，我趴在客廳的地毯上看漫畫書，突然聽見父親回來的聲音，我便迅速地將漫畫藏入沙發下，然後假裝在地上睡著了，父親看到後，輕輕地抱起我，將我放在床上，這一段時間真是難以想像的長，似乎也是我印象中父親唯一一次的抱過我。

我是十分尊敬我父親的，因為他是個善良的好人。他十多歲時便是孤兒了，可是他一步一步踏實地從跑船到經商，白手起家，從一個身無分文的船員，成為頗有地位的商人。然而，這樣的成功卻換來了他的寂寞。父親時常應酬、時常出國，家中的子女總是傾向母親的。他曾對母親開玩笑地說，假如母親離開他，絕對沒有一個孩子願意留下來跟他，他便又是一個人了。所以，即使是有了這一大家子，父親仍是孤獨的。說我們是一大家子，一點也不為過，舉凡母親娘家的外公、外婆、小阿姨、舅舅，都和我們同住，這不但令父親更顯得人單勢薄，也令他更得為生活上的柴米油鹽而努力，而父親對此是從無怨言的。

我是十分尊敬我父親的，而且我也心疼他。他曾說過，他每天一睜眼，就必須想著如何賺錢、如何讓家人都過好日子。但是對不起良心的事，他是不做的。然而他卻因「販賣安非他命」而被捕，又成為日本以一儆百的對象，而被判十五年刑期。這對他而言是不公平的，因為十年前，「安非他命」在台灣是屬於麻醉藥品，而非毒品，這種認知上的錯誤卻不是唯一的過失，父親真正的過失來自於他的軟心腸，他拗不過自己至交及堂弟一再地懇求，借資給他們投資，卻沒想到他最親、最相信的人會將一切責任都推給他。他在人生地不熟的日本笨拙地爭辯著，卻爭辯不過命運。沒有人能不向命運低頭的，於是，父親又是一個人了。

穿著草綠色厚外套的翻譯官示意我們可以和父親會面了，我走進屋內，心裡暖暖的。大姊忙叫醒懷裡的小姪子，人家都很緊張。十年了，我未見父親的面已經十年了，我突然覺得自己無法克服陌生的恐懼感，人家說親情像是骨肉般相連的，但是怎麼搞的，我竟沒有掉淚及大哭的衝動，但我真的希望在待會兒見到父親時掉下眼淚，為了讓他感到被家人愛、被關心、重視，我願意像一個孝順的乖女兒，用淚水宣誓。但，我真擔心，我沒有淚水，不知該說什麼……於是，這樣想時，紗窗對面已出現了父親的身影。他向翻譯官鞠個躬，然後看向我們，突然又仰起了臉，深深地吸了一口氣，眼眶的淚水終於滾回心裡去了。他紅著鼻頭笑著說：「啊！你們都長這麼大了，很好啊！」我的淚水終於自然又真心、心酸的滑下。爸爸哽咽但仍是帶笑著說：「你還是很愛哭喔！現在那麼漂亮了，不可以再哭喔！」這時的我反而忙著控制自己掉得一蹋糊塗的淚水、鼻水。我始終沉默地聽著父親的問候、叮嚀、關心……他堅強地安慰著我們，像每一個堅強的父親。一歲的小姪子好奇地看著他的外公，父親一面扮鬼臉一面說：「你一定很奇怪，外公就在你面前而已，怎麼不抱抱你呢？……外公對玩很專門哦！回去後一定帶著你玩遍每個地方……」我看著父親削瘦但比以前硬朗的樣子，我對他，也對我們的未來充滿著希望。翻譯官在紙上寫下「加油」兩個字給我看。是的，我會加油的，我會讓父親不再感到孤單，他不會再是一個人了。

二　詮釋人生能力的培養

蘇東坡有詩云：「橫看成嶺側成峰，遠近高低各不同。不識廬山真面目，只緣身在此山中。」這首詩，道盡了多角度人生的多樣詮釋性。世上的事，原是隨著觀看角度的不同，而可能看出或者是「嶺」或者是「峰」的不同景致的。人生必須摒除站在本位思考的習性，接受其他角度可能有不同觀點的所有可能性！所以，必須練習多走幾步路，從各個角度探看人生。只有如此，才可以讓我們看到截然不同的景致，而這正是人們相互理解的開始、溫柔人生的起步！一位有理想與抱負的人必然不能錯失任何的風景，並且有多方詮釋人生的能力。

人文教育的最高目標，應該是學習讓生活變得更容易。而多方詮釋人生的能力，是達到此目的的訣竅。我們知道好的文學作品，要有能讓讀者多方解讀的可能性。像李商隱的〈無題〉詩：「春蠶到死絲方盡，蠟炬成灰淚始乾」，年輕人讀了，或者會覺得正是失戀心情的寫照；但如果讓失意的政治人物來解讀，可能就會感慨上位者關愛的眼神不再；如果棄婦讀了，也許會引發共鳴，覺得李商隱完全曲盡她的心境；就算純粹就美感經驗來討論，也能讓人感受到淋漓的酣暢！每位閱讀者都可能從其中獲得與他生命相契合的感受，或引發他更深刻的思想。《紅樓夢》之所以被公認為傑作，也是如此，正所謂「外行看熱鬧，內行看門道」。至於如何看出門道，就是老師教學的責任了，作為作者和學生中介橋樑的老師其重要性不言可喻。

作者在寫作時，當然有他原本所要表達的旨意，但是，這絕非是作品唯一的解釋。換句話說，作者不是作品唯一的解讀者。讀者看到的越多，作品就越加的豐富。文學欣賞本來就具備多元化的特質，文學教育的目標之一，就是讓學生看到、體會到原先沒看到、沒體會到的多重意涵。以我個人寫作的經驗而言，當文章刊登於報刊雜誌後，往往會接到報社轉來的讀者來函，或致意、或請益、或糾謬，他們對於文章的解讀，常常讓我大開眼界，驚奇莫名。所以，越好的作品，解讀的空間越大。因為空間甚大，所以，和學生討論時，教師應虛心以待，切莫心存單一答案。

有云：「教學相長」，我經常在和學生討論的過程中，得到許多意外的收穫。老師不必一定賢於學生，甚至有時候老師看似知道的少一點，反而能讓學生知道的多一些。討論時，如果開放更多的空間給學生，或是不急於宣布教師個人的看法，給學生多些時間反芻思考，發表意見，充分發揮教學上雙向溝通的作用。相信經由開放式的教學，可以培養學生對人生更多、更深刻的解讀能力，讓他們更了解人生的真相，更明白人生的多樣性，也因此認識個人的體會絕非唯一的真理。

劉心武先生曾在一篇〈藤蘿花餅〉❸的文章中，提到小汪和桂珍夫婦在巷口開了間小商店，作者如在黃昏店裡忙碌之際經過，總會拐進去幫幫忙。生意清淡時，去閒聊，他們總要

---

❸劉心武撰：〈藤蘿花餅〉《藤蘿花餅》，頁20～23，二魚出版社）。

請作者吃冷食，作者總是堅拒。說：「你們小本生意，掙點錢不容易，朋友熟人來了，你們這個請一份冰淇淋，那個請一瓶冰茶，還有什麼賺頭？」桂珍在嘗試請客幾次被拒後，向作者透露，他們的生意不錯，每月除去交稅、電費及合理損耗，他們這小店的收益，足以使他們過一種自得其樂的生活。接下來的某一天：

我又散步到他們小店，那天奇熱，傍晚時還覺得鼻息如蒸。我去了，他們小倆口都在。生意熱鬧了一陣，天光斂去後也就清靜下來。我們說說笑笑一陣，相處得跟往常一樣融洽。但當我告辭，走在回家的路上時，心裡卻滋生出一種失落感，那感覺還挺迅速地在我胸臆裡膨脹。我失落了什麼？這一回，他們兩個見了我，誰都沒有了請我吃冷食的話。我在小店呆了至少有四十分鐘，而且這回我口乾喉燥，很想用冷食潤一潤。我身邊就是裝滿冷食的冰櫃，裡面有那麼多可供選擇的品種，但我與那些美味之間卻隔著一道無形而堅韌的屏障，那屏障是以我的一貫堅拒他們的好意，以及我從不在他們那裡買東西（因為如果我說要買他們一定不會收我的錢），也就是我自以為是的想法，而形成的；看來他們也終於接受了那道屏障。

曾經有學生呂勇寬在閱讀這篇文字過後，寫下這樣的心得：

現在的我也已持續了一段時間，不斷回絕別人的好意。作者在文中明確地點出這樣自以為是的清高，但我還有另一個不知算不算理由的理由——我自覺沒法回饋他人的好意，唯恐接受他人的好意會影響我想幫人的善意。因著這樣的比較，這樣的鑽牛角尖，我也曾因此被友人抱怨過——是的！他稱我為高傲。儘管如此，我依然故我，堅持著不知所以的固執，不斷拒絕著別人的分享。我笑笑，對自己說我有我的理由，我是這樣一個冷冷的人，就像是拒絕這世上有無私的可能。那感動，是彼此心靈的交流，而非物質間的交換。一次又一次，對春暖日光投以冷漠悲傷，也無怪乎我要一直向下沉淪，無法有所長進。

劉心武先生寫出他對「施」與「受」的觀察。只是從和鄰居互動的小故事裡，作家體悟到：光「施」不「受」是無法維持平衡的交往的，有施有受，才能和別人有平等的心靈互動，這樣的體認，端賴詮釋人生能力的培養。學生閱讀過後，對自己的人際關係重作檢討，應該對生活有所助益。只有像這樣培養出詮釋人生的能力，才能從尋常小事件中思考出人生哲理，進而將思考所得應用在生活當中。這當然是文學教育的最高理想，也是教師應負的責任。

三　創意的養成

創意是文學作品優劣的重要指標。無論是揀選題材的創新、內容思想的顛覆或寫作手法的推陳出新，在在都是評量文學品質的方向。而學生接觸文學的目的之一，就是取法作家獨抒心靈的匠心，並進而將這種創意落實在生活裡。

文章的起頭可能有千百種，為什麼作者獨獨選擇了這樣的開頭？有沒有其他的開篇也同樣能讓人耳目一新？同樣描寫親情，何以琦君的〈髻〉獨領風騷？它的動人因緣於何處？是作者溫柔敦厚的人生觀啟動了讀者的溫柔情懷？是作者的卓越的寫作手法醞釀了美好靈動的氛圍？抑或人們對美善事物本有的積極嚮往？而敘寫村落沒落的文章何其多，何以陳列的〈礦村行〉備受青睞，屢屢被編者選入教本？是作者描摹時的聚焦精準且切中讀者的心事？是文字運用的美感經驗帶給讀者的痛切淋漓？還是內容所呈現的抗議精神引發共鳴？更具體的例證，如二〇〇六年《中國時報》舉辦文學獎鄉鎮書寫類的首獎作品黃信恩〈空白海岸〉❹，寫出不一樣的左營。作者黃信恩緊扣鄉鎮書寫主題，從食、衣、住、行、育、樂等細事著手，舉重若輕地描繪左營的過往今來。作者和作品刻意維持若即若離的距離，將有我之境與無我之地渾然無間地融合，將人事與地理的雙重變化軌跡，透過簡淨、靈動的文字，多元且周延地呈現，不發無謂的喟嘆，不流於空疏枯燥的史料排比。雖簡筆勾勒、設色淺淡，然因資料熟悉、情境深入，所以安排妥適，盡得風流。

取材上，作者既隻眼別具且細膩周延；在謀篇裁章上，作者顯然也深諳寫作策略，文首

❹ 黃信恩撰：〈空白海岸〉（《中國時報．人間副刊》，二〇〇六年十二月十三日），見附錄五。

以一懸疑句點題，引起閱讀動機；中段散點撒網，欲吐還藏，點到卻留白處，正供讀者發揮想像；結處俐落收網，卻技巧性保留反思餘地，不驟下斷語：或人際凌亂；或觀光有望；或坐擁海洋視窗；或依舊空白安靜，左營的未來，呈現多種的可能。

〈空白海岸〉潛藏無以計量的力道，讀者循線走訪，必將見識到不一樣的左營，既滄桑又深情。這是作者之所以得到首獎的創意所在，確實有別於其他堆積資料或無謂喟嘆的書寫，難怪得到評審一致的青睞。

每一篇傑出的文章，都有匠心獨運之處，每一位優秀的作者也都有他別具的隻眼。文學教育的目的，便是從這些深具創意的作品的閱讀中，得知一篇讓人印象深刻的好文章，無論觀察、思考、文字運用或裁章謀篇，都必須時時用心、處處留意，以自出新意。如果太依循舊思維，便很難有新觀念產生、新寫法出現。所以，老師在教學時，思考角度上必須能肯定各種切入方向的可能，保持一顆赤子之心，在心裡騰出一大塊空地以容納新知，嘗試新鮮的語言，思考不同的看法，再三琢磨。說穿了，就是打敗懶惰的隨俗，開創新鮮的意念，以新做法代替舊觀念。同樣的，人生也是如此。唯有勇於跳脫自己與世俗的思維習慣，體察各種思想的可能性，才能創造豐富美好的人生。過好生活，和寫好文章的道理是一樣的，都需要新鮮的點子來調解冷熱，創造更多的可能。知道了文學中創意的可貴和創意的來源，學生的學習才能真正落實在生活中，讓生活變得更容易、更豐富。

附錄五

空白海岸

黃信恩

或許，有一天人們真能看見那灰亮海面旁，漂浮隱現的海岸線；也或許，它始終空白，藏得安靜，無人理解。

我住在一個靠海卻看不見海岸線的地方。

這是一條模糊的界線，以西是大規模的軍眷區，以東是空地居多的新莊仔，我家是位居中間的左營舊部落。八歲那年，我便通勤上學，進出高雄市區。於是，我得早起，以便搭車，卻也因而貼近那個勤於天亮與勞動的左營。

我往往醒在一個以麵粉黃豆為題的清晨，油條滋滋炸起，低矮的平房會在蒸籠開闔、豆漿舀取間，白霧沸沸，展現生命。我喜歡這短暫而奢侈的溫甜，因為接著我得背起書包，負起不屬於童年的質量，走向左營大路，等候六點二十分北站發出的5路公車。

總有老榮民以一種散漫張望的速度騎著單車，歪斜搖墜，與我擦身而過。他們或去早餐店、或買報紙、或赴市集，或什麼都不是，只是無方向的位移，一種和時光抗衡的方式。那時，一位身穿青藍衫的榮民，看我走得不甘願，停下車來表明送我一程。我對這樣瘦弱的陌生老人，毫無警戒，登上車便任憑載送。幸好，他是誠懇的。後來我才知，他來自浙江寧波，一人住在建業新村。

我們並非眷民，因此時常從陌生腔法中，學習辨識華麗而高亢的說唱；而生活越過縱貫線以東的左營，則隨著閩南話流動。我家就立在語言流域的分水嶺上，聽見嘩噪，也聽見寂滅。

左營大路以西，海功路以北，復興新村在此掀起我的眷村首頁。

那次，一位家住復興新村的小孩，邀我到他家玩積木。步入眷村，「團結自強奮鬥」寫在一座豎起石碑上，像眷民的通關密語。房舍羅列，簡陋中暗藏不被摸透的排列規則；通道總是狹窄迂迴，難以進入，似一種無言的抵禦，抗拒外界的聲光嘴欲。我迷失了方向，只記得經過一處佈告欄，上頭張貼著中正堂的二輪片，那是少數巧妙滲透眷村的外來文化。

眷村一路開展，實踐新村、自助新村、海光新村等，遼闊而寬容。我最喜歡的是日治時代擁有「官舍」之銜的明德新村，它翠綠清香、潔淨安逸，還有溫厚人情。有次，來自無錫的榮民，烹煮一道家鄉菜「紅燒排骨」，廣邀鄰家作客品嚐。省籍界線的模糊，總在柴米油鹽間，一口口微燙的甜腥裡找到證明。

我喜歡沿著軍校路走去，看見海軍軍官學校、醫院、基地、副食供給站一路開展，數著一旁的特殊路名，緯一路、緯二路、緯三路……。這裡擅長對照、富於矛盾。警醒與安適，盛壯與頹老裡，我看見英挺戍守的軍官，也遇見哼歌競棋的榮民。

卻仍看不見裡頭的海岸線。

那時，我開始陷入充滿好奇與探索的中學年代，關於高雄的海岸線印象，總是過不了旗津鼓山。我們透過種種不確定的報導，了解森嚴軍港後方，處於空白的海岸。不久，一則流言開始傳開，關於孩子入伍卻意外死亡，軍方搪塞死因，母親企圖闖進海軍基地的抗爭事件。

整個中學時期，我仍乘坐5路公車上下學。我喜歡貼著車窗，在寸步難移的車陣中，索求一處視野，目睹左營大路上的店家汰換。三商百貨、麥當勞早已在我那八〇年代的童年座落，這些連鎖店的進駐像句謊言，藉其所賦予的指標意義，將左營升格為「現代化」。然而，我還是習慣定義左營的守舊，高雄的新潮。

店仔頂以北，左營大路上有五座米黃色屋樓，寫著「三樓冰茶」。有人說，這米黃色調是一種防空語言，日據時代，它因而能避免轟炸，於是，土氣的色澤竟成了一則富於謀略的障眼法。據說，那段海軍白色恐怖年代，這樓房曾是偵訊嫌疑者之處，只是那詭異的氣氛，都隨著時光代謝了。

左營大路還曾是二次大戰日軍用以輸運燃油的軍路。多年來我在這路上往返來去，卻始終無法拼湊充滿火藥的遙遠光景。窗外有埤仔頭的舊市集、日據洋房，錯雜其間的是傳統店家，嫁妝棉被店、接骨所、皮鞋店、草藥鋪、鐘錶行、粥餡小館等，卻也有金石堂、Baleno、佐丹奴的都會光亮。但我喜歡那老去的招牌，零落字跡裡，彷佛能聽見當年的囉唆，嗅見亢進的庶民味覺。

左營大路是那樣不安，關於革命，關於留存。像我的高中歲月。

十六歲那年，我背起墨綠書包，穿起白衫卡其褲，開始在高雄中學規劃前程。同學來自南部各縣市，他們問我從何來？坐電車嗎？我說，左營，搭公車。我發現自己是那麼不習慣說出高雄，但我家地址確實寫著「高雄市左營區」。後來，我思索，或許是這裡過於例外。

左營的例外在於它的自成格局，比如人們說左營菱角，卻不說高雄菱角；說左營軍港，卻不說高雄軍港。其他像人口結構、語言、習俗、立場、訂閱報章，甚至晾衣方式、道路命名也存在差異。

歷經眷村改建，道路拓寬，這裡的路充滿碎裂的個性。「新庄仔路」是散佈在三處不連續的共同路名；當人們走進北門，會訝異這萎縮的巷道竟出現兩個巷名，以西的門牌寫著「義民巷」，以東寫著「舊城巷」。據說，以前這成了長山八島義胞與退伍軍民的居住分野。不過，於我而言，這條巷子最迷人的是牆上頹廢又率性的晾衣姿態。幾戶人家，索性在低矮的牆上黏固鐵釘瓦片，然後將衣褲勾懸其上，間雜插綁小國旗，於是一路上，那門牆因著國旗與衣物，花綠起來。

對照工商形象的高雄，左營的例外，還顯現在它高密度的古蹟分布。文獻記載，康熙年間，劉光泗在此築土城，開啟台灣城郭之先。到了道光，大興土木，改建石城，闢東西南北四門。我獨愛北門，咕咾石牆一路通連龜山，門上寫著「拱辰門」，神荼鬱壘手持劍環，被泥塑於兩旁，至今仍殘留些微塗料。

只是，關於城門的紋路與過去，就這樣乍醒在我的高中歷史報告，之後是一路的沉睡。那個著迷電影又顧慮節約的年華，我們對於左營，更多時候是為了中正堂的一部二輪片。有回，我與朋友看完電影，騎著單車來到「四海一家」。會來此是出於朋友的好奇心，這座日治時的軍官俱樂部，是舞會婚宴的舉辦處，現則以經營食宿為主。老一輩的眷民始終記憶，民國四十一年貝絲颱風來襲，人們紛紛前往鋪地而眠，共渡風雨。

歲月彷彿在此避難起來，有了安心的護膜。

當我們走出此地，一位榮民正在樑柱下吸菸，頸部被層層紗布包裹。我似乎是看過他的，公車站或市場，我不記得。後來才想起，這些日子以來，左營大路上和我擦身的榮民。他們或行走，或背駝，或拄杖，或拐彎，然後就消失在一個無人明白的方位裡。

他們在找什麼？當年軍中簡短的答數嗎？抖擻的立正姿勢嗎？還是光榮的戰役？對岸的家人？我不清楚，只知電線桿上開始張貼著尋人啟事。有人獨居，有人失智，有人臥床，也有人在廣大眷村、磚坪屋瓦下，隨著海岸線一同模糊。

也一同空白。

民國八十八年，高雄觀光季，左營軍港開放參觀。我與朋友擠進人群，一睹巨大船艦、海軍健兒表演。結束後，我們來到西陵街，朋友愣在廣飛西服的老舊櫥窗前，指著一旁「訂做男女軍服」的刊板，抬頭是瑞興、匯豐三軍軍用品等招牌。這條左營人口中的「兵仔街」，軍旅衣物、徽章、理髮盡有，只是已不再喧騰，它過於狹窄陰暗。

此後，軍港不定時開放，國慶假日時有艦艇展示，但它的開放還是有所保留。這陣子，朋友來左營當兵，入伍前我會特意帶著他們繞進眷村，找一座保留完好的防空洞，搜索躲藏多年的恐慌；也到了哈囉市場，說起當年美軍來此購物，攤販不懂英語，直說 Hello 的典故；之後在左營大路上買一杯龔家楊桃汁，複習童年滋味；最後來到海功路上，體驗半筋半肉的「左營第一家」牛肉麵，便送他們入部隊。

如今，5路公車已改成205路，左營大路照例吞吐每日的暴漲車潮，而我也開始轉起方向盤加入車陣。新國道支線一路通往左營，盛大迴旋的交流道將天際切得凌亂。官員說，三鐵共構的左營新站即將竣工，這裡將有眷村文物館的設置，外環蓮池潭，發展觀光命途。

鐵路以東的左營，此刻正房地蓬勃，鷹架遍生。建商驕傲地說，這些樓廈落成後，將擁有閱讀海洋的視窗。或許，有一天人們真能看見那灰亮海面旁，漂浮隱現的海岸線；也或許，它始終空白，藏得安靜，無人理解。

四　美感經驗的涵養

在古典文學的詮釋上，以往的教學往往只注重意思的理解，較缺少意境的分析。以古典詩的鑑賞而論，很多人誤以為「只可意會，不可言傳」，其實，每一位寫作者在創作時，或自覺或不自覺地都會利用一些美學手法來增加詩文的美感。教學時，就該將其中的奧祕指點出來，再不能以「只可意會，不可言傳」來搪塞！譬如：孟浩然的詩作〈春曉〉：「春眠不覺曉，處處聞啼鳥；夜來風雨聲，花落知多少？」「春眠不覺曉」是「不覺」的狀態，「處處聞啼鳥」則是「聽覺」鳥啼之聲，「夜來風雨聲」也是「覺」的狀況，「花落知多少」又翻出「不知覺」的意思，如此「正」「反」相生，時而「覺」，時而「不覺」，正好襯托出「春眠」醒醒睡睡、睡睡醒醒的情調。另外從聲韻上來看，曉、鳥、少等舒徐和軟上聲韻，也正好有催眠之功。所以，無論從音韻或構思上來看，都挺契合詩題的「春曉」。又譬如李白的〈早發白帝城〉：「朝辭白帝彩雲間，千里江陵一日還。兩岸猿聲啼不住，輕舟已過萬重山」，以彩雲間的白帝城這個點起始，由長江一線拉至江陵，繼由兩岸猿聲使線的兩側增加二面；接著兩岸之外，又加上萬重山，瞬間構成一個龐大的立體空間。這快速的鏡頭運用與不停變換的場景，便產生一種驚心動魄的快感，這種氣氛的營造，其實是和時間的速率及空間的擴張有很大的關連的。又如〈尋隱者不遇〉這首詩，採用一正一反的結構，「松下問童子，言師採藥去，只在此山中，雲深不知處」，寫到山中拜訪老師，先遇著童子，以為必然找得到童子的老師，沒料到老師竟然採藥去，正以為希望落空，沒想到童子說「只在此山中」，似乎又燃起希望，結尾卻又迸出「雲深不知處。」一時好像可以找到，一時又找不到，這一正一反的布局，和隱者的身分是相當諧和的。凡此種種，端賴教師細細品味，多多闡述。

現代文學部分，無論作品屬於精雕細琢的華麗派或質樸寫實的自然派，之所以能廣受評論家或讀者的喜愛，都自有其寫作的策略運用。有的擅長醞釀氣氛；有的最喜鍛鍊字句；有的看重謀篇裁章；有的強調自然婉約；有的旁徵博引；有的信筆直書……。譬如，第一屆林榮三文學獎小品文得獎作品〈四方格子〉❺，寫一則難忘的童年難堪記憶。同樣的四方格子，隔著一層樓板，卻呈現迥然不同的光景。作者以居住環境的狹亂對映敞亮；擺設的粗鄙無文對照時髦文明；母親的疲萎亢奮襯映鄰居媽媽的微笑對答。同樣是童年，有人住在地獄；有人直奔天堂。住在相同的四方格子裡，命運卻是如此大不同。困窘的環境讓童年縮短，讓人情難堪。另一個四方格子裡，陽光燦爛、幸福滿溢，同學的母親，一逕舒徐體貼，她聰慧洞察，細緻地輸送溫暖，不待作者開口，致贈孩子垂涎的蛋糕和母親企盼的鈔票。作者端著雞蛋糕拾級下樓，萌生在樓梯間先吃一塊的慾望，豈止於口腹的飢餓！是對幸福家庭的強烈渴望。作者擅用對比映襯，讓哀、樂相尋，悽然之美湧生。而以今昔之變作結，恍惚、蒼涼之

❺ 葛愛華撰：〈四方格子〉（《自由時報・副刊》，二〇〇五年十一月十四日），見附錄六。

感愈出，雖言簡意賅卻又顯神致搖曳，堪稱小品佳作。

美感經驗的累積，不僅止於美術教育，文學的鑑賞也是其中的一環，教學中，若能讓學生具體辨識寫作手法的美醜，從字句到篇章，從意念到思想，逐步積累，美感經驗便會逐漸建立進而自成堅實體系，這對求學中的學生是相當重要的。

附錄六 四方格子

葛愛華

你所仰看的這棟四層樓公寓住宅已有三十多歲，你們曾在二十多年前遷入這坪數不大的四方格子裡，當時你父親剛中風，暫靠典賣家物張羅你和妹妹們四張黃口，這個四方格子便在那樣的情況下，由母親開口向一個朋友借住。

居住的記憶是你童年的最後階段，那件事過後你忽然就沒有童年了。

每日湯藥的父親在狹亂房間裡和說上兩句話就要摔罵你們的母親，一同等待所有轉壞的事情慢慢復原。父母被生活煎迫的焦慮，讓你所能回想的童年大多是大人沒有名目只求宣洩的痛打。

父親健康狀況改善後到外地餐廳打工，好像銜接什麼似地母親瘋迷了賭。

從小贏到大輸，從力圖翻本到賭店不肯再借賭資為止，半個月就輪替地熬上幾天夜的飢餓。油臭的頭髮、焦黃黯淡的臉，母親總會以一種極度疲萎的亢奮，慫恿你去敲鄰居的門，借點錢湊合父親寄回的薪水一同去翻本。

你能去借的只有兩家；一家是對門沒有生女孩的吳媽媽，她因為喜歡你家小么妹所以串過門；另一個是你的同班同學，就住你家天花板上一格。

吳媽媽打開門後的笑臉，因為你的目的變得不知所措的僵硬，伸手搆來買菜的小錢包，抓出幾張捲雜的小鈔直接住你手心塞，嘴裡嚷嚷：教你媽別再賭了、教你媽別再賭了！那時你大概九歲半沒人教你懂得難堪，竟在很短的時間內又去了兩三次。向吳媽媽借的小鈔沒還過，她給的壞臉色已經連石灰牆都看得出來。

你仰臉看了看三樓，只有你的同學還算攀得著邊了。

硬著頭皮去按門鈴的你，先支吾要問功課，後又囁嚅說有點事，同學的媽媽立刻招呼你坐，你眼前忽然魔幻地發亮。一模樣的四方格子，打陽台進，西邊不開窗，後面是倒L形小小曬衣廊，客餐廳和臥室鋪陳在田字裡。你驚異地對照樓板下的另一個四方格子。這客廳有皮沙發落坐，桌几旁有擺滿新鮮圖畫書的鑲玻璃書櫥，黑鋼琴罩著勾花紗巾隔開餐廳，看得見房間一角貼著綠花壁紙的牆上掛著鑲框的闔家照，以及同學的媽媽花時間認真跟你說話。當時說些什麼，現在你全忘了，也許你一直分心覺得對坐的同學好倒楣，分配到你這個準備跟他借錢的同班同學。

不過，那次你並沒有開口借錢，你說要回家時，同學媽媽遞給你一個小紙盒，彎下身來對你眨眼，笑著說：自己烤的雞蛋糕，吃吃看和外面賣的有什麼不同？你端著小盒，從樓上的四方格子，一個樓階一個樓階拾級下來，走回自己的四方格子。挨餓的你，很想在樓梯間就先打開來吃一塊。

乾淨的白棉紙襯著香味濃郁的雞蛋糕，妹妹們涎著眼圍攏過來。然後，你看見棉紙下面有疊顏色一致的東西，是母親涎著眼盼的。

二十多年後你回到這棟衰敗老舊的公寓前，發現記憶是一件不確定的事實，樓梯變得窄仄、門簷縮矮侷促，拾級上樓時，從早已遷搬的同學家門走出來的，是張陌生的愣面孔。

參　如何引導學生接近文學

接下來的重要命題是，我們要如何引導學生接近文學。要使學生接近文學，可能要注意以下幾點：

一　慎選貼近生命經驗的教材，以收潛移默化的功效

教育應從個人的情意共鳴為起始點，才能收表情達意、欣賞陶冶，甚至潛移默化的具體功效。所以，內容的活潑生動或文質兼備，是重要的考量。無論思想或文學，不管現代或古典，選文非但應分量均衡，且需切近時代的需求，較容易引發學子閱讀的興趣。傳統的教材，人多充滿道德教訓意味，在現今開放社會，顯得相當不合時宜。良好的教本應該掌握時代的脈動，避免過度僵化的八股教條，以人格深處的潛移默化為目標，呈現更大的人文關懷。而教師在選擇教本時，還需兼顧學生年齡層及是否貼近生活經驗。

有些文學作品，因思想較為深刻，或陳述的內容和年輕人的距離較遠，所以，體會上相形顯得困難。比如說董橋先生的散文❻，可說字字珠璣，餘味無窮。然而，他的文章總流露出極度的滄桑，我以為不到某種年齡以上的人，是無法領略其中的精髓的。因此，儘管對他的文字極為傾倒，我通常只點到為止。而許多古典文學，文字比較艱深，或思想上較顯消極，或非得有較高的文學素養才能充分體會其精髓的，可能在選擇時，都須再做評估，免得事倍功半，或消磨了學習者的意願。當然，學生的文學程度，跟年齡高下並不一定成正比。所以，事先對學生文學程度做評估，是有其必要的。這並不是說，教學時就必須捨棄思想較具深度的文章，相反的，學習的目的是為了提升思想的高度。然而，偶爾站到學生的高度上檢視學

❻董橋作品集《天氣是文字的顏色》、《紅了文化，綠了文明》、《竹雕筆筒辯證法》、《鍛句鍊字是禮貌》、《給自己的筆進補》、《酒肉歲月太匆匆》均由遠流出版。

習成果，使學生的學習不至於因「仰之彌高」而乾脆放棄，是最起碼的認識。

這幾年來在大學教書時，向同學介紹琦君女士的文章，可是同學卻說琦君的作品溫柔敦厚，是很善良，然而，在如此激烈競爭的社會，不免要質疑類似的不分青紅皂白的菩薩心腸是否和時代稍嫌脫節！又如王鼎鈞的《左心房的漩渦》，質地精純，堪稱散文中的極品。尤其對從大陸撤退來台的外省第一代而言，更是「於我心有戚戚焉」，但學生讀來卻可能只能領略王鼎鈞的文辭優美而已，其中的感時憂國則領略有限。

相反的，我曾經在課堂上介紹了一篇非專業寫作者王正方先生的〈我的父子關係〉，卻收到極熱烈的反應。作者在文章中用嬉笑怒罵的語調，娓娓敘說過往父子關係裡的愛恨怨嗔。不文過飾非、不美化事實，赤裸裸呈現一個為人子及為人父兩份成績單都呈現赤字過多的父子關係，通篇文字猶如一篇誠實的懺情錄。文字質樸、情感濃稠，以自剖方式，將一位意興風發、志在天下的浪子，任性過活的一生，淪肌浹髓地描摹下來，這和傳統遮遮掩掩、欲說還休的自傳表述方式自然是大不相同，更加引人注意。作者對年少愛臉心情的誠實剖白，不但引發了學生強烈的共鳴，也同時讓他們沉吟再三。

二　進行雙向溝通的開放性討論，以挖掘文學多元的意涵

閱讀一篇作品時，常常因各人的年齡、個性、生活經驗、文學程度的不同而有不同的體

會。每一個人在閱讀時，常都有各自注目的焦點，所以，雖然看的是同一篇文字，卻往往讀出了不同的意義。國文的教學，應該是幫助學生將被感動與發的緣由找出，並交換不同的體悟，使未曾身歷的生命情境也能透過討論活躍起來，換句話說，就是讓作品的生命藉著閱讀時的感動、反省而流動起來。

比如說顏元叔先生的〈曬太陽記〉❼，寫的是作者曬太陽的經驗。整篇文章呈現出的是慵懶的感覺。我和學生討論時，有人在顏元叔的故事中，感受到溫馨與可愛。說作者：

> 似乎幸運的抓住冬日裡的暖流，正逢周末假日的好時機，可以盡情的享受寒冬中的幸福，在四周環海的島嶼上，又沒有陽光的照射，無論是牆角、被子、衣服和心情都潮濕不堪，在這樣難得出現太陽的假日，於是拿出了籐椅在院子裡曬曬太陽，似乎有種魔力讓心情放鬆，景物變美，就連只有三株的桂花樹也覺得特別香，仲夏的太陽，總是那樣的無情凶狠；冬日的太陽，卻是那麼的溫馨可愛。（張筱詩）

有人認為平淡無奇的陽光在作者的描述下，彷佛是世界最美好的事物般，曬太陽成為最享受最要緊的事。因而引申出對「幸福」的感受，說：

---

❼ 顏元叔撰：〈曬太陽記〉（楊牧編：《中國近代散文選》，洪範出版社），見附錄七。

我們總是誤以為幸福很遠，總是汲汲營營的找尋，但是如果能停下腳步坐一會兒，其實簡單的幸福俯拾即是，春天的鳥叫可以是幸福，夏令的微風可以是幸福，秋夜的月色可以是幸福，當然了，冬日的暖陽也可以是幸福。看完文章後，我覺得作者的成功在於描寫，在他的筆下，曬太陽是件多麼幸福的事，此時此刻此地，那是他的陽光，那是他的幸福，即使此時有人願意用錢跟他買他的陽光，相信他也是不賣的。脫去厚重的外衣，也卸下煩人的世俗，在那個世界裡，只有作者與陽光，就像正在熱戀的情侶般，一黏上就分不開的眷戀，旁人透過他筆下的描述，也只能無限羨慕。就賞給自己一個無所事事，讓自己不再盲目的忙碌，或許就能發現幸福其實近在咫尺。（陳威任）

有人從寫作策略上討論，以為〈曬太陽記〉破題予人一種沉重的感覺，從棉被的潮濕與台北冬天著手描摹，接著寫到台北出了太陽，然後以冬日中曬太陽為主軸，描寫作者在一個出太陽的星期天，盡情享受曬太陽的過程，讀者可以隨著顏元叔筆下的太陽越過圍牆，一點一點的發掘、被溫暖。文章之所以能達到這個目標，主要是作者利用了「誇飾」的修辭法。作者渲染久違的放晴和悠閒假日的欣喜，擴大成〈曬太陽記〉裡令人羨慕的星期天。有人特別喜歡強調呼哨的聲音這一段：大兒子領著兩個弟弟，……然後，三個小搗蛋，一齊衝出院子的大門，呼哨的聲音，似乎使陽光也顫抖起來。有人則說：

文中運用大量的對比、擬人以及和妻子、小孩的互動，更加強陽光的溫暖，就好像因為陽光的關係一掃先前的全副冬裝、霉味以及快要感冒的感覺。整篇文章讓我感覺好像身在其中，也可感受到陽光的溫暖以及曬太陽的舒適、喜悅。（翁毓廷）

有人一本正經地引申出文章中有關「佔有」的議題：

在〈曬太陽記〉這篇文章中，作者在文章的迂迴中說明了在平凡中看見不平凡的際遇，但是在許多細微的地方更點出了一些現代人的習慣，首先，作者不斷的在強調圍牆內的太陽，我認為有很大一部分在說明人如何將自然掠為己有。有人透過欣賞來擁有，有人則透過實質地圍起圍牆來佔有。後者認為一旦畫了一個區域之後，就能在某些限度的情況下佔有自然。而最重要的部分則在於此篇文章中作者對於這兩種態度的抉擇，作者利用了綜合的方式，同時在圍牆內佔有，又同時具備了欣賞的美學方式的佔有，一旦透過主觀經驗的特殊感受去佔有這種自然，那麼自然本身就會帶有一種靈光，也就是自然不再是自然，它彷彿成為上帝所創造出來的藝術品一般，渾然天成，且除了自己的主觀經驗無人可以佔有。

但是這樣的美學欣賞方式，同時也點出了現代人的孤獨的、疏離的美學欣賞，不再是群體性的欣賞，必須要透過個人的特殊的生活態度，以及不同的感知模式才能在其中得到些什麼，故此，在這方面也帶出了資本主義社會中的美學欣賞態度是個人且孤單的，但是同時他又是獨一無二的，只有在瞬間才能得到這種美感。總之，每個人都可以在自然中獲取自己所希望的靈光，不過這樣的靈光仍然是要透過注意以及具備接受美學的感官，人們必須要在密不通風的社會中，竊取一絲絲能夠真正讓自己快樂的機會。（洪軒苑）

因為相互意見交流，光是一篇千字左右的文章，學生往往討論得興味盎然。有人從寫作手法上觀察，以為作者刻意以聽覺、嗅覺、觸覺的感受，來描寫他所觀察到的現象，使整篇文章呈現出繽紛多彩；有人從個人經驗探討，述及感官描繪的細膩、傳神；有人有另類的觀察，談到久雨過後的陽光，是作者流連徘徊的原因；有人探討文末亞歷山大的典故。……這樣的討論，常常熱烈到欲罷不能。這就是討論的妙用，讓學生自己去發覺，自己去感受，這樣才能學到更多的東西。

另外，我們曾一起閱讀蔣勳先生的小品文〈腳與鞋〉❽，文章中提到垃圾堆中常見被遺棄的舊鞋，似乎露出哀怨的表情。學生們便由此出發，觸動了許多的人生經驗，包括旅遊結束時，原擬丟棄在異邦的破舊鞋子，幾經思量，還是拎回台灣，其動機也是不忍看見陪伴多年的鞋子流落他鄉。覺得讓鞋子回到台灣的垃圾堆，有一種讓老友落葉歸根的義氣存焉！而

❽ 蔣勳撰：〈腳與鞋〉（《大度・山》，爾雅出版社）。

由鞋和腳的關係又引發出腳和手的尊卑區分的探討。有人以為缺手的殘障人士往往能將腳使喚得和手一般的俐落，而一般人若以腳代手，關電視或電扇等，總被大人斥責失禮，腳和手的區分已非單純實務操作的熟練分別，因為被鞋子所包裹而萌生的氣味，甚至降低了腳的尊榮。這樣的討論，逸趣橫生不說，甚且更進一步探討生活當中若干知其然卻不知其所以然的既定習性，可以說充分達到腦力激盪的效應。

雙向溝通之時，事先應將討論大綱擬定完畢，教師有備無患，討論時，態度才能從容自若，不致張皇失措，窘態畢露。然而，大綱雖經事先擬定，卻也不必過度拘泥，有話則長，無話則短，若學生岔出綱要也無妨，教師只要順勢使力，往往有意外的收穫。另外，進行討論時，老師切莫心存唯一的答案，只要能言之成理，應該容許有多元解讀的空間，多給學生鼓勵，學生得到肯定，才有發言討論的意願，討論的氣氛才會熱烈起來。

討論起始，一定要展示魄力，形成風氣。老師必須多多涵養等待的功夫，一開始若能展現「鍥而不捨」的耐性，讓學生明白討論之時，無人能夠倖免，學生若徒坐不言，不但無法通過考核，而且因為教師固執的等候、不率爾輕饒，將浪費師生大把時間，學生知道無可逃避，便比較願意動腦思考。教師千萬不可在一位學生尚未發言或正斟酌如何措辭時，便掉頭點名另一位，如此，必導致人人置身事外，討論自然無法熱烈進行。當然，除了體認上課不是老師單向的教授，而是師生共同的課題，沒有人應該自外於討論之列外，最要緊的莫過於挑起學生學習的興趣，讓學習變成一件愉快而親切的事，吸引學生快樂地進到教室來。

附錄七

曬太陽記

顏元叔

台北地區兩三個禮拜沒有出太陽了吧。棉被潮潮的，像是給毛毛雨淋過，已經是冬天，氣溫又低，每日來回住處與學校，總得穿著全副冬裝：毛襯衫、毛線衣、上裝、再加風衣，所以，星期日早晨出了太陽，直覺難得。星期天的太陽不是藏在雲裡捉迷藏；我在院子裡抬頭望去，從蟾蜍山頂到台大牛奶廠的大樓上端，全是蔚藍色的青天，沒有一片令人窒息的雲。太陽先曬在圍牆上，慢慢移到牆腳的聖誕紅、玫瑰花、山茶，後來曬到放在地面的蘭花上。

等太陽曬到水泥地面，我便端了一把籐椅出來，坐在院子裡曬太陽。我面對太陽坐著，轉瞬通體溫暖，腹部好像有點融化的感覺。我把椅子移轉過來，讓太陽曬在背上。我儘量彎起腰部，讓下半身也能曬到。背部曬暖了我又曬正面，正面曬暖了我又曬背部，冬天的太陽曬在頭上，腦子裡沒有別的，只有一個暖暖的太陽；何況又是禮拜天：不必上班，不必刮鬍子，大概不會有訪客。我把椅子倒過來，再曬背部。我面對著那幾缽茶花：白的、粉紅的、淡紅的，三種都開花了；許多的花苞，給陽光暖一暖，開得要更快更多了。

妻還在吃早飯，我大叫：「把被窩拿出來曬。」她捧出來兩條厚棉被，往我身上一堆，逕自去了。後來我聽到撥弄竹竿的聲音。不久，她從我身上取走一條被，然後又取走一條。我一直沒有動，被壓在被窩下，竟微微有些汗意。今天晚上睡覺，棉被不再會有潮濕的感覺了；假使用什麼機器把棉被使力壓一壓，說不定可以壓出三兩斤水來。想想幾個禮拜以來，都睡在三兩斤的涼水之中，又是冬天，這算是溫暖的休憩嗎？

這時候，我聽到推開窗戶的聲音。大概是妻把睡房的兩個窗戶推開了。對，把窗戶推開，全部推開，儘量推到底，好讓帶著陽光的空氣湧進來。屋內的角落裡，一定長霉了。這時候，我聽到父親也在推窗戶，母親也在推窗戶，嘩啦啦的好長一聲，想必也是一推到底。我懶洋洋地躺在籐椅裡，躺在陽光裡，也許我該把我書室的窗戶推開，可是我不願意離開椅子。大兒子領著兩個弟弟，從屋內一瀉而出，紗門先砸在牆上，砰的放一砲，然後砸回到門框上，更響的一砲。我一聲吆喝，三個人都停在院子中間，我說：「顏學誠，把我書房的窗子推開！」他嘩的一聲就把一扇重重的窗戶開了。大兒子能推窗戶，還是這幾個月來的事。年紀七歲不到，一餐三碗，據說體重全班第一。然後，三個小搗蛋，一齊衝出院子的大門，呼哨的聲音，似乎使陽光也顫抖起來。

住家有圍牆總是好的。有了圍牆，院子就變成一家的私產；沒有圍牆，院子就成了鄰居或路人的了。沒有圍牆的時候，我的家居活動範圍就止於客廳的門口；走出院子，就像走上大街。後來我痛下決心，蓋了一道六尺高的磚牆，於是屋外的二、三十坪草地就變成了個人休閒空間的一部分，關上院子的大門，自成一個小天地；路上的行人和我，牆裡牆外，各不相涉；夏天，尤其是夏夜，穿著汗衫內褲，也可以到院子裡走走，透透氣，躺在椅子上看看天空的星。假使偶然呆立在玫瑰花前，也不會有人投以詫異的眼光吧。倘若沒有這道圍牆，我不會好意思躺在這裡曬太陽，像一個冬烘先生——雖然我心裡確實已很「冬烘」。從前一位台大的女同學，去了美國一兩年便談起留美觀感來，她說她最欣賞美國人住家不用圍牆，你家的後院連著我家的後院，我家的左窗對著他家的右窗；她說這樣表示美國人很開放，很坦誠，容易來往，容易大夥兒混在一起。也許她有道理。不過我還是喜歡躲在圍牆後面，曬我的太陽；我不願意讓個人曬太陽的事，變成左鄰右舍的話題——假使他們不同意我曬太陽；要是他們同意，我也不願意他們做效，於是千家萬戶通通把睡椅搬到門前的草坪上，舉國的人都曬起太陽來。

妻在屋裡叫喊：「要不要看報紙？」我沒有回話。

我繼續曬我的太陽，前面曬曬，後面曬曬，難得的好太陽，我橫過來坐，讓太陽直接照射腰部，左邊曬曬，右邊曬曬。毛孔一定全部張開了，二十多個陰雨天氣裡吸進的寒氣，一齊要吐盡。我摸摸身上的衣服，乾綳綳的，每根羊毛都恢復了彈性，站了起來。陰雨的天氣，十之七八，我總是患著不輕不重的感冒，近來又加上咳嗽。早上起來，從喉頭深處咳出來的痰，濃得像漿糊。我對氣候最敏感，天氣一暖感冒就消失了。我躺在椅子上，仰起頭，讓陽光直射喉頭。這時我稍微睜開眼睛，光禿的柳枝上來了一隻小鳥，接著又來一隻，又來一隻，停下來的時候壓得柳枝擺動起來。是什麼鳥像這個樣子，作這種叫聲。不是麻雀，麻雀我認得。不是金絲雀，金絲雀不是這種叫法。罷了，且不去管牠。牠們叫牠們的，我曬我的太陽。一輛機車達達的由遠而近，從牆外經過，三隻鳥全飛過屋頂不見了，機車達達地從死巷的端頭折回，開了出去。我繼續曬我的太陽。今天是禮拜天，沒有事要我出去，沒有人要來看我。我仰起沒有剃鬍子的下巴，讓太陽烘炙著；閉著的眼皮變成一片紅暈，有星火在下面跳躍。

妻說：「桂花好香。」她到了院子裡，站在我身邊。我用力吸了幾鼻孔氣，果然有些香味，不能算「好香」。靠牆栽着的三株桂花樹，花是開滿了，只是陰雨綿綿，一直不香，今天出了太陽，熱氣一蒸，中午大概會最香。妻把報紙擱在我懷裡。「你看吧，」她說，然後回到屋裡去了，我聽到放自來水的聲音，放入水桶那種小瀑布似的聲音。妻大概是準備拖地板。門窗全部打開，乾燥的空氣流通一番，地面乾得快，是擦地的時候。我側過身來，讓涼了的左腰側再曬曬，報紙便滑到地上去了。我懶得撿它，反正我不看它，至少今天不看報，至少這個時候不看報。

我閉著眼睛，對著太陽，讓眼皮化成一片紅暈，裡面有彩色的火星跳躍。在二、三十坪的小院子裡，在五、六尺的圍牆後面，沿牆的土壇上有十來種的花草，茶花都開了，桂花漸漸香起來，有椅子躺著，太陽在身上，腳搭在花壇的短牆上，又是星期天，我為什麼要看報紙。報紙已經滑到地上。我懶得撿它，反正我不看它，至少今天不看報，至少這個時候不看報。五彩的星火，在金色的昏暈裡跳躍——在我的眼皮下。

不過，我很想知道：亞東隊是贏了還是輸了。我大叫：「亞東贏了還是輸了？」「贏了。」妻在屋裡高聲回答。蘸著水的拖把打在地上，聲音很清脆。

冬天的太陽，漸漸滲透到心坎裡去。牆外，我的三個兒子已經和鄰居的小孩子，結成一夥，又叫又笑，不知道在玩些什麼。妻在屋裡拖地板，聲音清脆、規律。假使這個時候，有人來擋住我的太陽，我會倣效那個瘋癲的古希臘人說：「走開，亞歷山大，不要擋住我的陽光。」

冬天的太陽。……

三　涵養歸納導引的功夫，以深耕文學與生活的田地

歸納導引的功夫，是讓前述的討論趨於熱烈的主因。歸納導引是一種文學聯想與深耕的動作，正是語文教育的重點。任何一種文學形式的創作，都必須具備聯想與闡釋的能力，所以，好的導引，不只是導引學習者發現作者寫作的奧祕，而且進一步在生活中履踐，在人生的行道上因為這樣的學習而看到更多的風景。

聯想是由彼及此，將相關或相反的材料與主題做適切的聯繫，以凸顯所要表達的意義。

闡釋則是將既有材料做更進一步的解讀或詮釋。譬如：「論交通」，正面可能會讓人想到道路、橋樑、溝通、蛛網、秩序，也許還可能進一步聯想到人際關係、四海一家、地球村的觀念；反面則可能聯想起複雜、混亂、偏僻、荒涼，進一步則有與世隔絕、冥頑不靈的聯想。也就是說，由它原始的平面的「行」的意涵，藉由聯想，拓及抽象的思想的溝通聯絡，「交通」的意義就海闊天空，不再受到侷限。

「闡釋」是設法讓文章往深處發展的努力。譬如：「大自然的奧祕」的題目，大部分的人都會引用類似「好鳥枝頭亦朋友，落花水面皆文章」或「萬物靜觀皆自得」的文字來彰顯主題，甚至也提到《論語．陽貨》：「天何言哉！四時行焉，百物生焉。天何言哉！」但是，也經常只停留在這樣的層次上，反覆陳述師法自然的重要。其結果是，閱讀者對大自然是奧祕的事實，知其然而不知其所以然。好的文章，必須設法跳脫無謂的糾纏，而將論述往深處延伸、挖掘，告訴讀者，如何師法自然？或舉例說明大自然如何給人啟示？例如：清人龔自珍詞：「落紅不是無情物，化做春泥更護花」，是龔自珍從大自然中花朵的凋謝，感受花朵回饋母體的深情；《論語》裡，孔子站在沂水上感嘆：「逝者如斯夫？不舍晝夜。」是孔子從湯湯流逝的河水得到要珍惜光陰的啟示；總統蔣公則曾因看到逆流而上的魚，而感悟人生向自己挑戰的必要！所謂「學問」，不只要學、要問，更重要的是經過思考過後的篤行！這種篤行，也許是見諸生活中的力行，也或者是寫文章時的消化與運用。作為一位稱職的教師，必須在教學前，先行豐富自體，學會類似的歸納導引本事。例如王羲之的〈蘭亭集序〉中談到「情隨事遷」，感慨人生的變化。而豐子愷的散文〈漸〉裡，也闡釋了相似的觀念。如果老師平常就有閱讀的習慣，那就可以把歸納導引的功夫做得很好。上課時，信手拈來，加以補充，才能做一位稱職的教師。

又譬如：讀黃春明先生的〈蘋果的滋味〉，說的是台灣接受美援的時代，一位貧窮的父親，不小心被美軍撞傷，卻意外地讓家人因此受惠，嚐到蘋果的滋味。如果我們在授課時，能同時將林語堂的《唐人街》及王禎和的《嫁妝一牛車》，甚至老舍的《駱駝祥子》拿來做補充資料，則可讓學生們見到相同命題卻不同表現的文學手法，或是文學題材相承繼的不約而同。當然更能充分見證困頓年代的委屈，並不只一家獨然，是整個時代的悲劇。

四　善用各式輔助教材，以活潑教學現場

教書時，如果能有相關文物佐證，常常能夠讓學習者有具體的依傍，當然更能收事半功倍之效。譬如，閱讀王羲之〈蘭亭集序〉，若能找到古人曲水流觴的畫作，讓學生們由畫作裡得知修褉儀式的實況：荷葉承載流觴，參與者列坐河的兩旁，除有書僮在旁伺候外，座位前尚備有韻書，以供查考，如此還原曲水流觴時飲酒賦詩的現場狀況，應該能清楚理解修褉儀式並引發學生學習的興味，也更能體會王羲之等人徜徉於大自然時慨嘆生死的心情。而讀到

杜甫詩歌〈麗人行〉，若能同時前往參觀故宮展出的唐代大展，看看唐代皇室出遊畫作，必更能心領神會。

為提升新文學教育，本人曾編輯《繁花盛景——台灣當代文學新選》❾，撰作導讀文字外，並遠赴海內外，對被選入的作者作深度訪談，請作者現身說法，或剖析創作當時的心路歷程，或提供第一手的解讀祕方，或呈現個人創作經驗，或殷殷給予喜愛創作的後起者打氣。其中並延攬當代重要文學評論者共襄盛舉，也面對鏡頭提供另類解讀方式。所有的訪談，全以數位影音呈現，傳統文本與前衛數位的結合，上課時，除了閱讀文本，並可播放DVD，讓學生在螢光幕上與作家做另類接觸，除可帶動活潑教學並能平添閱讀樂趣，效果十分良好。

五　增進解讀分析的能力，直指作者的獨運匠心

面對作家精心創作的文字，老師必須有足夠的學養加以解讀分析，將作品的好處或作者的匠心獨運具體指陳，才能在作者與讀者間肩負溝通橋樑的責任。此處就以王鼎鈞先生〈稍安勿躁〉❿一文為例，加以解讀分析，以為參考。

〈稍安勿躁〉揭豬容忍的重要，若逢外患而自亂陣腳，無異予敵人以可乘之機，因此，

---

❾ 陳義芝、周芬伶、廖玉蕙合編：《繁花盛景——台灣當代文學新選》（正中書局，二〇〇三年八月）。

❿ 王鼎鈞撰：〈稍安勿躁〉（《我們現代人》，爾雅出版社，二〇〇二年），見附錄八。

如能「怒時數十，盛怒數百」，必能逢凶化吉、解除危機。

〈稍安勿躁〉分為四段，首段先鋪排環境，次段醞釀危機，第三段為重點所在，熱鬧繽紛，敘寫中了小孩陷阱的螃蟹，內鬨不止，終於束手就擒。第四段為作者發慨之辭，簡單俐落，而其意自明。

本文前三段敘事，最後一段，以簡淨的三言兩語，拈出題旨，強調相互容忍的重要，要言不煩，發人深省。

首段點出小故事的時空及主角——夜深露重的洞穴之外、一群呼吸新鮮空氣的螃蟹。接著，鏡頭由空曠的立體空間拉回到一群躡手躡腳提馬燈來捉螃蟹的小孩身上。為了醞釀危機四伏的氣氛，作者還特別花費了些筆墨在一盞閃爍的馬燈上：馬燈的火焰微弱，而且還罩在一層黑色的布套裡，給周遭平添了幾分的神祕感。而毫無警覺的螃蟹卻還徜徉自如，渾然不知死之將至。

第三段是主體所在。前兩段的幽靜闃黑，瞬間活動閃亮了起來：一連串迅雷不及掩耳的動作相繼在剎那間展開——孩子們拉開布套、擰亮燈火、用燈光追趕、逼迫、擾亂、微笑；螃蟹則暴露危險中、慌亂揮動大鉗、尋找棲身處、慌不擇路、滿地亂滾、往洞裡鑽、從洞裡退出、雙雙扭打、互相鉗夾、慌亂躲進別人洞裡、彼此互逐、洞內展開內鬨、搏鬥、扭成一團……。最後是微笑的孩子將牠們一對對丟進簍子、滿載而歸。作者用靈動的筆觸，栩栩如生的描摹著，彷彿對著諸多聽眾，比手畫腳的講述一個讓人屏息的故事。

說故事的作者，頗具匠心的營造了個反思的情境：由第二段孩子們的步步為營，一變為第三段的微笑等待戰果；而螃蟹的處境恰恰好相反，由鬆懈一變為慌亂。聰明的讀者，也許不難體會作者除了主題「稍安勿躁」外的引申意義，即「生於憂患，死於安樂」。

故事終了，聽眾從刺激緊張中起身，正伸著懶腰，準備散場，亦如傳統小說般，因為作者並不以說了一個有趣的故事為滿足，作者顯然有話要說，甚至可說是不吐不快，所以，忍不住跑到前台來，說說這個故事給人的「啟示」，丟出一個「躁」字，再拈出一個「忍」來，然後，作者亦如那群頑皮的孩子般，滿意且安靜的微笑著。

王鼎鈞先生認真觀察人生，細細咀嚼經驗，陸續將經驗消化成精粹的心得，而以短小的篇章呈現，除造成閱讀的風潮外，也因此開啟了其後短篇的筆記型散文的創作路線。他所寫作的「人生三書」裡，最善於用比喻的技巧來凸顯主題。〈稍安勿躁〉第二段中，以孩子的處心積慮、躡手躡腳，對比螃蟹的毫無警覺、徜徉自如；第三段中，以孩子的微笑等待，對比螃蟹的躁動扭打。誰「安」？誰「躁」？不言自明。

這篇文章，以小故事來說明大道理，顯見作者的人生經驗豐富，觀察細膩敏銳，邏輯思考有條不紊，歸納分析事理都十分透徹，雖為議論性的雜文，但遣詞用字十分精準，間或穿插文學性的描述，如篇中對螃蟹內鬨的精彩描繪，非寫作能手，無以致之。尤其，短短篇幅卻承載無限哲思，讓人讀後思之再三，無怪乎有人要評其作品：「他的散文在從容之中有嚴密，簡短之中有餘韻，精鍊之中有變化，別具一格，引人入勝。」

附錄八

稍安勿躁

王鼎鈞

夜靜，露濕，土鬆，螃蟹紛紛走出洞穴之外呼吸新鮮空氣。一群捉蟹的孩子來了，他們躡手躡腳，提著馬燈，火焰微弱，還罩在一層黑色的布套裡。所以，螃蟹不知道發生什麼事，依然徜徉自如。

孩子們突然拉開布套，擰亮燈火，滿地螃蟹都暴露在危險裡了，牠們慌亂的揮動大鉗尋找自己棲身的地下室，慌不擇路滿地亂滾。頑皮的孩子只是用燈光追趕牠們，逼迫牠們，擾亂牠們，任憑牠們往洞裡鑽，他們微笑著在洞外等待。不久，那些螃蟹又從洞裡一隻一隻退出來了，——是一雙一雙退出來了，兩隻螃蟹在一起扭打，你鉗住了我，我夾住了你。牠們在慌亂中躲進別人的洞裡，其中一隻又非將另外一隻驅出洞外不可。於是在洞內展開有你無我的內鬨，到洞外繼續作不共戴天的搏鬥，扭成一團，扭在一起，誰也不肯放開。對那燈火，那捉螃蟹人的手，都索性置之不顧。結局是，捉螃蟹的孩子把牠們一隻一隻——不，一對一對丟進簍子裡滿載而歸。

災難當頭，為什麼不互相容忍片刻呢？古人對螃蟹的評語是「躁」，你看，真是不錯。

六 加強思辨過程的測試，剔除僵化的作文命題

在考核學生學習成果時，命題方式及命題內容的改良也是當務之急。思考性、開放性題目的增加，當可帶動教學的活潑化。當單一答案不再成為主流時，也許學生就得開始被迫將一向只用來記憶的腦袋重新啟動；當感性的體悟也併入評分的範疇時，也許人們才會因此主動開始思考如何相互對待的人生重要命題。學習是為了讓生活更容易，不是製造夾纏不清的糾葛來困住生命。

所以，檢討國文教育的同時，也該一併檢討考試的命題。記誦的功夫，對某些具備吟頌韻律的美文是有其必要性。除此之外，若能在題型上力求活潑，加強思辨過程，讓同學多多腦力激盪，或者更能培養他們的創發能力。一般學生之所以對作文最感頭痛，常常肇因於題目的不切實際。或者是文題離生命經驗過度遙遠，或者是太過老套、制式。另外，命題最好不要過度夾帶個人主觀認定，如「個人好，社會就一定好」、「下雨天真好！」兩則命題，都將結論說死，只允許正面論述，不容許多元發揮，這樣的命題讓寫作者綁手綁腳，也對培養獨立思考的作文旨意大打折扣。作文題目不宜暗示過度的道德教訓，能有適度的寬鬆尺度是必要的。所謂的「適度寬鬆尺度」，不只就內容思想的「潔癖」而言，更在題目的指定上。譬

如以單一的「同學會」命題，就不如給個較為彈性的範圍，譬如「以任何的一次集會為敘寫內容」，則舉凡班會、婚禮、喪禮、同學會、週會、生日宴會……都在寫作之列，讓撰寫者有較大的彈性空間，內容有較多元的思考，會比較容易發揮。

學習的成果，若能得到發表的機會，對學習意願是非常大的鼓舞。學生創作出優秀作品，若能徵得同意，讓全班同學「奇文共賞」並加討論，往往能收切磋砥礪功效。而如今媒體眾多，開放給全民寫作的版面也不少。老師若能配合媒體的徵文，鼓勵學生投稿，一旦有作品被刊登出來，不但作者受到鼓勵，連帶也會刺激並帶動寫作風潮。目前，許多大專院校都設有文學獎，其用意也在這裡，一方面可驗收學習成果，一方面也間接帶動校園的文學氛圍。另外，如在作文之前，能提供良好範例，作為參考，啟發他們的思考方向，通常也能收事半功倍之效。

一篇美好的文章，通常具備良好的韻律感。因此，若是能要求學生常常大聲朗讀優秀作家的作品，久而久之，便能掌握文章的音樂性，下筆時，朗讀後存留在腦中或心裡的節奏便會自然形諸筆端，文章的流暢度便自然而然提高。

肆　結語

文學作品若只知墨守傳統，不敢自出新意，永遠只能是二流作品，文字再是流利、修辭再是講究、布局再是精當，終歸只是步人後塵，成不了氣候。所以，寫作者必須學、思並重，養成閱讀的習慣之外，並常常思考人生，爬梳生活現象，不畏權威，不拘泥於傳統。

然而，創意並非胡亂標新，「反常合道」是最高境界。作品要達到反常合道的境地，必須在生活中積累創作的資源，譬如培養詮釋人生的能力和向傳統挑戰的精神、坦然自剖的勇氣；經常保持對世界的好奇與關心且勇於顛覆習慣領域。閱讀好作品就是學習這些文章的真精神。如果在中國文學的教學裡，我們能夠慎選教材，以積極有效的歸納導引方法，並利用雙向溝通的討論方式，開發情意、培養學生詮釋人生及開發創意的能力，同時能兼顧測試方式的活潑，必能達到人文教育的積極目的。

朱子有詩云：「半畝方塘一鑑開，天光雲影共徘徊。問渠哪得清如許？為有源頭活水來。」因為塘水清澈明淨，才能襯出天光雲影的美妙。生活也就像那半畝的方塘一樣，如何才能永遠保持人生的明淨清澈？便是要靠我們不停地為人生的田地引進源頭活水。中國文學的教育就是希望從前人的作品中借鏡經驗，汲取精華，滋潤現實的生活，是另一種的深度生活思考，也是為人生引進活水，讓生活充滿美麗天光雲影的方式。

（原載《通識教育季刊》第八卷第四期，二〇〇一年十二月，中華民國通識教育學會。二〇〇六年十二月重新修訂）

3 CHAPTER 第三章

虛構與真實

壹 前言

文學的構成往往虛實參半，中國最膾炙人口的章回小說《三國演義》的題材，號稱「七分史實、三分虛構」，但一般大眾熟知的情節如：空城計、借東風、捉放曹……等，都是屬於文學上三分虛構的部分，這正可以印證文學炫人的風采。《三國志》的歷史經過說書人的再三傳播及加油添醋後，展現了迥異於歷史真相的迷人特質。

文學不免其虛構的必要，但讓人著迷的虛構，不只是一種幻想，必須是超越理念束縛的一種把握；它不只是一種寫作技巧，更是一種對人世諸相的熱情。文學家運用自己獨特的方式來記錄這個世界、記錄人群，當然有別於刻板的歷史，也迥異於市井傳播的小道新聞。虛構是用針線將人生無數的點串連起來，創作其實就像是穿針引線的工程。所以，高明的虛構，必須具備創意，而所謂的「創意」，並非漫無章法的胡謅，它必須植基在實際的生活上，兼顧哲理與邏輯，才具備說服力與吸引力。

虛構的作品必須有真實做基礎，但是，所謂的真實，常常不一定是指它的材料，而往往偏重真誠的情感。換句話說，真實的材料不一定就值得入文，而有些虛構的題材，因為表達者的情感真誠無偽或所欲彰顯的哲理貼近讀者的生命經驗，而深深打動人心。譬如：唐人小說中，有一則名為〈李徵〉❶的人化為虎的故事，它敘說一個桀驁不馴的讀書人李徵無法適應世俗官場文化，以致鬱鬱寡歡。其後，甚至不自覺間化身為虎，從此懷著人的思想、虎的行為，獨自縱橫山林、遠離人跡。唐傳奇以人化為虎的故事，暗喻人間格格不入、不從流俗的一種悲涼，相當傳神。這個寓言，題材雖然純屬虛構，但人具有虎性應有幾分真實，人渴望與世隔絕、走入山林的心情，非但不是虛構，而且合乎情理，因此動人心魄。這樣的心情且是無分國界的，所以，日本近代作家中島敦看到了這個作品，甚至將它改寫成名為〈山月記〉的小說，以李徵內心的糾葛來寄託自己懷才不遇的焦慮與苦楚❷。

相較於虛構的小說，散文的寫作被普遍認定是一種比較真實的記述，它是否容許虛構呢？或者說，它是否也有屬於它的虛構呢？散文作家寫他對人生的種種觀察與體會，無論記人、敘事、議論或抒情，似乎都有個「我」在其間，儘管現代文類交錯的情況嚴重，小說與散文

❶ 李景亮撰：《宣室志》（見李昉編：《太平廣記》卷427，中華書局）。

❷ 中島敦的友人深田久彌曾云：「讀了〈山月記〉後，感到切身的悲痛，在李徵化成虎的痛哭中，我似乎聽見了作者深切的感嘆。」（見鷺只雄編：《中島敦》，文泉堂，一九八五年）另外，村田秀明亦云：「年輕時就希望得到文名，到了近三十歲的現在尚一事無成，中島的焦躁感讓人想起〈山月記〉中的主角李徵，此篇小說深深的傳達中島內心的苦楚。」（見田鍋幸信編：《中島敦・光與影》，新有堂，一九八九年）。

的義界越來越形模糊，這樣的一個看法應該仍為大多數人所接受。既然有個「我」在其中，就不能避免主觀的介入，我看、我思、我寫，看人間、思往事、寫我口，周遭的景物、人物、事件，便從筆下源源流出。尤其是擅長寫作生活小品的散文作者，往往自真實生活取材，貼近生活的筆很容易指向師友、家人、鄰居、學生。而因為散文作家在文字中透露出比詩人及小說家更多的真實，他和讀者的距離也因之最為接近。大部分的讀者未必知道詩人鄭愁予的家庭狀況，也不一定清楚小說家張大春的交友情形，但是，在遇到散文作者林文月時，馬上可接續她散文《飲膳札記》❸裡的內容來發問：「扣三絲湯裡的冬筍能不能用其他的材料來代替？」或者在看完《紅嬰仔》❹後，和簡媜大談育嬰之道；或者問寫作〈三代以前農家子〉❺的楊牧：「你回台灣教書，那在西雅圖的家是如何處置的？」散文讀者或多或少地參與了作者的創作活動，對作家的一舉一動有所了解，甚至一不小心還會成為散文作者寫作的資材。因為這樣的真實，以至於使散文作家在面對讀者：「你寫的都是真的嗎？」的提問時，倍感迷惘與壓力。著名的《讀者文摘》雜誌，在選刊散文作品時，往往花很多的時間和精力來對作品中的人、事、時、地、物做徵信的動作，便是認定散文作品不能虛構！必須真實。然而，

❸林文月撰：《飲膳札記》（洪範出版社，一九九九年五月）。
❹簡媜撰：《紅嬰仔》（聯合文學出版社，一九九九年五月）。
❺楊牧撰：《搜索者》（洪範出版社，一九八二年五月）。

散文的寫作果真必須全然真實嗎？本文企圖純就自身創作及閱讀散文的經驗，探索現代散文中的虛構與真實的弔詭，或者可供有意從事散文創作者之參考。

貳　散文寫作時的虛構

一　不自覺的虛構（記憶的揀選）

散文的寫作其實也有某種程度的虛構，而這種虛構往往是非自覺性的。

前些日子，有位教授到家中來拜訪，正巧遇到我的母親。他客氣的向母親致意說：「你女兒真行！把你寫得好精彩！」母親竟然回說：「哪裡！作家還不都是亂寫的！」這樣的回答，讓我既尷尬又吃驚。事後，我問她怎會是亂寫？她的回答就更讓我嚇一跳了，她說：「像我這麼溫柔的人，你每次都把我寫得那樣嚴厲，這還不叫亂寫嗎！」母親居然自認溫柔？我不禁啼笑皆非起來。在我所有的回憶文字中，母親確實一逕以麻利、橫潑的形象出現❻，而

❻見廖玉蕙撰：〈最大的驕傲〉、〈母親的眼淚〉（見附錄九）、〈媽媽萬歲〉（見附錄十）（《對荒謬微笑》，三民書局，二〇〇五年一月）。

這也確實是我多年來對母親的印象。那夜，我靜靜俛首追憶：年少時候，黃昏時分回家，常在推門剎那，看見母親低頭在廚房中忙碌，鎖眉紅鼻、眼睛隱隱泛著淚光。這時，生性敏感的我，便由空氣中嗅出一絲溫柔的氣息，知道房中的某一角落，必定仰躺著一本摺了角的言情小說。這時，浸淫在文藝愛情大悲劇的氛圍中並反芻著複雜的情愛糾葛情節的母親，或者是溫柔的吧？我如是揣想著。然而，何以多年後落下的筆墨，總是挾帶著鞭影與厲聲！我不斷的自問著。

另外，我曾在若干懷舊的文章中，一再提及小學時因轉學之故，備受同學欺凌，童年因而變得黑暗、晦澀❼。但開同學會時，居然有同學指控我勢利眼，都不跟功課差的同學玩，我大吃一驚！我那麼哀怨孤獨的活了三十多年，最後，竟然被歸類為強勢的勢利眼！另一位同學則納悶地說：「當年，我們總是踩著夕陽餘暉，一同牽手唱歌去補習，我以為我們都是一樣快樂的！不知你竟如此寂寞！」另一位同學則溫柔地敘述著：在我擔任學藝股長時的一個下雨的黃昏，曾經耐心的陪伴沒帶雨衣的她，甚至在久候而雨仍不止的狀況下，和她共用一件雨衣，送她回家。語畢，她還深情的補充：「長大後，每當遇到挫折時，總會想起那個溫柔的黃昏。」

那個剎那，他們說的種種，我似乎什麼都不記得，又似乎什麼都記了起來！

❼ 廖玉蕙撰：〈圈外〉《閒情》，圓神出版社，一九八六年五月）。

經過了以上的兩件事，我才恍然大悟：原來記憶有其自然的揀選，選擇了什麼樣的記憶，就選擇了過什麼樣的人生！而選擇了什麼樣的人生，也就不自覺地寫出了什麼樣的題材。因為沒有正眼去看多情的部分，所以，認定了母親是嚴格的、同學是無情的，經過沉澱後的記憶，因此變成失去歡樂的黑暗童年。這樣的揀選，使作者建構了一個也許和事實稍有出入的世界，這是不是也算一種虛構？

作家李渝曾經在一篇散文中坦述她個人的經驗說：

> 記憶忽現忽失，光忽強忽弱，有時我會把兩件事錯想在一起，例如地點都記成了紅樓，既然是紅樓，又添想出紅色的樓宇、金色的屋頂等，越發使故事生動晶瑩，宛然如實境。……記憶可以挑選篩製，文字可以呼風喚雨，兩者都是虛無的；用文字來記敘虛思，用字句段落標點符號來營造美景華廈，無非都是在空中勾畫樓閣。❽

文章中敘述的寫作經驗，和前述我的說法，可謂不謀而合。焦桐在評論楊牧散文集《昔我往矣》時，也有同樣的論點：

❽ 李渝撰：〈莊嚴〉（《聯合報・副刊》，一九九九年六月十四日）。

相對於詩、小說，散文顯然存在著較濃的非虛構特質，可是若因此便斷定散文要像報導文學般遵守真實性，未免是文類認知上的幻覺。我所謂的「自傳體散文」處理的重點不是生活點滴或事件本身，跟魯迅的《朝花夕拾》不一樣，也不企圖較完整地記載幼年到青年時期的生活經驗，我料想，其中甚至不乏猜測的成分，他的記憶是半虛構的，是在想像力的幫助之下，發展建構出來的。❾

而吳潛誠也在一篇題為〈虛構的自傳：閱讀楊牧〉的文章中這樣說：

楊牧以一個詩人的成長，一個詩心的萌芽，來貫穿他的整個少年時代的經驗。在他的自傳文集，我們看到的是一個戴著詩人面具的楊牧。作品裡的楊牧是一個演員，不是真實生活世界裡面的楊牧。換言之，詩人的萌芽茁長，決定了他的生平，而不是他的生平經驗產生了他的自傳，也不是他的生平經驗左右了他的自傳。《山風海雨》跟《方向歸零》這二本書裡面的一切描述，所呈現的詩人少年時的經驗，是描寫他的故鄉的高山大海，他小時候對女性的愛慕，或說是性的啟蒙，他對原住民的印象，他對死亡的恐懼，以及其他種種的幻想，還有他對知識的探討，全部都直接或間接牽涉到詩人的成長。那意思就是說，楊牧用他發展成為

❾ 焦桐撰：〈真實的蜃樓——楊牧自傳體散文中的半虛構世界〉《幼獅文藝》，幼獅文化出版公司，一九九八年四月號）。

詩人，這樣一個主軸，這樣一個motif，去貫穿他的一生所有的經驗。……那些部分是它的「虛構」呢？你表達的媒介、你使用的膠卷、文字，用字遣詞，你使用的意象、語調，以及題材的選擇，寫作上的技巧，文體全部加起來，都可以叫做面具(mask)。[10]

可見，這種不自覺的揀選，在散文的寫作中，是極有可能的存在。所以，我們可以說：類似的自傳，跟其他的作品一樣，也都是一種虛構的文本，虛構亦即由文字建構起來的。彼得・柏格在談到「個人傳記之解釋」時，就這麼說：

就如同亨利・柏格森(Henri Bergson)所說的，記憶本身就是一種反覆解釋的行動。當我們回憶過去時就是在根據我們目前關於何種重要何事不重要的一年來重建過去。這就是心理學家所謂的「選擇性的知覺」……這意指在任何情境中近乎無限多的事物裡，我們只注意到那些對我們的直接目的而言有重要的事物，其他的都忽略了。[11]

在記載人物或人物生活的散文裡，我們看到的並不是一個真實的百分百呈現；而是一個

[10] 吳潛誠撰：〈虛構的自傳〉（《更生日報・四方文學月刊》，一九九七年十一月二十三日）。

[11] 彼得・柏格著：《社會學導引》（頁61，巨流出版社，一九八二年）。

敘述聲音想要建構的角色，他被創造出來，談論著他自己的過去或生活。這時，作者所呈現的面具，只是一個面向。換句話說，我們與其說文章中所敘述的人是真實的，不如說是作者所設想、經營出來的，希望讓別人看到的角色，而這種企圖，有時連自己也並不是太清楚地意識到。

附錄九 母親的眼淚⑫

前年夏天，大哥酒後騎摩托車肇事，我由北部星夜馳回，直接趕到醫院，看到他面容腫脹青紫，氣息全無，端賴人工呼吸器延續生命，不覺五臟俱焚、痛哭失聲，前來探視的親友，由加護病房出來，也無不淚流滿面。只有母親仍是一逕的強人姿態，她一下子打電話請教親朋中的外科醫師，一下子為前來探病的朋友解說肇事原委，一會兒又穿上為家屬準備的白袍進到加護病房中探望，一面還不忘禮數周到的向離去的親友道謝。醫院開出了病危通知書，醫師拿著斷層掃描的片子，對著顱內的血塊嘆氣，兄弟姐妹全攜家帶眷回來了。情況很糟，大夥兒嘴裡不說，其實沒有人心存僥倖。

主治醫師決定暫時不開刀。昏迷指數太低，怕開刀承受不住。留下大嫂及姪兒守候，我

⑫ 廖玉蕙撰：〈母親的眼淚〉《對荒謬微笑》，三民書局，二〇〇五年一月）。

們由台中回到潭子時，正是黃昏。大人們心情沉重，小孩子很快就忘記了悲傷，一會兒功夫便打鬧成一團，一屋子的吵雜。母親邊做家務、邊吆喝。一會兒罵孩子，一會兒罵孩子的娘，完全和平常我們回家一樣，而我們也和以前一般，邊附和著罵孩子，邊警醒地幫忙做家事。通常在這種情況下，母親會很快地停止她的詬罵。可是，這回卻像煞不住的火車般，直衝了出去。母親愈說愈氣，愈說愈大聲，甚至連陳年老賬都翻出來了。晚餐擺出來了，不管大人小孩都嗅到了不尋常的訊息，戰戰兢兢坐在飯桌前等待，母親在廚房裡大肆刷洗鍋底，遲遲不肯上桌，我到廚房一看，十幾只鍋子俱刷洗得晶亮亮，鍋底朝天的排列著，母親正楞楞的望著，我輕聲請她開飯，她垂著頭出來，坐上桌前，捧起碗，突然淚如雨下。顫著聲音，如孩子般哭著說：

「你大哥最不孝，叫他不要喝酒，偏要喝！無顧念父母年老，現在出了這款代誌，看要怎麼辦？……」

全家人都驚嚇住了。母親一生好強，受再大的委屈，也沒見她掉過眼淚，就是前些年，父親中風，醫院開出病危通知書時，她也仍硬生生逼住兩行淚。從小到大，我一直覺得母親像一棵大樹，風雨不侵，幾曾見過她如孩子般掩面痛哭。這時，我才恍然，母親再強，也難敵剮肉剔骨的痛楚。

其後，在是否進行腦部手術上，又面臨抉擇，醫師凝重的宣佈：

「開刀後，成為植物人的可能性是百分之九十，不開刀恐怕就是百分之百了。」

母親蒼白著臉，幾近討好的套取醫師更高比率的保證，醫師口風不肯稍改。在場親友紛紛提供意見，有的主張轉院，有的建議嘗試中醫，也有人援引前人病歷，主張靜觀其變；但都是語氣猶疑、未敢肯定。我望著母親及大嫂惶惑驚慌，分明亂了方寸的臉，雙手同時握住了她們二人冰冷的手，覺得自己任重道遠。母親平日的強悍因子，似乎藉由她那日黃昏裡猝不及防的淚流進了我的心底，我獨排眾議，堅定的建議盡快開刀。

託天之幸，手術成功。而今，我靜坐回想，每每驚疑於自己當日的篤定果決。而母親那張垂泣的臉也因之常在黃昏裡被溫柔的想起。

附錄十 媽媽萬歲[13]

母親個性要強，性子又急，容易動怒。從小到大，我挨打挨罵已成家常便飯。多半原因，據母親分析乃反應遲鈍所致。而反應靈敏與否，原是比較出來的。讀書多年，老師給我的評語不外「聰明伶俐」、「聰明靈活」……雖語多策勵之意，認真不得，但要說反應遲鈍，恐是許多同學、同事都要覺詫異。

[13] 廖玉蕙撰：〈媽媽萬歲〉《對荒謬微笑》，三民書局，二〇〇五年一月)。

外子對此曾有妙喻，六十W的燈泡相形於一百W的燈泡，自然顯得黯淡，但在同是六十W的燈泡間綻放，亮度相同，也就無分軒輊。母親便是那一百W的燈泡，光亮耀眼，犀利能幹，任是誰見了她的理直氣壯，都要頓時變得畏縮裹足、趦趄不前。

在家裡，我們姐妹四人，總是隨時豎起耳朵，戰戰兢兢地等待命令下達。也許是母親太強了，也或者是我們太緊張了，雖眼觀四面、耳聽八方，卻仍常常出錯，挨罵挨打，從未間斷，即使在結婚生子後，挨罵也仍無法倖免。

姐妹四人中，又屬我的情況最糟。除了念書的事比較不用操心外，在家事上，依照母親的標準看來，堪稱低能。從小到大，家事課的成品，沒有一樣是我自己的傑作。總是到繳交期限的最後一晚，才流淚苦苦哀求，由母親連夜趕做。

母親一邊做，一邊罵，罵得來氣，順手抄起鞭子，又揍一頓，我總是哭得倦極睡去，第二天，家事成品已然擺在桌上。我風風光光的繳去打分數，有時還可借給同學一用。沒有人知道，我為此付出了一頓鞭子的代價。

我的記性差、大而化之，粗心大意，在在和母親的期望相去太遠，生長在一個纖塵不染、一絲不苟的家庭，毋寧是老天跟我開的一個大玩笑。我在母親氣急敗壞的詬責中學會了整齊和秩序；在母親重重的鞭打下，養成了警醒和察言觀色。但是，百密一疏，訓練畢竟有其未盡之處，如今，我自己成立一個家庭，雖也是窗明几淨、秩序井然，但在某些事物上，卻仍常常露出馬腳，狀況頻頻；跌足傷手，無日不有，燒鍋掉碗，一月數起；記錯約會，走錯地方，乃稀鬆平常。我得承認，某些時候，母親對我「反應遲鈍」的評語，雖不中，亦不遠矣。

可怕的是，這種毛病，居然也會遺傳！

在三令五申的警告後，我仍從女兒的書包中，不斷掏出壓碎的粉筆、濕抹布、小瓦片兒、髒兮兮的衛生紙和形跡可疑的餅乾，我氣急敗壞的跟在她身後，為她收拾爛攤子或喝令她自我節制，然而，歷史悲劇又再度重演。常常，女兒倦極眠去，我和當年我的母親一般，仍在燈下，為她刺繡、畫圖。然後，次日，迎接她從學校回來時，洋洋自得的笑靨！

除了仰天長嘆外，我終於確切了然母親多年來罵聲不絕、鞭影不斷的辛勞。在對女兒束手無策之際，我不禁要高呼「媽媽萬歲」！

二　自覺性的虛構

除了上述的不自覺的虛構外，事實上，散文的寫作還另有部分是屬於自覺性的虛構。散文作者之所以刻意虛構，從動機上來說，可能有如下幾種：

㈠行文上的方便

自覺性的虛構有時是為了行文上的方便。譬如：一回，在表弟遠赴異邦求學的次日，我聽姨媽傷心的說：「真是悔不當初啊！昨日你表弟要去英國前，我問他要不要把家裡的照相機帶去，他負氣的說：『人家才不要！當初哥哥從美國寄相機回來時，我正讀美術系，最需要去照相回來寫生。不管我如何哀求，你就不給，現在我已經有了屬於自己的相機了，才不希罕！』我聽了，真是肝腸寸斷！的確！孩子最需要時，不給他，我算什麼媽媽！可是，你知道你那個表弟，什麼東西都丟，我就怕好端端的相機，又平白給弄丟了，可惜呀！」接著，她又憶起她的一個遠房表嫂在先生過世時如何懊悔沒讓先生穿新裁好的內褲、沒讓他蓋新買的被子，以至於空留遺恨。姨媽說著的時候，我突然想起多年前兒子上小學二年級時的一樁往事：為了去旅行，他要求帶相機。當時，我便是因珍視孩子求知的雀躍，而讓他帶去新買的相機。結果人跌機毀，讓我後悔不已！從姨媽住處回家的路上，我便再三思考這樣的人生難題：給，是悔；不給，也是悔。於是，那夜，我便援筆寫下名為〈悔不當初〉⑭的文章。為行文的方便，我將事情發生的順序及人物關係，稍做調整。變成：聽姨媽慨嘆表弟——我思及我的表嫂——回家決定成全兒子——結果和姨媽一樣也是悔不當初。這篇文章做了兩處不符合事實的虛構：一是將姨媽的遠房表嫂，改動成我的表嫂。其原因是因為輾轉的表述，不但在行文上比較不容易清楚表達，而且也較缺乏力道、說服力；另一處則是將事情發生的前後順序轉換。兒子發生的事，原本在前，如今改成聽老人家悔愧之言後，決心不重蹈覆轍，方才使決定不

⑭ 廖玉蕙撰：〈悔不當初〉，《如果記憶像風》，九歌出版社，一九九七年十月），見附錄十一。

下是否讓兒子帶照相機去旅行的猶豫解除，結果證明也未曾因此解決困境。為了凸顯「人生兩難」的主題，我在輔線上做了局部的調整。

附錄十一 悔不當初

表弟出國念書前，姨媽想起當年表哥從美國寄回來的那部照相機，說：

「把你哥哥寄回來的相機帶出去吧！到了國外，少不得要照些相片。」

表弟撇撇嘴，負氣地說：

「誰要哦！人家早買了新的。當年，人家最需要的時候，跟你要，你就不肯，現在，人家不用了。」

表弟走了，這件事成了姨媽心頭的最痛，想起來眼眶就發紅。她朝我說：

「那年，你表弟念美術系，跟我說要這部相機，我想他那個人，若不是腦袋長在脖子上，遲早連腦袋都要搬家的，從小，什麼東西到他手上，不消幾天，不是這個同學拿去，便是那位朋友借走，說是『車馬衣裘與朋友共，敝之而無憾』。相機是他哥哥省吃儉用，存錢買下的，我怕他又弄丟了，不肯給他。……他那時四處寫生，很需要相機的，偏我小器，唉！怪不得他懷恨至今……」

我安慰姨媽，表弟不過是玩笑話，那能當真，姨媽感喟地說：

「早知道就該給他。管他丟了或弄壞了，孩子有需要時偏不給，現在擺著發霉，又惹恨。……」

我一邊聽著，一邊不禁聯想起多年前，當我還是個孩童時，一個春日的午後，一位遠房表兄過世出殯，我深刻地記憶著當時表嫂呼天搶地的哭泣，她披散頭髮，屋裡屋外進進出出，捧出簇新的被子、內褲，語無倫次地哭道：

「你們看！你們看！都是新的，都是新的，早知道他走得這麼快，老早該拿出來給他用。他老抱怨內褲補了又補，硬梆梆的，穿著不舒服，一再央求我把做好的新褲子拿出來，我就是不肯，叫他再多穿一些時候……舊被子又硬又不暖，長度也不夠，他幾次想取出櫃子裡的新棉被蓋，都被我阻止，叫他忍一忍，被子對角蓋，不就夠長了……我為了節儉，讓他受了這麼多的委屈。現在好了，腳一蹬，走了，唉！早知道……」

這「悔不當初」的「早知道」三個字，常成了生離死別者心中永遠無法彌補的憾恨：孩子闖了大禍了，才後悔沒趁早嚴加管教；心碎的女朋友咬牙離去了，才懊悔先前沒拿真心對待人家；父母辭世了，才驚悟「樹欲靜而風不止」；甚至出社會後，發現所學不足以應世，才後悔在學校時沒能好好把握時機學習……。姨媽的耿耿於懷、表嫂的悔不當初，雖然在追悔的心情上有程度的不同，卻同樣在我的心裡引起強烈的震撼，我決定讓自己儘可能的避免這些可能引起後悔的事件。

姨媽和我說這話的那年，兒子上小學五年級，正為郊遊帶照相機的事與我日夜糾纏。我在從姨媽處返家的車程上，立刻當機立斷，不再為一部照相機傷了母子情。

「小小一部照相機算什麼！童年只有一次，一個人想用照相機記錄他的童年，是一件好事，值得鼓勵。」

於是，我仔細和他說明使用方法，並再三叮嚀他務必小心輕放等。因為興奮，兒子顯得有些漫不經心，我懷疑他根本沒注意我說些什麼。

兒子高高興興帶著照相機旅行去了。我在家裡正慶幸姨媽的一番話及時給了我最佳的啟示，使我免於重蹈覆轍。兒子回來了，帽子歪了，衣服髒了，腳瘸了，手肘破皮了，不用說，那架價值不斐的相機也沒有倖免於難，我還來不及說他，他倒振振有辭地說：

「都是張正宇害的啦！他追著我玩兒，害我跌了一跤，栽了一個大跟斗，照相機因此摔進陰溝裡，這不干我的事。」

我啼笑皆非地看著那架幾乎已遭解體的照相機正慘烈地展示著它的殘骸，氣息微弱地說：「早知道，就不讓你帶去了。我早該知道你沒有一點責任感。」

不給相機，如姨媽，是悔；給個相機，如我，也是悔；人的智慧到底有限，到什麼時候，我們才能學會不用再說「早知道」三個字？

(二)替人物化濃妝，以避免不必要的對號入座

不管是議論性的散文，或是抒情、記敘性的散文，作者多向生活取材是不爭的事實。然而，在寫作的過程中，總不能肆無忌憚的將聽來、看來或親身經歷的事一一入文，這其間還牽涉到所謂的「道德」。小說家可藉「虛構」來屏障寫作的自由，所受的限制極少。儘管如此，當李昂《北港香爐人人插》或朱天心的〈佛滅〉問世時，還是引起市井紛騰，議論紛紛，覺得內容有所影射，可見文學創作的虛虛實實具備幾分的弔詭。散文既被認定是寫實之作，人們就更有理由在字裡行間尋找線索以對號入座了。然而，散文的題材固不乏彰顯人間美德者，對社會上可資議論的德行，亦有加以撻伐或提醒之責。此種負面的範例，如果是屬於公共事務或沒有特定對象，則不難著墨；如若屬於特定對象，則作者在筆削之時，就不免要躑躅再二了！如果又恰是發生在周遭熟識友朋身上，可能得賠上多年友誼，則更得不償失。因此，寫作此類散文時，多半需加以部分偽裝虛構。譬如：我曾撰寫幾篇有關學生問題的文章，探討憂鬱症患者的焦慮。[15]其目的是想引起大眾對精神官能症的注意，並對患者投注較大的關切。但是，學生罹患此種症候已屬不幸，若取來大肆張揚，豈不更加殘忍！而當年銜命在《中國時報．人間副刊》寫作專欄探討人際關係，文中諸多舉例，好的示範固然不避彰顯；負面

---

[15] 參見廖玉蕙撰：〈長廊的腳步聲〉、〈永安與不安〉（《讓我說個故事給你們聽》，九歌出版社，二〇〇〇年八月）、〈被施了魔法的靈魂〉（《像我這樣的老師》，九歌出版社，二〇〇四年十月）。

的實例如〈實話〉⑯中所述長春藤名校畢業的無厘頭理工博士，則必須加以粉飾，以免在寫作之外橫生枝節。該文利用虛實相生的手法，將實際狀況加以虛化，至少時間、地點或姓名，都必須加以更改。務必寫到，即使當事人看到，也不致對號入座，或者根本不以為忤。總而言之，寫作時，人物行為可以盡量清晰明白，人物身分面貌則需加以塗抹脂粉。譬如：如果是朋友發生的事，則說成是親戚；親戚變鄰居；數學博士換成音樂碩士；男生變女士；老師換成學生……盡量淡化原先的面目。否則探討人際關係，反而使自己的人際關係破裂，豈不荒謬！

相反的，彰顯美德時，如果屬於自家人發生的事，亦不妨分享他人。否則，一位作家老寫自己人的優點與圓滿、老挖掘別人的缺陷或不足，長久下來，讀者或者會覺得十分可厭亦未可知！幸而，寫作散文畢竟不是記錄史實，小小的虛構，應當是無傷大雅的。

附錄十二

實話

說話很難。成天用心說假話，固然惹人討厭，但充其量引來一番虛與委蛇，一般說來，殺傷力不大；可怕的是隨隨便便說了真話，大則傷人傷心、口舌召禍；小則駟馬難追、得罪

⑯廖玉蕙撰：〈實話〉（《嫵媚》，九歌出版社，一九九七年七月），見附錄十二。

人而不自知。因此，說實話比說假話更加危險，因為大部分的人都不願意正視真正的自我，這由綽號的傳真程度通常與當事人的憤怒程度成正比可以看出。生性鄙吝的人，最討厭人家叫他「小氣鬼」；胖子最生氣「豬」的綽號；小時候，長得很瘦，一位可惡的鄰班同學成天追在後頭喊我「猴子」，我回家照鏡子，絕望的發現她所言不虛，那種痛恨的感覺，即刻以等比級數迅速增長。

一位讀者就曾經和我大吐苦水，提到一則慘痛的經驗。他們班上和輔大文學院女學生辦聯誼，他為了改善一向保守且不太良好的人際關係，決定遵循專家意見——主動出擊。那晚，在前往會場的途中，發現月色很好，他肯定這是個好兆頭。於是，在被一位貌美的紅衣女郎強烈吸引之下，他至室外呼吸新鮮空氣、並給自己打氣過後，就直奔伊人面前，勉力壓制胸中那隻亂撞的小鹿，假裝自在的寒暄道：

「請問小姐就讀哪一所學校？」

小姐回過頭來驚訝的回問：

「難道你不知道你們是跟哪一個學校聯誼嗎？」

被這一反問，他恨不得咬舌自盡，糗得落荒而逃。他退到室外呼吸新鮮空氣後，決定不能氣餒，於是再度披掛上陣。他的第二個問題追溯更遠：

「那麼，請問小姐高中就讀哪一個學校？」

那位小姐回眸一笑，要他猜，他也很懂風情的和她玩起猜謎遊戲，要求她給個暗示。小姐愛嬌的說：

「好！給個暗示！台北市的女中……穿白衣服的。」

這位不長腦子的楞小子想都沒想，隨即接口：

「穿白衣服的？這我就不知道了！我只知道穿綠衣服的。」

只見那位明媚女子的臉頰一下子綠了起來，轉過身子，故意和別人說話去了。他不死心，搜盡枯腸，又問女子讀甚麼科系？當女子應付似的答說「中文系」時，為了使話題不至中斷，他又不假思索的立刻提供訊息說：

「中文系畢業能做甚麼呢？我一個同學的姐姐去年中文系畢業，到現在還沒找到工作哪！」

可以想像到回應這樣的對答的，是如何難看的臉色！於是，受挫的男子只好又退至室外療傷止痛。就這樣，一個晚上不斷的上演相同的戲碼，男生雖然越挫越勇，女生卻是一路咬牙切齒。讀者一副無辜的樣子問我：

「教授一定要指點迷津！到底哪裡出了問題？難道說實話也不行？」

實話不是不能說，但是，儒家所說的「絜矩之道」很重要，一個人無法將心比心，說出的實話往往像射出的箭一樣的，刺得人哇哇叫。這位讀者其實不是不知錯在何處，而是年紀尚輕、經驗不足，為賣弄風情，弄巧成拙。可是，有些年紀、經驗、學識俱豐的人，也常因漫不經心，隨興應對，不自覺中，傷人無數。一位從美國長春藤名校畢業的理工博士，曾經在第一次被介紹與我認識時，聽說我在大學裡教國文，竟忍不住哈哈大笑說：

「大學國文？誰上呀！以前在清華上課時，我們都翹課的！」

我一向反應遲鈍，雖然聽了後，恨得牙癢癢，也只能咬牙打哈哈應付了事。其後，他不幸遇到我的朋友中的另一位中文同行，同樣的說辭，當場立刻被還以顏色：

「你大概就是因為國文課常翹課，所以修辭才這樣差吧！」

這位同行反應的靈敏，真是讓人嘆為觀止。然而，一般的凡人都沒有這等敏銳的辭鋒，卻大部分都有跟我一般記恨的惡習，因此，實話絕不能率爾出口。

據我猜測，這位同行也是因為說了實話，所以，下場很慘，被那位記恨的博士娶回家中，終生監禁。

㈢為加強張力、醞釀氣氛

散文雖稱之為「散」，卻還需一個「文」字來約束。所以，李廣田在〈談散文〉中就說：

> 散文之所以為散文就在於「散」，就像我所舉的那比喻，像河流自然流佈一樣。不過，話得說回來，散文既然是「文」，它也不能散到漫天遍地的樣子，就是一條河，它也還有兩岸，

還有源頭與匯歸之處。……好的散文，它的本質是散的，但也需具有詩的圓滿，完整如珍珠；也具有小說的嚴密，緊湊如建築。⑰

因此，講究的裁章與適度的修辭是不可避免的。有時只是改動簡單的幾個字句，就能讓文章的張力及密度強化。

譬如我的一位學生，曾在作文課上，描寫一段年少的經歷：在家境清寒的狀況下，年邁的奶奶勉力從拮据的家用中湊出孫子烤肉的費用。當我看到這篇文章時，頗受感動。它文字樸實，真情流露，真是一篇動人的小品文！在批改時，我將文中「發現桌上放著一張一百元」改成「看到桌上靜靜地躺著兩張皺皺的五十元」。這也許是不符合實際情況的虛構，但是，為了強調祖母的辛勞和愛心，作者眼中看到一百元「靜靜的躺著」，有一種怔忡恍惚的迷離，或者能較深刻的表達作者的感動之意；而「兩張皺皺的五十元」較諸簡單的「一張一百元」，似乎更能凸顯做小本生意的祖母賺錢的艱苦。⑱

以文學的高度技巧而論，則可以楊牧先生的散文集為例，加以說明。《年輪》在形式上突破了一般散文的體制，以揉合詩歌、小說、戲劇的敘述方式，形成一篇龐大的寓言；《星圖》

⑰ 李廣田撰：〈談散文〉（見現代散文研究小組編：《中國現代散文理論》，頁181～182，蘭亭書店）。
⑱ 見張勝雄撰：〈兩張五十元〉（《中國時報・人間副刊》，一九八九年十二月二十二日），見附錄十三。

一書亦運用大量的象徵與寓言，成為一本自成體系的長篇散文：它們都通過抒情的筆法與虛構的敘事情節，描摹出作者的心靈地圖。

慣常向小說出位的散文作者簡媜，也在《胭脂盆地》的序文〈殘脂與餿墨〉[19]裡自承：

……這本書的故事，或多或少揉合虛構與紀實的成分。在散文裡，主述者「我」的敘述意志一向被作者貫徹得很徹底，這本書不例外，但比諸往例，「我」顯然開始不規則地變形起來，時而換裝改調變成罹患憂慮雜症的老頭，時而是異想天開寫信給至聖先師的家庭主婦，時而規規矩矩說一些浮世人情。

因此，我們可以這樣說：作者簡媜為了讓文章的張力十足，化身為各式各樣她所觀察到的角色，以第一人稱的方便，將觀察到的內容做淪肌浹髓的表達，使欲彰顯的理念，更具說服力！這也是一種虛構。

[19] 簡媜撰：〈殘脂與餿墨〉《胭脂盆地》，洪範出版社）。

附錄十三

兩張五十元

張勝雄（中正理工學院52期兵器系）

那年，母親生病，父親又尚未將薪水拿回家，家裡生計只靠賣早點生意來維持，奶奶為了家裡的生計，操了很大的心。

剛上初中的我，卻不能感受到家裡的困難。在拿完補習費後幾天，童軍老師說要和別班的女生去烤肉，費用一百元。就讀「和尚班」的我，自然不肯放過和女生出去玩的機會。回家後跟正在洗衣服的奶奶提出要求，「出去玩？不行，沒看到家裡沒錢，前天才拿六百元去，還要錢！」奶奶一口回絕，「可是，同學都要去。」「才一百元而已。」不顧我的懇求，奶奶一言不發的繼續洗衣服。「什麼都不行，拿個一百元也沒有。」「每次都這樣，每天都工作，連出去玩一下也不行。」我的情緒由氣憤轉為悲傷，晚餐沒吃的哭著上樓。朦朧中聽到奶奶進房來叫吃飯的聲音，我故意不吭聲，奶奶出去後，我在哭濕了的枕頭上睡去。

第二天起床，看到桌上靜靜地躺著兩張皺皺的五十元，那是賣早點時用來找零的。下樓看到奶奶，正要說話，奶奶淡淡的說：「出去玩要小心一點。」

多年來，隨著經濟好轉，出去玩的費用早已可以順利得到，但每次拿到錢時，總會想起那兩張皺皺的五十元及背後深藏的愛意。

㈣略做更動，讓首尾更顯完足

另一種情況像是在設計一個場景，讓各角色依次登場，把在不同時間發生的故事，讓他們一起邂逅，描摹他們的動作口吻，相遇交錯的身影，再從中寫出所欲表達的旨趣，這當然也是另一種的虛構。

例如：我曾在乘坐計程車時，在行進過程中，看到路邊停放的環保署捕捉流浪狗的車子。頗有感慨的司機，一口氣說了他開車時遇到的兩個有關狗的故事。一個是兩位婦人乘客的對談：一位在大嘆生活費拮襟見肘後，抱怨每月還得給婆婆八千元生活費，可是，在談到一個月花去她一萬兩千餘元的寵物狗時，卻一臉寵暱。司機感嘆「人的待遇真不如狗」之餘，突然話鋒一轉，說道：「不過，有時候，人的行為也確實不如狗呀！」接著，說起一回在十字路口等紅燈時，看到一位衣衫光鮮的中年婦人，牽著博美狗直闖紅燈，狗兒卻不肯依，馬上坐下，堅持等綠燈亮了，才肯橫過馬路。這是兩個頗耐人尋味的小故事，當我下車的剎那，便決定將它寫出來。然而，用紀實的方式試了許多回，總覺若有憾焉，難以終篇。一來都是聽來的故事拼湊成篇，似乎缺乏主觀認定的威信，很難將個人的看法在其中順暢的插入。於是，我將半完成稿悉數扔掉，以虛構的場景來描述兩則真實的故事。我將場景由計程車內搬至一輛行駛中的公車上；將兩則故事合併在一趟旅程中發生；將原本「我」的聽眾角色改換成眾多的旅客的觀眾角色，而我藏身其中。非但我親眼目睹，且可以用同行旅客當下的批判表情來推波助瀾。兩位婦人在公車上高談闊論家庭隱私本來就容易引發乘客的偷窺欲，又談的是如此「天怨人怒」的論點，我將原本屬於司機的憤怒，普及於眾多旅客不以為然的表情上。而就在此時，公車於十字路口停下，博美狗及光鮮婦人隨即上場，眾人因氣憤而轉眼望向窗外，看到奮力和不守法的主人掙扎的狗兒，不禁莞爾一笑，司機見狀，哈哈大笑，點出主題：「真是人不如狗！」綠燈亮了！公車繼續前行，旅客依序下車，那位發牢騷的婦人猶自接續司機「人不如狗」的慨嘆，絮絮叨叨說著她家狗兒的體貼事宜。將「人不如狗」的強烈反諷，在一趟行進中的公車上漸次展開[20]。主題及重要情節都真實無誤，唯敘述方式及部分輔線稍做調整，其目的除了濃縮時間，使爆發力集中外，也刻意藉一趟行程的起始與終了，來串連兩則看似相似實則相反的主題，使首尾完足，較具詩意。

附錄十四　人不如狗

公車上，兩個女人起勁地聊天，幾乎忘了旁人的存在。寥寥落落散坐各角落的乘客，看起來也開始對他們的話題產生了興趣，這由大夥兒在他們進行有趣的對話時不約而同揚起嘴

[20] 廖玉蕙撰：〈人不如狗〉《讓我說個故事給你們聽》，九歌出版社，二〇〇〇年八月），見附錄十四。

角可猜測出來。

由家裡的成員一直談到關鍵性的經濟狀況，話題越來越有吸引力。我懷疑在強烈偷窺慾的宰制下，有人業已到站，卻沒有下車。因為，自從越來越私密性的談話展開後，居然就沒人拉下車鈴，車子一路直奔目的地，耳朵豎起來的乘客聽到這樣的聲音：

「你老公一個月賺多少錢？」

「大概三萬多吧！」

「三萬多夠用嗎？我和我老公一個月合起來有六萬多，都還要省吃儉用呢！」

「省省的用還可以啦。你們六萬多怎麼會不夠？」

「你聽我算給你看嘛！每個月我們要寄給我婆婆八千元，瑪莉每月要用掉我們大約一萬五千元左右，孩子學鋼琴四千，安親班又花掉……你們每個月要給婆婆錢嗎？其實我婆婆自己又不是沒錢，就我先生堅持，人家我小叔就沒拿，也沒怎樣！我先生就是笨嘛！呆子一樣！每月八千，一年就差不多十萬欸！十萬不少哎！上回我看上一件外衣才不到三萬元，死不肯給我買！給他媽媽就很乾脆哪！好氣人！」

「你們還請佣人啊？」

「那有！」

「那瑪莉是誰？」

「瑪莉是我們養的一隻狗啦！你不知道牠有多可愛呢！」

「養一條狗，一個月要花一萬五千元啊？嚇死人！」

「狗狗要美容啊！要定期看醫生啊！還有狗狗的飼料也很貴呢！」

「哇！養狗比養人還貴呀？你婆婆才花八千，瑪莉要用一萬多元？」

「本來就是啊！我們家的瑪莉還挑食得要命，只要稍稍隨便吃一點有油的食物，馬上拉肚子，嬌貴得很哪！而我婆婆那個人啊！就是想不開，有錢也不會用，在家淨吃隔夜的飯菜。東西壞了，也捨不得倒掉！每個月其實用不了幾個錢的。」

話題一轉到婆婆身上，就顯得海闊天空。女人顯然對她的婆婆極度不滿意，開始肆無忌憚的撇起嘴批評她的落伍、保守，簡直一無是處。相對於這個可憐的婆婆，女人在談起那隻名叫瑪莉的小狗時，可就神采煥發多了，臉上的表情又愛又憐，不知者，準會以為說的是她的情人哪！

車中的乘客想是對這「人不如狗」的談話，都深有感慨，臉上帶著不以為然的表情，把眼光轉移到車外去。車子在一個亮起紅燈的十字路口停下，對面的街道上，正好也有一位穿著光鮮的婦人牽著一條狗走過。紅燈一亮，小狗便就地蹲停了下來。這位婦人無視於紅燈，硬扯小狗前行。小狗不依，和主人拉鋸般拚命掙扎著。一隻守交通規則的狗和一位沒公德心的人就在光亮亮的路口，呈現他們各自的品格，啊！是另一種的「人不如狗」！

綠燈亮了！狗兒驀地改變往後退的姿勢，搖著尾巴，往前衝去，婦人猝不及防，被小狗拉著，差點兒跌了一跤。公車司機看得哈哈大笑，說：

「你們看！小狗會看紅綠燈欸！」

那位養了一隻名叫瑪莉的狗兒的太太，一聽之下，馬上引司機為知己，用充滿愛憐的語氣說：

「本來就是啊！你不知道我們家瑪莉有多聰明！不但會看紅綠燈，還會察言觀色哪！我心情不好的時候，牠就會乖乖躲起來，不來煩我，比我們家那幾個兔崽子好太多了；有時候看我無聊，還會過來舔我的臉，跟我撒嬌，我先生和兒子要有牠那麼體貼就好囉！依我看呢，真是『人不如狗』啊！你說！是不是？」

司機面無表情地繼續他的行程，那位太太見他沒答腔，並不灰心，回過頭，仍舊興高采烈的和她的夥伴談著：

「你不知道我們家的瑪莉有多可愛，那天……」

參 失敗的虛構

一 題材的虛構不符合經驗法則

被評論家或讀者普遍稱道的文學作品中的虛構，題材上多半是不一定發生、卻很可能發生的事；情感上是自然流露而且被相當程度的認同著；手法上是婉轉流利、脫胎換骨，讓人耳目一新的。以此標準來衡量作品，則即使名家亦不免有失手的表現。例如：林清玄有一篇名為〈黃玫瑰的心〉[21]的散文：他寫一段絕望的愛情讓他沮喪、疲倦許久，於是在一個清晨，他決定到花店買一束女友最喜愛的黃玫瑰來做最後的挽回。在買花的過程中，遇到一位花販曉喻他：

——人和花需水分滋潤一般，需要常將乾枯的頭腦泡在冷靜的智慧水裡。

---

[21] 林清玄撰：〈黃玫瑰的心〉（宋雅姿編：《深情故事》，圓神出版社，一九九四年二月）。

他從一朵即將乾枯的黃玫瑰中，理解了抬頭挺胸的道理。文字流暢自然，深寓人生哲理。然而，文章最後，他一溜又寫了五位以上的花販分別以底下的幾段話來提醒他：

——白天人心浮亂，聞不到夜來香的花香。

——所有的白色的花都很香，像素樸單純的人都越有內在的芳香。

——一朵早上不開的蓮花，晚上也不會開了，就像人在年輕時沒志氣，到中、晚年也很難有志氣。

——青春像名貴的花最容易凋謝！

當學生們在散文課上賞析這篇作品時，都不約而同笑了起來說：「哇！我們怎麼沒發現台灣的花販都這麼睿智呀！」

這篇文章充滿人生的哲理，所有花販的言論都無懈可擊，讓人佩服。但讀者恐怕都比較相信這些頗具哲思的言論都屬於作者的虛構，而非真正出自花販之口。因此，這樣的虛構，偏離了讀者日常的觀察與認知，儘管它字字珠璣，但美好的哲理必定為無法取信的虛構所破壞，而減損它的說服力！有趣的是，林清玄或者也發現了這個缺憾，所以在其後灌錄的台語有聲書裡，便將這篇文章的後半虛構部分悉數刪除，這多少也印證了同學的疑慮是有幾分道理的。

前述唐代傳奇中有關的人化為虎的故事，因為清清楚楚擺明了是個虛構的寓言式故事，所以，讀者不會在題材的真實與否上吹毛求疵，而會在題旨或表現手法的優劣上品評；〈黃玫瑰的心〉則不然，以第一人稱的散文筆法陳述，讀者必以世俗的常情來加以衡量其內容是否誠實？當讀者認定不符合經驗法則後，必開始懷疑作者的誠懇度，如此一來，即使手法再高妙，也難以取信讀者了！

二　情感的虛構顯得不夠真誠

作家的寫作必先感動自己，才能感動讀者。因此，作者所要表達的情感是否真摰，很容易便為讀者所察覺，好的散文作品通常是「不吐不快」下的產物，只有「獨抒胸臆」，才有性靈可言。袁中郎就曾肯定好的文學作品應該是：

獨抒性靈、不拘格套，非從自己胸臆流出，不肯下筆。㉒

因此，周質平先生稱許小品文是晚明文學作品中最可貴與最可愛的遺產之一，便是因為：

㉒ 袁中郎撰：〈序小修書〉（《袁中郎全集》下冊〈袁中郎文鈔〉，清流出版社）。

這個時期的小品文道學的氣味減低了，「人氣」相對的增加，他們不再總是板著臉孔說些「子曰詩云」的大道理，他們摘下面具，也能和讀者說些生活中的瑣事，說些心底的哀樂。㉓

可見道貌岸然的說些前人說過的道理，或誇張心裡沒有的感覺，一味虛構，非從胸臆流出的作品，是得不到讀者的共鳴的。而這種情況最常見諸學生的作文裡。學生的作文之所以易罹患這樣的毛病，有三個重要原因：一是文題離生命經驗過度遙遠，所以只能倚賴虛構來建立文章的基礎，缺乏「心意」；一是下筆時缺乏深思熟慮，人云亦云，結果是千篇一律，虛構建立在老生常談上，缺乏「新意」；另有一種是誇大情緒，所謂「為賦新詞強說愁」，或刻意用華麗的修辭來包裝虛偽的情感，虛構建立在無病呻吟上，實則缺乏「誠意」。前二者最容易從議論性的文章裡看到，後者則常常見諸抒情性的散文中。

例如：讓年輕人寫作「新生活之我見」、「談心靈改革」、「論復興中華文化之重要」等類似的題目，所論之事，其實作者並無高論可述，或者應老師所要求，或者因參加比賽之故，只能胡謅一通，心中其實全無看法。因此，寫出的作品，雖看似四平八穩，實則極盡虛構之能事，只堆砌一些似是而非的文字，毫無建設性意見。或者乾脆以平日常見的議論，囫圇吞棗，依樣畫葫蘆：運用常用的成語，按照習見的窠臼，相互套用，互相承襲，覺得便捷省力，

㉓周質平撰：〈袁中郎的小品文〉（《中央日報・副刊》，一九七六年三月一日）。

正迎合人們怠惰的天性。論「時光」，則「白駒過隙」、「歲月如梭」；說「傳統」，則必「墨守成規」、「脫胎換骨」；講「忍耐」，則援「胯下之辱」、「毋忘在莒」；云「父親」，則奉朱自清之〈背影〉為最佳典範；摹「母愛」，幾乎全無例外的讓母親「衣不解帶」。諸如此類，可謂不勝枚舉。全是一些既無「心意」、又乏「新意」的作品，可謂虛構中之下品。

另外，例如寫「秋日」則必秋風颯颯，離人心上秋，有說不完的愁緒；談「友情」，則戀舊懷遠，滿紙辛酸話；寫抒情文時，似乎永遠被濃得化不開的傷春悲秋情感所宰制，動輒流淚，不時驚心。而實際的情況是，言非所想，論非所思，既感動不了自己，閱讀者當然更無所動，徒然覺得可厭而已。這完全是莫須有的虛構，達不到任何實質上的目的。

三　行文的虛構不符合文章的邏輯

蘇東坡說：「詩以奇趣為宗，反常合道為趣。」散文的寫作，奇趣也是追求的重要質素。晚明小品文家再三強調「反傳統」、「寧奇」、「寧偏」㉔，和蘇東坡所說的奇趣有幾分的類似。奇趣是一反日常的陳舊句式與陳舊想像所虛構的，它常常是一種創意的表現。但創意仍須遵

㉔沈守正言：「夫人抱邁往不屑之韻，恥與人同，則必不肯言儔人之所言，而好言其所不敢言、不能言。與其平也，寧奇；與其正也，寧偏；與其大而偽也，毋寧小而真。」（《晚明小品選注》，頁96，〈凌士重小草引〉，商務印書館）。

循一般的邏輯思維，不能架空在沒有根據的空想或臆測上，也就是可以「反常」，卻必須「合道」。

譬如：在一次甄試的閱卷中，一篇題為〈樹〉的作文㉕，一位作者以擬人法寫著：

我們由一株小草，經過雨水的滋潤，陽光的照射，歷經風吹雨打，才長成今日般的高大、直立，現在你應該知道我是誰了，我們就是樹。

有一篇，則這樣寫著：

我們家後院有一棵百年大樹，它忍受了千年風霜。

另有一位作者則大膽宣言：

我愛樹，從小就喜歡種樹，我常常爬上蕃茄樹上躲迷藏。

㉕拙作〈我從小喜歡種樹〉（《如果記憶像風》，九歌出版社）有所申論，見附錄十五。

三篇文章非但都屬虛構之作，而且都是不負責任、不符邏輯的虛構。小草可以長成大樹？「百年」大樹竟能忍受「千年」風霜？番茄樹上居然可以躲迷藏？作者或者因常識不足，或者因漫不經心，也或者是胡言亂語，雖然寫出了與眾不同的內容，卻讓人不敢苟同。

附錄十五　我從小喜歡種樹

教授大學國文多年，對學生作文內容的一致性雖然已深有體會，但前些日子入大學甄試闈場批閱試卷過後，對新新人類的言不由衷，更留下了深刻的印象。百思不解的是，現代年輕人之大異往昔、喜歡標新立異，幾乎已是不爭的事實，何以獨獨在寫作上仍保留古風，和我們所屬的六、七〇年代，幾乎如出一轍，仍然一味揣摹上意，不像他們追求新潮流或向父母爭取民主般，勇於發展自我，寫些真心話，或者耍些創意？其實，要說他們全無創意也不盡公平，新新人類也另外研發了一些可厭的作文模式並衍生了若干讓人啼笑皆非的新毛病，這些創舉比起中規中矩的人云亦云，更加讓人不敢領教。

我們的國文教學是否已經亮起了紅燈？或者我們的教育根本上產生了很大的問題？為什麼孩子認定某一類八股的文章模式必為閱卷者所青睞？為什麼一向勇於向父母權威挑戰的孩子在面對考試時，如此伏低做小的壓抑自己，不敢說些真正的想法？或者，孩子為什麼念了那麼多年的書，竟然沒有自己的一些想法？這些都值得從事教育工作的我們好好加以思考的。

甄試的作文考題名曰「樹」。「樹」有類似縮寫的命題，羅列八段文字，請考生將重點重新組織為一篇四百字左右短文，題名「再生紙」。將近一千份的考卷改下來，可以歸納出幾項共同的特色，今羅列於下，以供參考：

首先，邏輯不通。有人以擬人法這麼寫著：「我們由一株小草，經過雨水的滋潤，陽光的照射，歷經風吹雨打，才長成今日般的高大、直立，現在你應該知道我是誰了，我們就是樹。」小草居然可以長成大樹？木科草科都分不清。也有人聳動的寫著：「我們家後院有一棵百年大樹，它忍受了千年風霜。」這算術不知從何算起？有人把人比喻為樹，扯著扯著，不知怎的，突然扯到了「近日自殺風氣很盛，自殺者充其量不過是一棵不負責任的樹。」這是打哪兒說起！還有人是這麼形容樹的成長的：「一寸一寸點滴的長大。」真是叫人啼笑皆非！還有一位更離譜的同學居然寫著：「植樹節那天，我種下了一棵樹，在我細心的照顧之下，這棵樹終於死了！」還有一位考生說：「我是愛樹的一個人。」這是什麼修辭？政治家近日常引用的俗語「吃果子，拜樹頭」，這番也在考卷上大出風頭，只是，有人寫成「吃棗子，拜樹頭」。有位同學感慨的說：「身為萬『獸』之靈的我們，怎能率先摧殘這美麗的大地。」絕大部分的學生把「棵」寫成「顆」，於是變成「我打開窗戶，看到一顆顆的樹立在那兒。」把樹寫得像閃閃發光的小星星似的。有位同學別出心裁的下結論道：「沒有櫻桃樹就沒有華盛頓，沒有蘋果樹就沒有牛頓，沒有菩提樹就沒有佛陀，可見樹有多重要了。」讓閱卷老師傷透了腦筋，不知該嘉許他的創意，還是質疑他的邏輯。

其次，新新人類還有漫不經心的毛病。在閱讀寫作的重新組織所提供的八段文字裡，有一段文字是「以被稱為『地球之肺』的熱帶雨林為例，平均每一秒鐘就有一個足球場大小面積的森林被砍伐，而其砍伐的速度卻遠超過樹木的成長速度……」，改了幾天下來，一位老教授忽然偏著頭懷疑的問道：「到底是每一分鐘？還是每一秒鐘？」這一問，所有人都開始重新翻閱資料，就在此時，又有一位教授提出了另一個問題：「到底是籃球場？還是足球場？差很多哩！怎麼有人寫足球場，有人寫籃球場！」話聲未了，我便翻到了一座棒球場。

老氣橫秋是另一個毛病。很多人都在文章最後呼籲：「朋友！讓我們一起來種樹！」「朋友！讓我們一起來效法樹的犧牲精神吧！」一位教授看了太多這樣的文章後，氣得說：「朋友！哼！誰跟你是朋友！」還有人也許看多了瓊瑤女士的小說，每一段的最後都不厭其煩的問：「你說，是不是？」有的則用反問的句法說：「你說，不是嗎？」

另外，新新人類還是大說謊家，他們說謊說得比我們當年更面不改色，我改過一包五十份的考卷，其中有三十八人提到家有老榕樹，有趣的是，這三十八棵老榕樹中，有三十棵不約而同的種在外公家，而三十八個人都「常常爬到樹上去」，有的爬上去玩，有的爬上去沉思，有的爬上去向老樹訴說心事，還有一位嚴重的大說謊家公然宣稱：「我常常爬上蕃茄樹上躲迷藏！」大多數的人都說「我愛樹！愛樹的正直不阿，愛樹的默默行善，愛樹的堅忍不拔。」在我改的卷子當中，有好多爸爸都把孩子叫到樹前面，說明樹的勇敢。有一個學生在提到他阿公常在樹下講故事給他們聽的情形時說：「阿公講得精彩，連蚊子都靜靜站在手臂上聽。」堪稱本年度最聳動的誇飾。一位教授指著一份考卷，皺著眉頭說：「敢有影？」大夥兒湊上去一看，上面寫著：「我愛樹，從小就喜歡種樹。」所有的人全笑倒了！真是說謊不打草稿！

歸納言之，台北的考生都回外公家爬樹，南部的孩子喜歡跟樹說話，金門地區的學生家長最喜歡指著樹要孩子學習樹的精神，澎湖也許因為缺少樹木，所以只能大談樹的重要。

我在一個聚會中提起這些趣事，正好有位考生在座，他的母親哈哈大笑之餘，看到孩子面色凝重，孩子囁嚅地說：「糟糕！我也爬了樹了！」那位母親鐵青著臉問：「你去哪裡爬樹？哪有樹讓你爬？」「外公家。」「夭壽死囝！你外公家哪有什麼樹！……幹嘛爬樹！」母親氣急敗壞的繼續追問。孩子紅著臉不好意思的小聲回說：「人家去俯瞰大地嘛！」舉座哄堂大笑。

肆　散文閱讀時的虛構

文學的生命不是起自白紙黑字，而是讀者閱讀的剎那，才開始被源源啟動。而任何的閱讀，都不免主觀的詮釋。優秀的讀者的閱讀是另一種創作，在理論上是可以成立的。每一位讀者的生活經驗及對語言領受力的不同，將必然在某種程度上影響到閱讀的深淺度。當四十個人一起閱讀《關山奪路》[26]，每個人或者都以為正讀著王鼎鈞的心事，殊不知可能讀出了四十本不同的《關山奪路》。其中也許某些部分是作者明明白白昭告在字裡行間的，但卻有更大的部分是屬於讀者個人的領會，是閱讀者和作品互動後的體悟。所以，王鼎鈞藉《關山奪路》道出了亂離時代屬於他的悲歡愛嗔，讀者卻從閱讀的再創造中，看出了屬於各自的心酸與悲憫，它成就了四十種樣貌。無庸諱言的，這絕對是一種再創造的過程，若稱之為另一種的虛構，又誰曰不宜！小說家李喬曾在接受黃怡的訪問裡，對他寫作〈藍彩霞的春天〉是否有所影射一事，提出中肯的回答，他說：

---

[26] 王鼎鈞撰：《關山奪路》（爾雅出版社，二〇〇五年五月十日）。

> 一個社會的共同事物，經過很長時間後，會看得到除了具體現象以外的意義，並不是本身的意義。而是社會上居民的心理狀態，或生活使他產生意義。被象徵物與象徵者之間是互動的關係，這個關係一直在變化。我寫作藍彩霞姊妹時，想呈現一種人間的不平與控訴，並未具體想象徵什麼。如果讀者覺得若合符節，那是互動出來的。[27]

作者在寫作時，當然有他所要表達的旨意，但是，這絕非是作品唯一的解釋。換句話說，作者不是作品唯一的解讀者。讀者看到了什麼，作品就多了點什麼。因此，李喬先生這一段坦白的陳述，確乎掌握了文學欣賞多元化的特質。

雖說〈藍彩霞的春天〉不是散文而是小說，但李喬的這番說法，拿來詮解散文的閱讀，也是有異曲同工之妙的。散文作者在作品發表之後，從閱讀者的反應裡，常會驚訝地發現作品的生命原有它無限寬廣的空間。有時，讀者會熱情的和作者討論剛見諸報端的文章，光是讀者轉述內容時的歧異性，便往往讓原作者瞠目結舌；何況是讀者的解讀了！那常常和作者的預期，有著相當大的出入。有時，原先作者刻意呈現的主題，因著讀者注視焦點的不同，可能被輕忽的略過；反倒一些作者不經意間帶到的枝節，卻被閱讀者放大觀察著、欣賞著。譬如：我曾經寫過一篇名為〈請給小弟一個業績〉[28]的文章，描述一位糾纏不清的吸塵器推

---

[27] 黃怡撰：〈個人反抗與歷史記憶——與李喬談小說創作〉（《中國時報．人間副刊》，一九九八年十月二十日）。

銷者的黏纏推銷術，強烈諷刺直銷業者鍥而不捨的推銷，對民眾造成的困擾。文章發表後，卻接到許多朋友及讀者的電話及來信，詢問該吸塵器的品牌；而據該公司售後服務者告知，文章出現後的次日，該公司的總裁龍心大悅，特別以極優厚的獎金獎賞那位推銷成功的員工，以鼓勵他的卓越表現。這種種反應，均非寫作之初所能預料。原來閱讀者的心意是如此難以預料！他們也都有屬於各自的揀選，各自的虛構。一般的讀者，看到作者敘述的推銷內容符合他們的需求，如可以強力吸塵外，尚可除濕、洗刷、烘乾，於是，急切抓住注目焦點，忽略作者極力想呈現的嫌惡感覺；公司的老闆，則著重推銷策略的奏效，也刻意忽視該種推銷策略給民眾帶來的麻煩，著重推銷成功的努力。

另外，則是解讀的不同。閱讀者的學經歷、成長背景及性向、偏好，都有可能影響到他對文字的詮釋。例如：我曾經發表一篇名為〈天人交戰的父親〉㉙，寫外子到京都旅遊時，為了給女兒買一件日本和服而面臨天人交戰的矛盾。一些雅好星座血型論的朋友隨即開始推測外子必屬擺盪煎熬的天秤座；也有讀者寫信來表達台灣男人「有口不言」的悲哀；卻也有讀者在我的專屬網站上留下了如下的言語：

㉘ 廖玉蕙撰：〈請給小弟一個業績〉（《對荒謬微笑》，三民書局，二〇〇五年一月）。

㉙ 廖玉蕙撰：〈天人交戰的父親〉（《沒大沒小》，九歌出版社，一九九九年四月十日），見附錄十六。

心情不好時，就會想起您那一篇關於您丈夫一時浪漫下買和服的文章，想想每個人埋藏在內心深處的柔軟天真，憂傷於是得到救贖。30

如此說來，閱讀者自行擷取作品的內容，加以演繹生發，是不是也可以稱之為另一種虛構？

另外一次讓人錯愕的虛構，是我在《中國時報》寫作「三少四壯」專欄時的經驗。在一篇題為〈共享〉31的文字裡，我為揭櫫「不管快樂或悲傷，有人共享，快樂加倍，痛苦減低」的觀念，我忍不住在文章最後揶揄一位讓人又羨慕又嫉妒的母親：

一位育有三位資優兒女的同事，每日總像轉述連續劇般，在學校大談兒女的資優事蹟，她那張說話時眉開眼笑的臉，最能詮釋「共享」的意義。

明眼人都能從字裡行間感受到不甚友善的揶揄，沒料到被揶揄的母親，竟在閱報後的黃昏，來電致謝，說：

啊！我的孩子沒有那麼資優啦！謝謝誇獎了！

30 喬撰：〈內心深處的柔軟天真〉（《隨時來取暖》，九歌出版社，一九九九年十一月）。

31 廖玉蕙撰：〈共享〉（《嫵媚》，九歌出版社，一九九七年七月），見附錄十七。

這樣的反應，讓文章投出後一直忐忑不安的我，不但大出意料之外，也因之如釋重負。其後，我陸續發現，其實，讀者的閱讀就如同作者的記憶一樣，也都各有「趨吉避凶」的本能，他們也會有所揀選，不會全盤接受。如果在報端發現的被張揚的美德和自己的有些神似，則毫不客氣且欣然地選擇對號入座；如若發現被貶抑的德行似乎和自己的十分雷同，則會細膩地檢視細微的不同處，以撇清關係。所以，前述作者為避免對號入座所做的虛構，證諸讀者的閱讀心理，確有其必要性。

以寫作《紅高粱家族》、《豐乳肥臀》聞名的小說家莫言，在一篇〈我與新歷史主義文學思潮〉的論文中，談到他的《紅高粱家族》被文評家封為「新歷史主義文學思潮的濫觴」時，曾玩笑般的揶揄文評家：

在寫作《紅高粱家族》時，我一天到晚都處在迷迷糊糊的狀態，寫完了連能不能發表自己都拿不準。做夢也沒想到這樣一部小說竟然成了「新歷史主義」文學思潮的濫觴。如果早知道這篇小說在日後能弄出這樣大的動靜，怎麼著也應該把它弄得更漂亮一點。[32]

[32] 莫言撰：〈我與新歷史主義文學思潮——從「紅高粱家族」到「豐乳肥臀」〉（「兩岸作家展望二十一世紀中國文學研討會」大會手冊，頁26）。

他並且以明朝皇帝朱元璋在開國大典前夕所說：「原本是打家劫舍，沒想到弄假成真。」和詩人所說「蠶吐絲時糊糊塗塗，沒想到吐出了一條絲綢之路。」來嘲諷文評者的虛張聲勢。自從西方文學理論東漸後，文評家以各式各樣的新批評理論來重新詮釋文學作品，已蔚為風潮。佛洛伊德、容格、李維史陀……等人的心理學、符號學、接受學、文本主義大行其道。評論者將理論的框架套用在作品上，很多作者的寫作動機，也許不過是不吐不快罷了！但到了文評家的筆下，卻有了極為嚴重的使命感；有的作者不過抒發個人的感慨，經過評論者的演繹，卻成了語帶嘲諷的警世之作；有的作品只是反映一己的生活，經過文評者的解構分析之後，突然有了時代的影子！……以此之故，曾有一位女性作家在文學研討會上委屈地說：

我們那時候，那有什麼新女性主義！我不過是用文字誠實的記載當時的生活罷了！你的討論中，動不動說我「顛覆」當時的體制、抗議男性的「宰制」。我們那時代的人從來不覺得被什麼人「宰制」！也從來沒想到要什麼「顛覆」！[33]

從這個案例看來，文評家也許堪稱最大的虛構專家！不過，儘管文評家的解讀，不一定能切中作者的原意，但純粹從文本出發的評論，把閱讀充分授權給讀者，讀者也許因之看出

[33] 林海音女士在一場《城南舊事》的學術討論中，對該論文的評論者的口頭揶揄。

了更豐富的內容，未嘗不是一種精彩的再創造！

附錄十六 天人交戰的父親

日本清水寺附近的街道，人潮如織，我們穿梭在人群之中，湊熱鬧的逛著清水燒的陶瓷，細緻而幾近完美的線條，攫獲了我的雙眼，我細細的看著，一家挨一家的走著，和同行的外子及女兒慢慢拉開了距離。偶爾，我會停下腳步，站在行人較少且醒目的路中央，找尋著他們的蹤跡，遙遙和他們擺手示意！確定和他們並未脫離，然後，放心的又往前行去。

女兒忽前忽後的跑來跑去，不知忙些什麼。一會兒，興奮的跑過來同我說：

「買一件和服給我好嗎？」

我不敢置信的睜大眼問：

「買和服？做什麼用？有沒有搞錯！什麼時候穿？」

女兒說：

「很漂亮哪！買一件做紀念嘛！在家穿著也好玩嘛！」

我不理她！繼續走。一件和服多貴呀！買來只為穿著好玩？想都別想！她一看沒指望，悻悻然走了！

隔了約莫一盞茶的功夫，我援例再搜尋，居然不見了他們，不得已，往回頭走，終於在一家專賣和服的店裡看到外子，原來女兒居然真的在裡頭試起了和服。外子說：

「看她那麼想要，就買一件給她嘛！不會太貴的。」

「不是貴不貴的問題！是買了做什麼用呀？」

「一定要做什麼用嗎？紀念也是可以的呀！她以後看到衣服，就會想起十七歲時曾經跟我們同遊清水寺呀！我們小時候，不是也常有許多不切實際的夢想嗎？」

我以為耳朵聽錯了，錯愕的看著這位一向似乎沒有任何夢想的務實男人跟我大談浪漫的回憶。確定自己沒聽錯後，知道兩票對一票，我注定輸，於是決定不管這檔子事，讓他們父女二人去瘋。

回到旅館，女兒興奮的試著衣服，跑到我們房裡展示，我取出相機為她留下倩影，她擺出各種撩人的姿態，和我笑鬧成一團，外子只皺著眉頭笑罵：「兩個瘋子！」同行的其他朋友，約了到我們房裡聊聊，外子催促女兒：

「好啦！好啦！趕快收拾收拾，雷伯伯他們要來了！快把和服給換下！」

「為什麼呢？既然買了，當然該展示給他們看看嘛！要不然，買了做什麼？」我納悶的問。

「是呀！買了不穿，幹什麼？」女兒一向人來瘋，亢奮得不得了。

「哎呀！開玩笑！那像什麼樣！笑死人了！你們母女倆真的瘋啦！」

「瘋了？還不知道誰瘋啦！好端端的買了和服給女兒，又不准她穿！穿上！穿上！讓雷伯伯看看我們女兒有多美！」

我愛作弄人的本性又抬頭了！外子嚇死了！我覺得好笑，這個矛盾的男人，正面臨天人交戰，一方面陶醉在浪漫旖旎的感性中，一方面又拘泥在理性的莊嚴貌相裡。

朋友們進門的剎那，一位穿和服的少女倚在門邊兒，以九十度大鞠躬及現學的日語「歡迎光臨」來迎接，客人們露出驚詫的表情稱讚，少女的父親——那位熱心為女兒購置和服的父親，躲進廁所裡，久久不敢出來。

附錄十七 共享

一位經常在各個課堂上提各式各樣稀奇古怪問題的學生，忽然問我：

「教授！您為甚麼寫作？」

我嚴陣以待，正思考著如何用準確的語言來表達這麼朦朧且不易界定的問題，學生見我躊躇，突然唐突的補充：

「是為名？還是為利？」

我不禁笑起來。隨即和他解說，依我所寫的文字想在台灣的文壇出名或謀利的不可能性。

學生犀利的再度出招：

「那你投稿幹甚麼！你在學校裡，學生這麼尊敬你，你何苦寫了東西寄到報社去，讓那些年紀輕輕的編輯對你挑三揀四，搞不好還退你的稿子！」

我對這樣聽起來有些不太禮貌的話，當然不太開心，但是，當教授的可不能小器的和學生計較，我反問他：

「如果你想到一個很好的笑話，你會蒙起被子，自己偷偷的咀嚼回味？還是找個人說給他聽？……也許你覺得很棒的笑話，聽的人覺得不怎麼，等你說完過後，會說：『一點也不好笑！』你會因為他一個人的反應不理想，就從此忍住，不再說笑話嗎？人不都有和別人『共享』的慾望嗎？」

學生聳聳肩膀坐下，看起來，他不像被我說服，倒比較像被我弄糊塗。我忽然想起兒童哲學家楊茂秀教授的一場演講「一個故事兩張臉」，他提到幼童總對聽同一個故事不厭其煩，「白雪公主」聽了又聽，到幾乎能倒背如流了，還纏著大人說，大人敷衍說錯了，他還會糾正你，但是，他就是一再喜歡重複的聽。因為，故事本身是一張臉，這張臉是一成不變的；而說故事的人有另一張臉，這張臉卻隨投入、共享程度的深淺而顯得千變萬化。孩童比較在意的是說故事者的這張臉，如果說故事的大人心不在焉，孩子是不肯善罷干休的，他會一直注視到那張臉神采飛揚為止。

我不禁又想起孩子小時候，一向依各項指南過日子的外子，為貫徹幼教指南中所強調的親子活動，每遇星期日，清早即起，將睡夢中的大人、小孩全喚醒，備上風箏、飛盤、呼拉圈……等玩具，一路直奔郊區的中央大學或中原大學，實踐專家的叮嚀。到達目的地，將一干人等傾倒出車外，取出各式玩具，然後，先將眾人腕上手錶對準，接著清清喉嚨吩咐：

「現在是九點鐘，你們可以玩到十一點，十一點整，再回到原地集合，聽清楚沒？」說完，解散，他隨即取出雜誌或書本數冊，找一蔭涼處所，開始六親不認的看將起來。起始幾回，孩子還企圖拖他下海玩遊戲，幾次被婉拒後，就不再遊說他了。如此這般，過了半年左右，星期天的期待逐漸變成孩子的負擔，終至有一天，天真的孩子們很抱歉的跑來徵求爸爸的同意，說：

「以後，我們可不可以不陪你去郊外看書？你可不可以在家裡看呢？」

大人往往感嘆為孩子花費金錢、犧牲時間，孩子卻不領情，其間的關鍵就在缺乏共享的愉悅。買了鋼琴，逼孩子彈，或硬撥出時間帶孩子去山葉班學習，卻沒心情坐下來傾聽或為稚嫩的琴音鼓掌；花大錢買套書給孩子，限期閱讀完畢，自己卻不願聽聽孩子的心得，只願和八點檔連續劇打交道，難怪只能和孩子大玩官兵抓強盜的遊戲，成天做板著臉孔的官兵。

孩子喜歡大人和他們共享，大人又何嘗不然！先生回家喜孜孜的大談自己在辦公室的豐功偉績，最忌諱太太兜頭潑冷水；太太回家控訴長官的無理要求，最需要聽到丈夫的同仇敵愾。不拘男女，做了飯菜，就希望有人一掃而空或邊吃邊稱讚；談戀愛時，逢人便傾訴，唯恐天下人不知另一半有多可愛。不管快樂或悲傷，有人共享，快樂加倍，痛苦減低。

一位育有三位資優兒女的同事，每日總像轉述連續劇般，在學校大談兒女的諸種資優事蹟，她那張說話時眉開眼笑的臉，最能詮釋「共享」的意義。

伍　結語

不管是創作或閱讀，無論是閱讀或評論，虛構在散文中都隨處可以找到。在創作上，精彩的虛構，可以以虛作實，發揮文學點染的深刻感染力；在閱讀時，讀者基於生命經驗的差異及學養的高低，所謂：「不懂的看熱鬧，懂的看門道」，也可能有各自不同的解讀，嚴格說來，也是另一種的虛構；其中，評論者挾文學理論的根基，對作品的評騭，甚至有超越作者原始命意的可能，雖不一定能得到作者本人的贊同，但開拓閱讀的視野，形成另一種的再創造，讓文學的花圃更形繽紛多彩，又誰曰不宜！

誠如焦桐所說：

文章的高下，不在題材的虛構或真實，而在表現時情感的真摯虛假或手法的美醜妍媸。

散文素來被認為是非虛構文類，是一種紀實文學，尤其是一種生活見證，為表述情感、觀念而訴諸藝術手段的一種價值。然則虛構與非虛構並非黑白分明，其間的界線相當飄浮，存在著寬廣的灰色地帶。我們要相信的並非敘述是否屬實，而是文本的藝術手段是否高明；……我還不知道散文要往那個方向走，可我明白閱讀散文，不必對照生活文本。散文是另一種真實。[34]

創作時，唯有在態度上，著誠去偽；在手法上，秉持「操千曲而後曉聲，觀千劍而後識器」的信念，多方嘗試、鍛鍊，在學識上多多涵養，在情操上，不停提升，才能言之有物，寫出動人的作品來。閱讀也是一樣，閱讀者的生命經驗及閱讀經驗越豐富，不但越容易判定作品的高下，也越容易從作品中有較深刻的體悟。

（原載《世新大學人文社會學報》第六期，二〇〇〇年五月。二〇〇六年十一月重新修訂）

[34] 焦桐撰：〈博觀約取的敘述藝術〉《八十八年散文選》序文，頁17，九歌出版社，二〇〇〇年四月）。

4 CHAPTER 一 第四章

文學創作的理由

壹　前言

文學的理由，人言言殊。從孔門文學觀中的「尚文」、「尚用」，南北朝時期的「文」、「筆」之分，唐宋的「致用」、「明道」主張，七〇年代的鄉土文學論戰，乃至諾貝爾文學獎得主高行健先生在受獎時發表的〈文學的理由〉❶，甚至其後陳映真先生〈天高地厚〉❷一文針對高先生說法表示的不同意見，在在說明創作者對文學所抱持的理念確實是個個有別。而這些文學理由正是作者揀選題材、形諸文字的準則。也正因為其中的差異，才讓文學創作的園地呈現百花齊放的勝景。

❶ 高行健：〈文學的理由〉《一個人的聖經》，頁464～465，聯經出版公司，一九九九年四月）。

❷ 陳映真：〈天高地厚——讀高行健先生受獎演說辭的隨想〉《聯合報‧副刊》，二〇〇一年一月二十九日、三十日）。

貳 寫作信念

每天看社會新聞，多半對這個社會要感到失望。壅塞的交通、發燒的股市、居高不下的房價、贗品充斥的市場、蒙面搶劫的歹徒、為了選舉互揭瘡疤的民意代表、花樣翻新的詐騙集團……凡此種種，總是教人厭倦。然而，這世界就真的只能是如此不堪嗎？直喜歡洪昇《長生殿》傳奇中的一段：

春色撩人，愛花風如扇，柳煙成陣。行過處，辨不出紫陌紅塵。❸

熱鬧繁華的紫陌紅塵中，固然有千瘡百孔的斑駁景致，卻也不乏夾道煙柳、逐風蘭麝。你我周遭，其實應有著更多溫潤動人的故事。這些擠不上社會版的新聞，有的寫在小孩兒天真無邪的雙頰上；有的烙在市場老叟滄桑的皺紋裡；有的刻在巷子口婦人滿足的笑靨中；更多的是鏤在拷貝清晰的記憶長流裡。每當靜夜兀坐凝想，便不禁為之心動神移。因此，若說

❸ 洪昇著、徐朔方校注：《長生殿・禊遊》（里仁書局，頁26，一九九六年五月三十日）。

我寫作的是一本本人間觀察書亦未嘗不可。

在文學院教書多年，最常聽到的慨嘆除了文學程度的每下愈況之外，往往就是文學作品的越來越難解的疑慮。這些慨嘆的聲音如非少數，就頗有幾分耐人尋味之處了。「看不懂」是什麼意思？是教授的程度越來越低？是閱讀者缺乏細細尋索婉轉蘊藉作品的耐性？抑或所謂的「晦澀」根本只是故弄玄虛？文學的詮解如果僅成為少數人的專利，甚至負責文學教育的教授都有「看不懂」的憂心，我擔心文學的路子將越來越走偏鋒！最後，終將和人生徹底決裂。依我之見，這絕非幸事。梁實秋先生曾在一篇〈論散文〉❹的文章裡強調，散文固然美妙多端，但是最高理想不過「簡單」二字而已。這「簡單」二字，說起來簡單，實踐起來可真是不容易！正所謂「舉重若輕」、「以簡馭繁」者也。所以，寫作一本流暢自然、意味深遠，又可以讓大部分喜愛文學的人看懂、看得進去的散文，一直是我「文學理由」的初步實踐。凡是華麗夾纏、看似手法炫奇實則內容空泛者，皆所不取。真摯動人、深刻豐富、明朗流暢是我自我期許的三大寫作指標。

然而，在多元的社會裡，也應該容許百花齊放。文學貴在創新，新的嘗試應該被允許，甚至被鼓勵。勇於冒險，雖敗猶榮。我曾經到紐約訪問王鼎鈞先生，請教他對文學創作的看法，他曾做一個有趣的比喻：

❹ 梁實秋：〈論散文〉（《中國現代散文理論》，頁59，蘭亭書店，一九八六年十月）。

聽說台灣有句話：「進到賭場就要坐下來賭，不要站在旁邊看。」站到旁邊看了一夜，肚子空空，人很疲倦，這算甚麼！作家就是要坐下大賭、要創新，要突破。❺

我非常同意他的看法。只有不斷地鍛鍊想像力，不斷地在文字修辭或說故事的方式上操作新的空間，做大膽的實驗，解放思想上的拘束，用自己的眼睛看出不同的天地，才能讓作品有一新耳目的效果。因為演講、教書，我也曾一再被詢問到對當今年輕人偏好光怪陸離題材及晦澀標新寫作的看法，我也都再三強調作為一個盡責的讀者，或許也該反省怎樣容忍異端的聲音，並學習隨著社會的脈動包容並拓展閱讀上各種新的可能。我覺得文學不管是創作或欣賞都有它的某種難度，中國歷代以來也有許多作家寫作很晦澀的作品，李商隱的作品之朦朧難解是眾所皆知的，所謂：「人人都道西崑好，獨恨無人作鄭箋。」但是並不妨害他被讀者接受、喜歡的程度，越好的文學作品，應該是越有被多方解讀的空間。

但是，話說回來，文字的書寫和現實之間的關係還是要謹慎處理，因為如果缺乏現實做基礎，這些創新就沒有根，站不穩。「變」不是故弄玄虛，「窮則變，變則通」，變了以後要能通，不能走死巷子。我比較擔心的是，玩物喪志，過度耽溺於耍弄技巧會不會引誘少年文友不按部就班在基本訓練上，一味追逐時髦，走到岔路上去。所以，寫作初期也許會挖空心思

❺ 廖玉蕙：〈到紐約，走訪捕蝶人〉《走訪捕蝶人》，頁28，九歌出版社，二〇〇二年三月)。

炫奇，尤其在文學獎的鼓勵下，萌生出奇制勝的想頭，但從長遠來看，恐怕還得回歸「不吐不快」、不為文造情才較實在。所以，想辦法型塑自己的風格，不隨波逐流很重要。沒有哪一種文學理論可以涵蓋所有的創作現象，新的流派或運動出現是不可避免的。至於用什麼辦法，這就看個人的訓練與巧思了。

參　寫作者必須涵養的功夫

至於寫作者要想寫出優秀的作品，必須在生活中積累怎樣的資源，我以為以下的涵養功夫必不可少：

一　保持一顆赤子之心

一個文學工作者，多少要有一點赤子之心。《聖經》上說：「如果你不變成一個小孩，你就進不了天國。」同樣的我們也可以說：「如果你沒有赤子之心，就成不了一個好的作者。」因為如果你對這世界一點好奇心都沒有，生活得萬念俱灰，自認把這世界看透了，是絕對沒有動力激發你去寫任何的東西的，即使你很有寫作的潛能，也沒有辦法發揮出來。你的文字功夫再好，你認為這世界一無是處，不值得一提，怎麼會寫得出什麼樣的好作品。因此，我覺得寫作必須做到的第一點，就是要有一顆赤子之心。

所謂「赤子之心」，說白了，就是生活得興味盎然，凡事好奇，求知若渴。不唾棄鄙俗，不故作清高。對萬事萬物保持認識的興趣。袁宏道〈敘陳正甫「會心集」〉曾說：「迨夫年漸長、官漸高、品漸大，有身如梏，有心如棘，毛孔骨節，俱為聞見知識所縛，入理越深，人去趣越遠矣！」❻就是說明隨著年齡的增長，人生閱歷越發豐厚，受到禮教聞見的拘束越深的結果，常會因此失去可貴的童心。孟子所謂的「不失赤子」，老子所說的「能嬰兒」，都在提醒我們常保這樣的心境，只有童心猶在，才會好奇地眼觀四方、耳聽八方、生活帶勁，而所見所聞，俯拾皆是寫作資材，哪愁找不到寫作題材！

二　細膩敏銳的觀察思考

《文心雕龍》上說：「操千曲而後曉聲，觀千劍而後識器。」深入的觀察是認識事物必須的過程。程明道先生也曾說：「萬物靜觀皆自得。」人世間萬事萬物都是題材，即使一株小草，一粒沙或山頂上的一抹微雲，到處都是奇景，觸景可以生情，妙筆可以生花，只需脫卻世俗、洗盡鉛華，就能夠化腐朽為神奇。一個散文作者如果能多作觀察，那麼，對芸芸眾

❻袁宏道撰：〈敘陳正甫「會心集」〉《晚明小品選注》，頁39，商務印書館，一九六九年十一月）。

生的描寫，也許更能引起讀者的共鳴。身在這個複雜多變化的時代裡，在社會上的任何一個角落裡，每天都上演著一齣一齣的社會劇，不管是溫暖的、冷酷的、讓人感動的，或叫人切齒的，都是浮生的代表，都值得我們注意。我喜歡走在路上觀察一個個過往的行人，覺得每一張臉上，都有歲月的刻痕。有的既疲憊且憔悴，必然有屬於他們不足為外人道的心事。到美容院洗頭，仔細傾聽小妹們的對話，也自有他們的趣味性在，我們可以觀察那種我們所進入不了的天地，可以從每一次人際的接觸之中，去探討人的心理，從各式人際關係中去咀嚼它的意義。不可否認的，文學創作的根源最主要還是來自生活，所以寫作的人該掌握時代的脈膊，反映時代。對於切身的事情，我們固然感受深刻；對於芸芸眾生的事情，就只有用心去仔細觀察與關注了。我們往往會發現到越是反映接近現實的事情，便越能得到讀者的共鳴。寫作的題材無分大小，寫出來之後是不是能得到多數人的共鳴？是不是道出了許多人的心聲？我覺得這點是比較重要的。而這些題材能夠形諸文字，則多仰仗於平日深入細微的觀察。

總之，寫作者必須保有一顆好奇心和對人、事、物的關切，才能對環境和人物有縝密的觀察，進而記錄下靈動的人生。例如：身為知識分子的作者，如果想寫作鄉下的小人物，卻又疏於觀察，寫出的人物一定缺少粗獷的特質、多了分讀書人的文雅，而流於閉門造車。人物口語的生動，不能光憑想像，我曾寫作一篇名為〈談判〉❼的文章，敘述一回調解鄉下婚

❼見廖玉蕙撰：〈談判〉(《中國時報・人間副刊》，二〇〇六年八月二十三日)，見附錄十八。

姻的經歷，發現城鄉差距造成語言上隔閡，確實只能靠不斷的接近、觀察才能彌縫。文中村長的言談——「一年就是月娘圓十二遍啦！」既逗趣又符合鄉下人對環境、對時間的體會，這是一般知識分子不容易靠著想像撰寫的。因此，作者拓展經驗的最好良方，除了閱讀之外，好奇地探問及不斷地觀察絕對是不可或缺的。

附錄十八 談判

酗酒的先生企圖挽回離家七年的妻子，帶著由村長領軍的大隊人馬直奔娘家談判要人。妻子的兄嫂銜命接待、應付。在廳堂裡，雙方人馬對峙。

嫂子用胳膊碰觸，示意飽讀詩書的兄長說說話，以打開話匣子。木訥寡言的兄長，情急之下，也不知該說些甚麼，只說：

「今天天氣不錯哦！」

雙方人馬，全將臉孔朝外，唯唯附和：

「是呀！天氣不錯。」

嫂子又碰碰兄長的腳，請他維持場面的熱絡。兄長慌慌張張補了句：

「親像未太寒，也未太熱哦。」

於是，一干人等都順勢而言，談氣象報告、說天空裡的雲層。一群男人瞎扯亂掰，言不及主題。

畢竟是女人較為務實，暗示兄長趕快進入主題討論。兄長被逼急了，忽然激動起來，對著酗酒成習且已有幾分醉意的妹夫義正辭嚴地教訓起來：

「你這樣完全不認識字也不是辦法，現在政府在各地都設有長青學校，你應該振作起來，到學校去上課，享用政府的美意。你太太這些年在外，已經掌握時間，一直讀到國中三年級了。你要急起直追，讀書是很重要的，讀書可以變化氣質……」

兄長對著一個猶然醉醺醺的酗酒文盲大談「讀書至上論」，證實了書讀得太多容易使頭殼壞去！對方領導——村長，再也無法忍耐了，沒等他把話說完，大手一揮，說：

「這陣，講這攏無路用！最重要的，是戒酒。安捏啦！我做主，給汝一年的時間戒酒，如果一年內，汝戒酒成功，我負責把汝的太太帶倒轉回去；若無辦法戒，汝就把離緣書寫寫給人。」

一番話，提綱挈領，合情合理又合法，在場的人全都鬆了口氣。這時，村長忽然又蹦出一句問話：

「汝知道一年是啥米嘿？」

這時，不但酗酒的男人露出迷惑的表情，在場的所有人也都開始進入腦筋急轉彎的狀態，村長好整以暇，緩緩道出了自備的答案：

「一年就是月娘圓十二遍啦！」

詩樣的言語一出，簡直教人不由得不擊節稱賞。村長唯恐酗酒的男子沒有看月亮的雅興，接著又提出備份方案：

「汝若是無閑看月娘，也不要緊……」

他回過頭指著廳堂牆面上掛著的大疊日曆，說：

「今日是新曆過年，以後每天早起撕一張，等待攏總撕了了，就是一年。知否？」

男人終究沒能等到月娘圓十二遍，便因酒醉撞車，一命歸西，牆上的日曆則不知何故一張也沒撕下，依然仍停留在談判的大年初一那日。

三 涵養溫柔敦厚的人生觀

二十世紀的哲學家沙特曾說：「對一個即將餓死的小孩來說，文學的意境在哪裡？」他說得很有道理。文學絕不能空口說白話，必須要有一種解決實際問題的責任感。雖然文學的社會性及藝術性孰重的問題，歷年來一直爭論不休，文學到底需不需要肩負社會責任，宋代蘇軾等文人，也曾針對文學到底該為人生而藝術，還是為藝術而藝術反覆辯證。我雖然私心以為不需要拿文學當作改革社會的工具，但也認為一個成功的作者絕對要有文化意識，也就是對人類歷史和社會文化的使命感。文學作品是作者本身人格的表現。如果這個人比較浪漫，那他寫出來的作品就比較抒情風格，比較像詩。性格較外傾者，他的作品就可能比較接近戲劇，有記述、有對話等，這樣的趨向大致可以概括。

人格的高下則取決於他對人類命運苦樂禍福是否關切？是否有深切的體認？所有的文學作品都是在反映人生，由作者的心靈來感動無數的心靈，藉著文字來感動別人，而感動程度的深淺、多寡，端視文筆的好壞。情感的表現是不是能夠引起人類普遍的共鳴，是不是能夠成為人類的代言者，就在對社會與人生是不是有一種普遍的同情，也就是一種民胞物與的精神，更簡單的說，就是愛，愛世人以及愛自己的心。所以，寫作的人必須要有健康的人生觀，才不會在表達的時候失之偏頗。這社會儘管有許多令人不滿意的地方，但也有令人滿意的，應該這樣去看社會才是，儒家所講的中庸之道，的確很有道理。如今年齡漸長，在社會中衝撞，慢慢的發現，《論語》中的許多文字漸漸的在生活中得到印證。這才覺得孔子思想的偉大，把這麼多的社會問題歸納在精簡的一本《論語》，實在是了不起。所以，寫作的時候，如果寫得太辛辣或太疾言厲色，或許可以讓讀者感覺到短暫的痛快，但是，絕對沒有辦法傳之久遠。因此，身為作者應該稍微約束一下自己，在很激動的時候，不創作。因為那時候寫出的議論無法持平。中國文化中所謂「溫柔敦厚」詩旨，可以放諸四海而皆準。如果要成為一個好作者，這個心思是必須具備的。

四　經常顛覆習慣領域

一篇好的散文應該是：敏於感受、富於聯想、巧於構思、嫻於用筆、精於雕琢，這五點在在都指向依循舊習是寫不出好文章的。無論觀察、思考、文字運用或裁章謀篇，都必須時時用心、處處留意，以自出新意。如果太依循舊思維，便很難有新觀念產生、新寫法出現。所以，思考角度上必須能肯定各種切入方向的可能，保持一顆赤子之心，在心裡騰出一大塊空地以容納新知，嘗試新鮮的語言，思考不同的看法，再三琢磨。說穿了，就是打敗懶惰的隨俗，開創新鮮的意念，以新做法代替舊觀念。譬如：一般人都認為老人應當保有一顆年輕的心，培養青春氣息，但李進文在一篇題為〈老〉❽的文章裡便持不同的看法，他不相信老人還能保持第二春，認為老人只需培養凝眸注視的勇氣罷了，一味追求青春年少，終究難敵生理的自然頹敗，必定在心理上更加失落。這篇文章裡的新說法，挑戰了傳統根深蒂固的觀念，其實更切近生命的本質，令人佩服。所以，勇於跳脫自己與世俗的思維習慣，體察各種思想的可能性，是創造好散文的先決條件。

創作若是只知墨守傳統，不敢自出新意，永遠只配作二流作家，文字再是流利、修辭再是講究、布局再是精當，終歸只是步人後塵，成不了氣候。所以，寫作者必須學、思並重，

---

❽李進文撰：〈老〉（見廖玉蕙編選：《八十九年散文選》，九歌出版社，二〇〇一年四月）。

養成閱讀的習慣之外，並常常思考人生，爬梳生活現象。顛覆習慣領域體現在不畏權威，不拘泥於傳統。拾人牙慧者，文章寫得再流暢，充其量也不過二流作品。例如：前些年得獎作品陳文玲的《多桑與紅玫瑰》⑨、隱地的《漲潮日》⑩，周芬伶教授描繪弟弟的〈小王子〉⑪一文，都是向傳統「為生者隱，為死者諱」的傳統觀念挑戰的作品，他們誠實地書寫摯愛的親人，無論生者或死者，不替他們圓謊，不製造神話，只老老實實全盤托出，因此，引起讀者相當的共鳴。

另外，散文創作若是有所忌諱，不能直陳，有時固然也會有蘊藉委婉的評論，但是，大多時候常常會淪於躲躲閃閃的忸怩造作，缺少痛切淋漓的閱讀快感。多年前，王正方曾寫了一篇〈我的父子關係〉⑫，用嬉笑怒罵的語調，娓娓敘說過往父子關係裡的愛恨怨嗔。不文過飾非、不美化事實，赤裸裸呈現一個為人子及為人父，兩份成績單都呈現赤字過多的父子關係，這和傳統遮遮掩掩、欲說還休的自傳表述方式自然是大不相同，更加引人注意。奇妙的是，透過作者的生花妙筆，他那幾近玩世不恭的諸多行徑，非但未引起讀者的憤恨，反倒

⑨ 陳文玲撰：《多桑與紅玫瑰》（大塊文化，二〇〇〇年十一月十五日）。
⑩ 隱地撰：《漲潮日》（爾雅出版社，二〇〇〇年十一月一日）。
⑪ 周芬伶撰：〈小王子〉（《花房之歌》，九歌出版社，一九八九年二月十日）。
⑫ 王正方撰：〈我的父子關係〉（《等待一隻蝴蝶飛回》，幼獅出版公司，二〇〇〇年三月），見附錄十九。

卻引來高度的同情。或者，這便是拜誠實之賜，讀者看厭了矯情虛偽的裝模作樣！

有一段時期，我們總特別感覺到世界不完美！而這其中的缺憾往往肇始於親子關係。作者始則嫌棄父親臃腫的身材，繼而鄙棄他一路討價還價的小氣，接著是英語不靈光、吃飯音響效果太強、笑話一再重複。年少氣盛的他，不知父親身體不適，竟因有失餐飲禮貌而對父親大加怒斥！父親從那日起，半身癱瘓、失去語言能力，無法清楚表達。到底父親對那晚兒子的暴言惡語相向是何感想，竟成永遠無法解開的謎題！作者雖無一言提及心中的飲恨、悔愧，然讀者卻不難讀出他意在言外的深沉感受！

相較於作者的暴烈，他的兒子則顯得溫厚有餘！作者對父親諸多挑剔、不滿，卻無能、亦不想成為兒子的模範父親！他不但無法提供孩子安定的家庭，甚至時時任性地拿些無理要求，整治孩子！整篇文章猶如一篇誠實的懺情錄！文字樸實、情感濃稠，作者以自剖的方式，將一位意興風發、志在天下的浪子，任性過活的一生，淪肌浹髓地描摹出來！文章中的誠實與誠懇產生了動人的力量！這種勇於自剖的呈現正是習慣領域的最大挑戰。我幾次和同學討論這篇作品，總是引起極大的迴響。頭角崢嶸的年代，生理的抽長和心理的發展往往相互拉扯，引發莫名的掙扎，形諸於外的暴烈，常教做父母的不知所措，甚至感到挫折連連。這篇文章勾引學生的共鳴，因之常有意外且生動的反省。譬如，就曾有學生劉芙伶在我的教學網站上留下這樣的動人文字：

我並不是很喜歡〈我的父子關係〉中的作者，文章中似乎透露作者是一位心裡只有男人、大丈夫、男人的事業的大男人主義信仰者。雖然文辭強而有力、內容生動，暗藏感性，但我始終不是太喜歡。或許是因為「大丈夫豈能被婦孺之私所羈絆」這句話的影響，使我很難不讓自己帶著成見去閱讀。姑且撇開這些不談，我感到文章很有趣的地方在於作者本身與其父親沒有好的父子關係；作者又與自己的兒子也沒有好的父子關係，自嘲自娛，又誠實坦白。

文章中當我看到「我於是近乎粗暴地說：『喝湯怎麼喝成這副樣子？連最基本的餐飲禮貌也沒有。』然後，我發現父親在流淚，當時不加思索，依舊很暴烈地說：『哭什麼嘛！這又有什麼好哭的？』那年月全家人早就聽慣、見慣了我的粗暴不仁，誰也不搭腔，只求安安穩穩的吃頓飯。」

我有點眼眶灼熱，想起我的叛逆時期。雖然我的家庭教育絕對不允許我對父母惡言相向，但是我常常在被父親斥責或體罰後，獨自坐在房間窗口，想著要如何往下跳、要如何避開那九座窗台、如何腦袋先著地、如何讓父親是第一個發現屍首的人，讓他後悔一輩子、讓他知道毒罵我的下場，就是逼死自己的孩子。

我真惡毒，我怎麼會有這種想法？事隔多年後，若從高樓往下看，就會想起自己當時的愚蠢。年幼時相信，父母怎樣都是對的，父母是全人、是完人。到了叛逆期，開始希望得到父母的肯定和信任，開始認為父母也有很多時候只是堅持己見、冥頑不靈。爸爸是暴君，相當嚴厲，對我怒罵只因為我惹火了他，而不是真正的教育，或如他所言的為了我好。媽媽是慈禧太后，只活在自己的世界裡，不了解時代，也不了解我的觀點，強迫我達到她的要求，像是晚上不准出門、男生不准來電、不准交男朋友，甚至不可以使用電腦。我因此無論如何要離家。於是我使用最柔性的方式，一心一意考上台北的大學。幾年過去了，我當時一股腦的無聊心願也都實現了。像是有自己的小套房、養一隻貓、交一個事業有成也照顧我生活起居的男朋友、半夜三更可以在外頭玩樂、日上三竿了也不會有人為了必須吃早餐這種不成理由的理由來叫醒我、山高皇帝遠、家裡沒大人，完全自主的自由。我以為這就是我要的了。

然而，常常一個關於回家的汽車廣告或一齣為了應景母親節的MTV，就可以讓我哭得鼻涕眼淚滿臉。當年是怎麼竟如此努力於離開這世界上最愛我的那兩個人？想起家裡不算有錢，他們還大氣也不吭一聲地讓我高中和大學都念私立學校。大學聯考落榜時，報名重考班要繳十二萬補習費，竟然是跟舅舅借來的，我都不知道。國中時為了讓我長高，無所不用其極，媽媽每三天熬一鍋鰻魚高湯，爸爸幾乎買過所有第四台的增高產品。我小時候有先天性髖骨脫臼毛病，二十歲時發現得再開刀矯正，手術後，我躺在病床上忍痛不哭，因為想裝勇敢，但是媽媽卻哭著說都是她沒把我生好。聯考剛結束還未放榜的某一天，我望見父親偷偷到我房裡，找到我寫好的志願排行，從第一個志願到最後一個都只寫了台北的學校，他盯了一會兒後，舉起右手揉按了幾下兩邊的太陽穴，沒看見他是不是掉了眼淚，但他離開時搓著自己變紅的鼻子。

雖然長大以後，我漸漸發現父母也不是完人，父母也有錯的時候。有時難免也會做錯事、講錯話、搞錯方法、聽錯意思、記錯時間。尤其等他們年紀越大，這些現象又會更加嚴重。但是無論他們對我做什麼，他們都是基於一份無庸置疑的強烈的愛。光想到這一點，就夠了。夠我努力一輩子去好好報答。所以我根本不該構想「如何去傷害他們」這種天理難容的事。

上個星期，我回家提前過母親節。坐在餐廳，妹妹下課了許久還不回家。打手機也沒有回應，媽媽擔心得吃不下飯，爸爸假裝在聽新聞，餐桌上蓋了一層僵硬的空氣。過了許久，終於鑰匙聲戳破僵局。妹妹大剌剌的回來了。爸爸忍住滿腹怒火，溫和地開口問：「去哪啦？都找不到人。」妹妹使了一個白眼跩頭跩面地說：「跟同學趕報告啦。」話一邊講、人一邊就摔手摔腳進了自己房間。媽媽對我搖頭苦笑：「真是跩得二五八萬。」我的胸口一陣悶痛，怎麼會這樣？我有一個我已不認識的惡劣妹妹，和一對心碎不已卻一再姑息的老邁父母。

我很想跟妹妹談一談，但我能怎麼談呢？人是要痛過了才知道痛吧？

這樣的留言，見證了文學的影響力，它開發了閱讀者重新思考親子關係的情意，讓文學生命的流動，開啟生活的更多可能。

附錄十九

我的父子關係

王正方

那一年的大年三十晚上，和父親一同從北京來台灣的幾位學生，都是二十來歲的單身漢，聚在我們家的日式房子裡，大家席榻榻米而坐包餃子。父親當時五十出頭，禿頂，體重超出規定許多，滾桶式的肚子很搶眼。每餐非肉不飽，數十年來一直認為天下最好吃的食物就是餃子。大年三十晚上的這一頓，他一定要親自監廚。餃子必得豬肉白菜餡的，得他親手用一條新毛巾包上剁碎了的白菜，一回一回地擰出菜汁。碎菜碎肉攪和在一隻大鍋裡，醬油和其他調味品一絲一滴地往裡倒。

攪不上五分鐘就得用筷子沾點兒餡兒嚐嚐，然後大聲咂嘴，表示得意！

他誓死反對在任何菜餚中放味精，二十分鐘之後，再聽見他咂了一聲：

「這味道才算進去了。」

新剝的大蒜，像小肥豬似的堆滿了一海碗，一盤盤的熱餃子，很快的就被壯漢、半大小子，迅速地消滅掉。每年父親吃餃子的量，其實並不比年輕人遜色，他的名言是：

「每回吃餃子都吃成個齊景（頸）公，呵呵呵。」然後，他在脖子上橫著比了一下。

那年月他的食量與音量都甚洪。照例，吃完餃子得喝餃子湯。父親頗不雅地大聲呷了口極燙的餃子湯：

「啊好！原湯化原食嘛！可是吃完油條該喝什麼呢？呵呵呵。」

早年每個三十晚上都這麼過的，吃完餃子就聽父親和他的學生們講北京的故事和一些老笑話，挺熱鬧。

上了初中之後，我漸漸地對自己的老爸有幾分不大佩服。首先是他的儀表，原本就不夠修長，不忌口之餘，體態日益臃腫。更加上他不很注重穿著，未免不時地弄出些笑話。

有次陪他坐公共汽車，從他那件過於肥大的西裝裡，竟緩緩地掉出來一隻鐵絲衣架來！大熱天吃飯，他總是在肩上搭上條灰不溜丟的濕毛巾，不時地擦額頭上或腋下的汗，還念念有詞：

「真古之翰林（汗淋）公也！」

最怕的還是同他上中華路攤店上買東西，這一路的討價還價委實地沒完沒了。幾塊錢能爭得面紅耳赤，更使出渾身解數、套交情、講義氣。一旦聽出對方說話的口音約莫是長江以北來的，他立刻能攀上個老鄉。於是又敬菸、泡茶，重新討價還價。有這麼位相當小氣的爸爸，我的確很難引以為榮。可是他老帶我上中華路，因為他偏心，專疼小兒子。

再年長了幾歲，西化漸深，對老先生的批評更多了。父親的英語頗有限，洋歌洋曲一概聽不下去。吃飯的音響效果很強，特別是喝湯的時候。人人都說他談吐風趣，久而久之，我早就聽熟聽膩了他的笑話。青少年時代的叛逆性，有時也不是禮教、權威甚至親情可以壓得住的。於是，我逐漸意見甚多起來，進一步演變成態度相當不遜。對著父親當面搶白有之，對他嗤之以鼻也屢見不鮮。記得也曾有鎮壓申誡的場面，但是都沒什麼效果。最後是息事寧人，大家少說話免得嘔氣。

在父親患病的那天晚上，一家人吃晚餐。一向食量甚好的父親突然吃不大下的樣子，盛了碗湯，很大聲的呷著，相當不雅，然後他端起湯碗，湯水順著他的嘴流到桌上。我於是近乎粗暴地說：

「喝湯怎麼喝成這副樣子？連最基本的餐飲禮貌也沒有！」

然後，我發現父親在流淚，當時不加思索，依舊很暴烈地說：

「哭什麼嘛！這又有什麼好哭的？」

那年月全家人早就聽慣、見慣了我的粗暴不仁，誰也不搭腔，只求安安穩穩的吃頓飯。父親放下湯碗，用那條發灰的毛巾擦嘴擦桌子，一句話沒說，嘴向一邊歪著，一拐一瘸地上床睡覺去了。當晚，父親送入了台大醫院，情況嚴重的中風使他半身癱瘓，喪失了語言的能力。出院之後，他像個嬰兒似的牙牙學語，是否有成人的理解力大家始終存疑，因為他再也沒有當年的表達能力了。有時候，我陪他在巷口散步，要堅持運動，以能維持正常行動。偶爾也和他說說話，希望他能恢復一點舊日的談笑風生。但是通常講幾個單字之後，他就坐在籐椅上傻笑。

出國數年，家裡經常寄來照片和報平安的信。父親總是那個老樣子，病情不好不壞，能吃能行動，說話沒進步。照片也幾乎是一成不變的：禿頭老人、嘴巴半歪半斜，坐在籐椅上傻呵呵地笑。

父親去世的前後，我正忙著自己認為是「開萬世太平」的偉大事業，一陣猶豫、耽擱，結果也沒回去奔喪。這許多世俗禮儀我本就不太注重，更沒有想在人前人後博個什麼孝子的名聲。然而，事隔經年，一想起那天晚上我在餐桌上的暴言惡語，心中總是耿耿不能釋然！或許，父親當時根本就沒聽見我說什麼，中風之後，或許他的記憶力早已喪失泰半，完全不記得這回事了。更也許他心中哈哈一笑，說句什麼：「這小子今兒又撞上邪了！來這兒跟我犯渾！」

我總是這麼希望，希望他是這麼想，也希望他就這麼忘記了。但是，這是個永遠得不到證實的希望。

俱往矣！如今算一算我自己當父親的年數竟也十分資深了。二十幾年前一舉得男相當得意，兒子生得漂亮、聰明、能說會道。帶到外面逛市場，每回都招引一大群美國老太太圍觀，讚嘆之聲如響焉。父子形影不離，情深得厲害。

兒子長得不像我（否則也漂亮不起來了），但是舉止脾氣神似之極，一時在親友之間還頗有傳誦。但是好景不常，我的婚姻出了問題，協議離婚之後，兒子歸母親撫養。硬生生地父子分離，我幾乎不能自持，而兒子那年才六歲。然而，那時候還年輕，意氣風發，多少天下興亡的大事業等著我去做！大丈夫豈能被婦孺之私所羈絆？

十數年下來，我就孜孜地去忙自己的大事業去也。每月定期寄錢，差不多每週與兒子通次電話，暑假時，兒子來我這兒住一段時期。

簡言之，天下的興亡自有區處，與我並沒有什麼相干。十餘年之後，也沒啥成就可言，半老之身堪可餬口。兒子上了大學，體健，無不良嗜好。住在大學附近，反而與這位「打半工」的爸爸比較接近起來。這兩年，常常在父子談心的當兒，兒子對他「打半工」的父親數落過幾項比較嚴重的罪狀。

其一，濫交女友，使兒子每年暑假與「半工爸爸」共敘天倫之時屢屢要重新適應，造成實際生活上的困難與心理上的障礙。

有關這項罪狀，只好俯首高呼開恩。所幸這個問題已不存在了，我從良結婚有年，生活穩定。

其二，吃生魚片事件。兒子八歲那年，暑假時與匆匆上我那兒去小住，某女友儼然有做入幕之賓的架式，要輔導我的兒子，倡言小孩子應當及早開發智力，擴展經驗，譬如吃生魚片之類的。

於是，當晚就上一家日本餐館，強迫兒子吃生魚片。小孩子抵死不從，又哭又鬧，十分丟面子。結局是演出了一場廁所訓子，兒子吃了半片生魚片。

這事件給小孩的印象極深，打擊也很大。因為孩子認為父親在陌生人面前竟不維護兒子的權益與感情，真讓他覺得是個孤兒了。而那時候的我，哪兒有這分敏感呢？

其三，兒子有次患腎組織破壞，住院數週，情況一度很危險。醫生曾囑咐過我，必要時需要我輸血，以備不虞。當時，我大約又在忙些所謂濟世救民的偉業，或者是在與某女士纏上些私情閒怨的勾當，一拖再拖，延誤探病的日程，兒子的病突然奇蹟般的復原了，結果我也沒去探病。

這事是我的一大心病，委實不能提的，再怎麼說，這做爸爸也是他媽的很差勁。兒子是個大人了，偶爾想起這些事，卻最多假意吼兩句，讓做爸爸的面子上有點掛不住而已。

兒子說他會早結婚，找一位好女人做妻子，生三個小孩，用心的帶他們。

人活到這個份兒上，竟是個新境界呢！好像做兒子和做父親的任務都完成了，雖然平心而論，這兩份成績單上都有赤字過多的跡象。但是沒那麼輕鬆，做丈夫的任務兀自未了。

妻也是位秉性剛烈，有種莫名是非感的人。

我的脾氣多年來亦未能因吸取日月之精華而有所提昇淨化，不時地，家中會演出相當暴烈駭人的叫囂，聲聞戶外。再鬧急了，更有我敲牆打地、傷損筋骨的慘劇。妻是位急起來要一逞口舌之快的人物，於是就屢屢戰況有幾分壯烈起來。

事情緊急我們會打電話向兒子求救，不怕丟人，反正是自己的兒子嘛！不過，這種父子易位的情況，也十足令人發噱！老倆口子爭先向兒子告狀，各訴衷情。這些日子以來，似乎兒子與妻站在一條陣線上了。常常聽兒子對我的訓詞曰：「我觀察出來她算是對你好的女人，和以前那些不同，你以前的那些女朋友，嗤！」

「沒事大家都少說一句，為了我，少吵些可以嗎？出了事怎麼辦？我還指望你付學費哩！」

「知足一點吧！你已經老啦！她不管你，將來你怎麼辦？還想找另一個？就憑你的破運氣，算了吧！」等語。簡直有點倒戈的意味。

而我們仍舊不時地要反脣相向。今天一大早又為了件屁事兒，雙方的聲量都到了震耳的程度，氣氛醜惡。妻怒沖沖頂著大太陽出門兒，何苦呢？

郵箱裡有兒子寄來的一張卡片，今兒又是父親節了。兒子寄來的卡片，通常都挺幽默，開開老頭子的心，寫上兩句歪詞。這卡片上是一隻戴眼鏡的老狗，正在琢磨不透，翻過來卻見到他挺工整地寫了數行英文字：

「父親節快樂。請你們和睦相處吧！因為人活到最後，你所擁有的也只是那幾個關心你的人。」

嗨！一時竟百感交集，止不住地老淚縱橫起來。

妻由外面回來，怒氣消了大半，低頭換鞋，額頭沁出幾顆汗珠。我說：

「喂！有沒有同你講過我爸爸過年包餃子的事？」

五　養成持續閱讀的習慣

如果只靠有一顆溫柔敦厚的心，敏銳的觀察力，而腹中卻沒有學問是行不通的。閱讀最大的目的就是讓我們有一個健全的人格，閱讀同樣的也能夠讓我們在寫作的過程中見賢思齊。我們姑且不談學術性、專門性書籍的閱讀，而是一般普通性的閱讀，即一般人平常看書多半抱持休閒的心情，所謂怡情養性。其實閱讀有一個更好的作用，就是培養不平凡的思路和胸襟，尤其對於要從事寫作的人而言，是一種訓練和準備工作。念中文研究所的學生都曾做過批點二十四史及四書五經的功課。如果認真批點完史記，會發現逐漸能掌握精髓，寫起文言文來，便容易許多。大學時，教授《史記》的教授，曾出了「仿太史公筆法寫自傳一篇」的考題。同學們一下筆，便高下立見，從所寫的文字中，就可以看得出來學生有沒有將《史記》讀通？因為看多、念久之後，便會不自覺的受到影響。

好的文學作品，應該會給人好的影響。閱讀一方面可以讓我們知道文學發展到了什麼程度，免去我們繼續炒冷飯的無意義；一方面，也能讓大量的閱讀深刻化我們的思考。閱讀如果能夠成為生活中的習慣，非但可以增加生活的情趣，更可以加深思考的深厚度，是寫作者向文章深度挑戰的要訣。倘若平日不看書，沒有深度，寫作時，一旦真正面臨有深度思想的問題，恐怕就無法深入探討而不免要流於言不及義、言之無物了。

朱熹有詩：「半畝方塘一鑑開，天光雲影共徘徊。問渠哪得清如許？唯有源頭活水來。」閱讀就是為我們取得源頭活水的方式，因為有活水的注入，塘水清澈明淨，才能映照出徘徊的天光雲影；寫作也是一樣，唯有不停地閱讀，站在前人的肩膀上，才能看得越高遠、寫得越深刻，因而讓文章顯示出鮮活曼妙的姿影。

六　隨時隨地勤做筆記

一個人的記憶畢竟有限，記憶再好，也難免有所遺漏，做筆記是最好的彌補方法。我個人很喜歡也習慣做筆記，有時在路上開車，忽然想到一個好題材或好點子，或特殊的意念，便會連忙將車子開往路邊停下，將所想到的事記到紙條上，因為，有可能到目的地後就忘了。有時也會忽然靈感湧現，即使在睡夢中，也會一躍而起，摸黑寫張紙條，它往往是神來之筆，稍縱即逝。

勤作筆記除了記錄當下乍現的靈光外，筆記裡的瑣瑣碎碎尚未能成篇的短小紀錄，也許會在不期然的某個時刻被勾連成完整的意念而呈現出來。例如，每回坐上電腦桌前，我會習慣性地打開儲存的筆記資料，作快速的瀏覽。若正巧瞥到可用的材料，便能順手拈來。有時看似不相干的幾則筆記，會因為某種因緣際會被串連成始料未及的完整作品。若是平時養成作筆記甚至寫日記的習慣，一方面可以鍛鍊文筆；一方面可以提醒記憶；一方面也可以儲備寫作資材，可以說一舉數得。譬如拙作〈人之大慾〉⑬一文，就是集合了參觀元宵燈會、國外海洋博物館、故宮博物院黃金印象——奧塞美術館名作特展及博物館中達文西畫展後的四則筆記而成，原先只是零星的有趣觀察，四則串聯起來，「民以食為天」的諺語便不言可喻。

肆　結語

年幼時，總是喜歡和母親搶著看從租書店租來的書，當時的閱讀，堪稱毫無章法、不論品味，從通俗言情小說直看到世界經典名著。這樣的閱讀持續到大學階段到幼獅文藝打工時期。因為參與編輯工作的緣會，結識了文壇的重量級人物和作品，更因樓下就是書局，日日午後、黃昏耽溺在書海中蠶食鯨吞，到最後，吃下的桑葉，忽然慢慢積累成心頭塊壘，一發不可遏抑地發為文字，源源從筆下流出。

⑬ 廖玉蕙撰：〈人之大慾〉《公主老花眼》，九歌出版社，二〇〇六年一月），見第五章附錄二十。

換句話說，我與文學結緣甚早，相較之下，持續創作卻非常晚，雖然在大學階段，因在學校編輯校刊之故，被迫寫稿補版面，同時也在報紙副刊零星登載一些稿子，但可能緣會未到，都沒有感受到其中有什麼巨大的快感，也因此沒有讓寫作變成習慣。一直到三十餘歲，才出第一本書。但也或許是當時已經在大學授課，對退稿之事特別敏感，所以，每每投出一篇文章前，總是再三檢驗，做嚴格的品管，不希望流於濫情，期待能言之有物。我一直深信，只有先能說服、感動自己的文章，才能感動別人。

因為起步較晚，早過了傷春悲秋的年歲，我對哀感頑豔的題材不再流連，工巧穠麗的文字也非我所長，周亮工《尺牘新鈔》中所輯盧世漼〈又與程正夫〉裡的一句話最能道出我的堅持：

> 天下事，無論作文作人，只以老實穩當為主。

「老實」容易，「穩當」難，「老實」只須字字由胸臆流出，「穩當」則牽涉寫作功力，未能一蹴可幾，然則不尚奇巧雕琢、一以「真誠老實」自期，或者可以說是我一向自訂的寫作規則吧！尤其在年歲漸長後，我愈來愈相信，只有真心對待、不以諂笑柔色應酬，人間才有華彩；寫作也是這樣，唯有著誠去偽，不以溢言曼辭入章句，文章才有真精神。也因為崇尚自然，不喜雕琢，所以，創作時並未刻意講求方法技巧。

一直極熱烈地戀愛著生活，不管工作或遊戲，都興致勃勃。然而，由於迷糊，常常遇到意外，不時走出軌道，生活中獨缺秩序，思之不免悵然。自從寫作，發覺文字工作是我與這世界最有秩序的溝通，便更捨不得放下，由是有了這幾十本書的寫作與出版。真希望這些書的問世，能讓讀者更清楚地看出我對人世的深情厚意。也希望能從尋常的事件裡引出常人不易見著的另一面，從繁碌匆促的世界中，開展出清明、雅靜又隱含策勵之情的生活智慧，將生命的憂鬱與欣喜化格為情趣迴蕩的綿延交響；更希望能將這些親身的實際創作經驗，在文學的課堂上，不斷傳承下去，讓學生能從其中學會更寬廣的解讀人生能力、更有創意的思考方向。

（原發表於《女性文學學術研討會》，靜宜大學台灣文學系，二〇〇六年九月。二〇〇六年十月重新修訂）

5 CHAPTER 第五章

化腐朽為神奇

——談寫作訓練

自從教育部宣布高中學測加考作文後，寫作訓練頓成顯學，據說作文補習班因此大受歡迎。學子除了補習數學、英文之外，也開始補習作文。其實，以我多年參與大學學力測驗及指考閱卷的經驗看來，補習出來的作文，往往落入習套，對分數非但沒有助益，反倒因為與眾「相」同，而不利高分的取得。

作文要得高分，絕不能靠速成。除了平時多閱讀以積學之外，在學校裡，老師也可以運用多種策略加以訓練；甚至學生本身都可以自我勤加練習以達成目標。以下，便提供幾種教學或自學策略，從題材搜索、寫作手法練習、一題數寫、小專題寫作、改寫、情境寫作、讀書心得到文評、書評寫作，由點及面，循序漸進，必能逐漸化腐朽為神奇，克服作文的困難。

壹　題材的搜尋

寫作題材的缺乏，往往是初學者感到最大的困擾。事實上，只要努力觀察，細細尋索，觸目所及，往往便是材料。只是，一般沒有養成寫作習慣的人，日子過得清淺、隨性，所有的生活，像船過無痕，轉首便忘，真正到了提筆之時，四顧茫然、搔首踟躕也是很自然的了。因此，為了啟動初學者的多元思考，不妨從簡單的搜尋步驟開始，以簡單的命題，讓初學者以每則二十字以內的長度展開聯想，先行寫出幾個與題目相關的可能題材。以下，就是我在世新大學教授散文創作的學生練習：

例題一　生疏❶

陳培音：

1. 自年少即負笈外地求學，在大城市中染了一身浮誇的俗氣。多年後返家，遇見了菜園中種植菜苗的母親，竟語氣生疏地如同與初識的朋友談話般。
2. 當電腦打字成了習慣，某日興致來潮，捧了信紙想為當兵的朋友寫寫信，稍解他心中的寂寞之情，卻赫然發現，拿筆的手勢，竟如何也拿捏不對，彆扭，而書寫出來的文字，往往思考多時，才能完整寫出字形。
3. 身為海岸線邊長大的孩子，自詡為水中蛟龍。然而，一晃眼從十幾歲的孩童稚氣脫離，在社會上洗鍊成近三十的成熟女人，卻在陪伴年幼侄女至游泳池戲水時，發現十幾年的時間，令她的泳技生澀得如剛習會泅水的初學者。
4. 在離婚協議書簽定的那一天，七年來與她同床共眠的丈夫，坐在律師身旁，看起來生

❶ 以下所有有關「生疏」的題材寫作，自二〇〇四年七月三十日至八月十七日間，陸續登載於《中國時報・人間副刊》。

疏得如七年前兩人相親時的模樣。

5. 同學會上，當年與自己總是形影不離、連上廁所都不肯落單的好友，在睽違多年之後，語氣生疏有禮地與自己交談著，不若年少時，總是以黏膩語調漫談著夢想。

劉師呈：

1. 社交場合中，西裝筆挺的男人們，彼此將笑容掛在嘴角，互相吹捧、作揖，勾肩搭背，稱兄道弟、勸酒敬菸，最終卻在上衣口袋掏出名片。

2. 火車到站，背著沉重行李，風塵僕僕的青年下了車、出了站，卻拿了張紙在車站前廣場猶豫地四處張望。

3. 扛著黃埔的帆布袋，手裡拿著報到單的少年，排在同樣理著大光頭的陌生人群裡，茫然的眼，驚疑不定地打量四周。

4. 離家四十年的老兵，步下飛機，激動又似乎疑惑地望著故土。

5. 分手的男女，各自歸還對方舊日的禮物、信物，禮貌性地彼此道別。

曾也慎：

1. 一覺睡去了自己的青春。一名車禍腦死十年的女孩，立在鏡子前驚聲叫道：「你是誰？這是哪兒呢？」

2. 出嫁的少女在婚禮上，笨拙地向公婆敬酒，腦子裡打轉著下一步該做些什麼？

3. 花木蘭從軍去，陣前操槍，顯得笨手笨腳。
4. 認識多年的男孩、女孩，平日打打鬧鬧，兩小無猜。一日，男孩交了女友，女孩不知所措，只有冷漠以對。男孩不知原由，想不透女孩想些什麼。

李庭瑞：

住在偏遠山區的孩子，要他描述海邊生活。

曾郁倫：

1. 「後來的你好嗎？比較快樂嗎？」我的眼神流露訊息，隔著咖啡廳的玻璃，明明是如此清晰卻成為最遠的距離。你帶著她匆匆進入走廊躲雨，卻闖入我的世界裡，越過她的肩膀，你淺笑的狼狽，是兩段愛情前後生疏的交會。
2. 這是我第三次看見繼母，潛意識的排拒讓我只能客氣地點頭並避開靈魂之窗的相對。
3. 大家輪流上台自我介紹，氣氛安靜得詭異，全都是陌生的臉孔，來自四面八方。表面上好像全都知道彼此，我卻仍提不起勇氣跟旁邊的人聊天。

鄭雅婷：

外星人入侵：明明台上的老師說著的是國語、用的是國字課本，但每到聲韻學課，坐在台下的我像是見到入侵地球的外星人般，國語、國字的組合，成了無解的外星密碼，令人生疏不已。

劉韋廷：

1.曾是同學的兩人在數年後相遇卻叫不出名字，只能彼此尷尬一笑。

2.坐在客廳，卻想不出話題可以和遠道而來的阿嬷聊天。

3.時間流動，卻對考卷上的文字感到茫然無助。

4.人人都在談論的話題人物，可卻偏偏對他一無所知。

鄭心荃：

1.在大人應酬，小孩當跟屁蟲的宴席上，爸爸與人高談闊論、媽媽和其他阿姨聊天聊得咯咯大笑。平時看電視打鼾的爸爸不見了！總是衣著樸實的媽媽臉上化著大濃妝，我的爸媽剎時都變成陌生人。

2.和男朋友的第一次牽手，四肢很僵硬，連舌頭都打結，不太會說話。兩隻手牽在一起，走路很不靈便，想抽回來，又不恰當……種種的天人交戰寫在臉上——發紅發燙的雙頰，想來就彆扭。

3.第一次搭公車，卻上了相反方向的車子而不自覺。直到公車駛上高架橋，我看著橋下髒汙的基隆河開始發愣：「這是哪裡？」公車上的人或站或坐，或睡或看著窗外發呆，表情冷酷而漠然。

4.兒時，到歐洲。十多歲的我追著廣場上的鴿子群、又被在街頭賣藝的小丑叔叔捉弄，那兒的房子全有著尖尖的屋頂，一早起來窗外還下著雪，人也說著好奇怪的語言，歐洲的一切都像電視上演的。

王勝男：

曾經熱戀的Z與V，在許久未曾碰面與交談的氛圍中生活，各自的生活終至寂寞。Z傳了簡訊對V說：「思念的心難以言語。」V淡淡的回：「那就沉默吧……」，曾經貼近的，原來只是雙方的無所知。

沈文君：

1. 看到「生疏」一字，腦中立刻浮現的景象：一對因觀念不同而失和的母女，女兒甩上家門離去後，夕陽斜暈正落在母親擺置好的餐桌上，一鍋雞湯砸在地板上頭，泛著油漬，閃閃如淚光。

2. 對於「生疏」二字的聯想：生疏→不知所措→尷尬。像是分手後的戀人經過了許多年，再重逢時，也許你還記得他愛吃麥當勞的薯條，他也從沒忘記妳喜歡酸酸甜甜的草莓。只是，你們都有了新的另一半，偶然在街角相遇，除了第一個交會的眼神，剩下的，都是「生疏」。

3. 關於「生疏」可能發生的背景：離婚的男女，各自過了數年都還單身，唯一不同的是，男的戒了菸酒，埋首於事業，女的學會重新愛自己，不再唯唯諾諾。十年後再見，一種異樣的情愫逐漸蔓延。因為「生疏」，他們決定給自己再一次認識對方的機會。

4. 普通人的「生疏」觀念：你每天早上都會看到他，同搭一部電梯下樓，在巷口轉角的早餐店吃早餐，幾乎同一時間離開，然後乘同一輛公車上班、上課，你或他在彼此的前或後一站下車，不知去向，你們互相認得，可是卻叫不出名字，連點頭之交也稱不上。

例題二　如果允許你有願

看完曉風女士〈你要做甚麼?〉之後，請以〈如果允許你有願，你想要做甚麼?〉為題，用一篇短文呈現。

陳園淳：

我願我是家中悠閒的貓，平日除了睡覺，就是用舌頭清潔自己，想到主人時可靠近他的腳旁；想獨處時，可以一人躲在黑暗的床底。我是自由且自主的，沒有一定要討好的人，沒有一定得做的事。

我願我是在百貨公司的 Hello Kitty，圓圓的大眼，看盡了人世間的冷暖，卻沒有嘴巴，不用開口說話。如今的社會，聲音太多、自我太少，不說話未嘗不是一種幸福，不會得罪人、不必討好人。Hello Kitty 沒有嘴巴依然穩坐排行榜第一名。

我願我是自在的魚、飛翔的鳥，甚至是寬廣的海洋，不用理會人世間的喧鬧，可以自由地來去，沒有思考，不會煩惱。即使只是靜靜的在人世間扮演好自己的角色，都是一種幸福。

李明峻：

我願自己是個人，不必像張椅子等著人來倚靠，我願自己是個人，不必像株梅樹等著冬天綻放花朵，我願自己是個人，不必像那寒蟬，等了十幾年才從土壤鑽出，為盛夏揭開序曲。

張曉風在文章最後也不敢信誓旦旦的說自己不想做人，她是她自己的說客，或許是豐富的閱歷塑造出另一個豁達的她，但不可否認的，她不是完全豁達，彷彿就像理性與感性在交戰吧。

我願自己是個人，能思考能感覺的人，能去感受所有的情緒。如果有上帝，願祂賜給我悲痛，讓我懂得流淚，也願祂賜給我歡樂，讓我學會大笑；如果有菩薩，願祂讓我經歷失去，讓我懂得後悔，願祂賜給我成功，讓我學會珍惜；願有人能讓我去恨，讓自己變得面目可憎，也願有人能讓我去愛，讓自己烈愛灼身。

我只願自己是個能感受一切的人，我害怕麻木，害怕停止思考，甚至無法想像死亡。當我停止思考，當我不能感受，當我不能體會各種情緒帶來的衝擊，一想到這些我就會變得異常恐懼。

現在的我還沒有另一個豁達的我，或許等我看盡人生百態，然後在我腦中也會出現一個豁達的我，跟張曉風一樣，自己做自己的說客，願自己只是那高掛在天上的明月，與世無爭。只是現在，寒風走過我的臉龐，我不只覺得冷，還能聽到它在細語，當姹紫嫣紅的春天來臨，我不只聞到沁鼻的芳香，還能畫下眼前的美景，我在為生命盡情地高歌，替自己寫下一頁又一頁的故事。現在，我只願自己是個人。

例題三　婚禮

楊蘭欣：

1. 客人在喜宴上喝得酩酊大醉，開始胡言亂語發酒瘋。
2. 新娘禮服太長，出去敬酒時，高跟鞋踩到裙襬，「啪」一聲跌倒了。
3. 喜宴擺到一半，突然冒出十幾二十個身著黑衣的男子，上門來討債。
4. 新郎新娘不勝酒力，兩人一起醉倒，讓雙方親人出面撐場子。
5. 從外地大老遠趕到，在喜宴現場簽名時，左摸右摸摸不到紅包，突然想起放在家裡。

陳佩欣：

1. 婚宴的會場音樂放得震耳欲聾，台上主持人拿著麥克風「賣力」的誇讚新人的天作之合。
2. 新人起身敬酒之際，三杯黃湯下肚的男方大學同學開始大聲回憶新郎過往愛情上的豐功偉業。

3.身穿華服的婦人，不經意地展示珠寶戒指，伸手挾菜時，沒黏好的珍珠「咚」一聲掉到剛送上的菜餚裡。

4.男方父親最後歡送貴賓時，因為兒子娶媳，高興過頭，忘了裝上拿下清理的假牙。

李亞俐：

1.平常在家裡大快朵頤，哪管吃飯禮儀，低頭吃，扒起來吃，看著電視吃，還可以翹著腿吃。在外頭的筵席可不同了，一家人變得溫文儒雅，挾遠一點的菜還露出不好意思的表情，多吃成了女性們的大忌。

2.在家裡，媽媽說錢都不夠用了！在宴會上，卻出手闊綽，紅包禮數一點都不少。爸爸在家裡老說工作不如意，吃喜酒時，竟然誇言公司發達，事業如意，一切順利。

3.家裡面的小孩被比來比去，媽媽開始細數女兒、兒子們的成績，兒子考上台大，女兒上了音樂系，所有的媽媽在這一天都變得溫柔大方，對自己的孩子表達空前的滿意。

4.不熟的親戚鄰居們，在喜宴上都可以有相見恨晚的感覺。喜宴的喜氣洋洋氣氛感染了在座的客人，婆婆媽媽自成一國，爸爸叔叔稱兄道弟，互相敬酒拉關係。

楊菀婷：

1.吃喜酒最麻煩的就是交際，常常被迫和一堆不熟識的長輩打招呼、裝熟。最常聽見的一句話就是：「我記得上次看見妳時才這麼一點大呢！現在已經變成大小姐了。」

2. 小時候，我不明白在門口擺桌子收禮金的喜宴習俗，以為爸媽拿紅包換得的收據是吃飯的「入場券」。奉上禮金時，大部分的人都會瞄一下禮簿上的送禮數字。人們總說：「愛意比較重要」，但遇到某些時刻，不免要暗暗較勁一番。

3. 喜宴上總有談不完的八卦，一回，坐在鄰座的一位太太，低聲和我母親說：「聽說是先上車後補票哩！」臉上還露出一副很鄙夷的表情，但喜宴結束後，我卻看到她朝新郎的母親說：「哎呀！妳真是好福氣，明年就要有孫子抱了哪！」

謝孟含：

1. 吃喜酒的場合有些時候會請歌舞團來表演助興，但有時主持人的主持風格及言語真是令人不敢恭維，常常用非常粗俗的話來祝福新娘、新郎。歌舞表演往往喧賓奪主，搶走客人的目光。

2. 大家懷著恭賀的心、帶著禮金前往時，有時點收禮金的人會當場將錢拿出來點算、記錄，這個舉動，往往令人覺得不被尊重。

3. 喜酒吃到最後往往會有剩下的菜餚，婆婆媽媽這時一定爭先恐後的忙著打包，常讓還想再吃的人不知如何是好，這到底是吃喜酒還是覺得有給禮金就一定得帶點「戰利品」回家的打包團呢？

蔡銘修：

1.喜宴席開時間，永遠是你坐定後的一個小時後。
2.不管新郎新娘是否登對，在宴會上，一定被誇成天作之合、郎才女貌。
3.叔叔、伯伯、阿姨、嬸嬸遇到孩子的第一句話一定是：「哇！你又長高了！」
4.介紹來賓時，總會有個你不認識的民代起來接受大家歡迎。
5.最不可思議的是化妝過後的新娘和本人絕對判若兩人。

陳欣範：

1.新娘必須穿著華麗、笨重的禮服吃飯，還要全場跑著敬酒，會後還要站在門口拿喜糖送客。
2.不管是認或不認識的人，要圍在同一張桌子吃飯。大家互相問著彼此跟新娘或新郎是什麼關係。
3.平常沒什麼聯絡的親戚，頓時都出現，不管是近親、遠親，大家彼此裝熟，和樂融融。
4.久未見面的同學，趁此開起同學會，剛好自成一桌，聊起彼此近況，也忘了是置身喜酒場合。

黃愛嵐：

1.結婚宴會上，演出火辣鋼管秀，大跳電子舞曲，一陣陣掌聲與口哨聲爆出，表演者越跳越起勁，在新娘面前勾搭新郎上台共舞。新娘臉色難堪地看著舞台上酒醉的新郎並聽著刺耳的掌聲。

2. 結婚典禮上邀請長官上台致詞，卻轉變成政見發表會，甚至在最後錯亂宴客目的，以為是新居落成而用錯祝詞。賓客一陣驚訝中，高官已由司機送往下一場喜酒。

3. 新娘和新郎走入人群敬酒，新娘被賓客非禮卻無法指責。在握手的過程中掉下一只鑽戒，自此賓客無心吃飯，結婚典禮成尋寶大賽。

例題四　照片

謝佳穎：

1. 泛黃照片充滿了無限的記憶，延伸至老祖父母的成長年代，戰亂不安的背景，照片寫下了過往的歷史。

2. 從以前的黑白照片到今天色彩鮮明的數位照片，從以前沖洗的慢工到今天快速列印的進步，照片見證時代科技的進步。

3. 一張大頭照片可以讓人想起第一本護照、身分證，甚至是畢業時的喜悅。

藍國方：

1. 回憶中的稻香。都市化使得許多綠油油的稻田變成單調的大樓。

2. 青春的逝去。父母從貌美挺拔轉而年老衰頹。

3. 科技發達下的省思。照片從黑白進步到彩色，但現代人的心靈是否也跟著豐富多采？

4. 把握緣分。照片中的人兒也許已無呼吸，所以該當把握的緣會就要好好抓住。

陳佳音：

1. 舊情人。壓在櫃子裡最底層的照片，泛黃的人影，一如那段模糊的青春，把最初的愛戀，再一次收回櫃子裡，藏心底。

2. 風景。有一個自由的攝影師曾說：「我要為我所愛的人，拍一張世界上最美的地方的照片。」為此，他走遍世界各地去找尋……。最美的地方，其實就在最愛的人身邊。

鄭如倩：

1. 曾祖父和曾祖母那張唯一的照片，代表一生的溫情，老一輩的愛情，沒說出口卻能夠溫柔相待一生，彼此心底的牽繫。

2. 我和小我三個月堂弟的合照。我們有許多合照，但永遠是我在大笑他在哭，因為他的玩具、蘋果……老是被我劫奪而去！

3. 我和國中死黨的合照。那是癡狂青春，我迷戀我們的友誼，並且決定，要一直一直迷戀下去，實現我們年老時還要一起喝下午茶，大啖八卦的幸福。

4. 爸媽靦腆的笑。他們之間或許沒有殘留一絲絲愛情的溫度，但至少他們不輕言放棄。

5. 哥哥姐姐們的眼淚。阿里山上的濃霧、流星雨，和哥哥姐姐因為家庭壓力所承受的委屈而流下的淚……晶瑩，但不清晰。

林建宏：

1. 風景：因為相機可以擷取下每幅美麗的畫面。

2. 足跡：走過任何地方都能藉著照片留住「痕跡」。

3. 幸福感：照片中的人物往往掛著笑容，象徵著留下的心情。

4. 歷史：一本照片，裡頭便記錄著過去發生的許多事情。

5. 遺忘：許多的笑聲常隨著時間移動而埋藏起來，照片可讓人找回那些漸漸遺忘的感覺。

郭美德：

1. 岩石上的美麗浪花：這美麗的浪花在按下快門的瞬間變成了危險，一條愛冒險卻又輕忽大自然的小生命在那一瞬間和死神打了聲招呼。再次驚呼大自然的偉大及狡猾。不過，我仍然愛這張誘惑人心的美，它也安慰了我思鄉的情緒，畢竟，想在台北看海，不是三十分鐘車程就能達到的願望。

2. 動物園展示櫃裡的大象龜：牠們龐大的身軀，原本應該安安穩穩的在地球上的某一座小島上，而不是在這小小的展示區裡玩疊羅漢吧！就像有許多人，懷抱著遠大的夢想，卻因為一句「你沒錢，啥事都做不成」而強制抹殺掉美麗的夢想。

3. 當年坐在自家巷口的兩個胖娃娃：這天是那個最胖的女娃，我，滿週歲的日子，旁邊是小我四個月的表妹。我是爸媽愛的證據，也是他們的第一個心肝寶貝，如今他們的小心肝居然也長得這麼大了。

4. 高三運動會時司令台旁的一角：高三的運動會，我扭傷了腳，躺在擔架上，卻仍然開心的笑著，卻不知那傷將跟著我，直到我死去。

宗雅婷：

狗仔隊、《壹週刊》、八卦：某知名人士又被狗仔拍到不倫之戀，地下情曝光，或者「暴肥」等不堪的畫面；或者是某影視明星「激凸」；或是另一半出軌的證據被徵信社拍下來，可以成為日後分產的證供。娛樂性充斥著整個傳媒，小市民受到渲染，許多行為也不由得開始吹起「歪風」。照片即是最佳寫照！

貳 寫作手法練習

寫作手法多端，從鍊字鍛句到謀篇裁章，從起頭到結尾，從氣氛的醞釀到高潮的迭起，在在都是學問。或以對比生趣；或以排比摹神；或以襯映對照；或以層遞聳動……。作文課上，若能從簡單的線狀描摹開始練習，久而久之，熟能生巧，則能運用自如，增加文彩。

例題一　對比

以下以「對比」為題的幾則範例，是對比事物的簡單聯想，還尚未成篇，是構思的初步實踐。

陳聖光：

1. 網路：既隔離了與人的碰觸，又創造了另一個交流的空間。
2. 遮瑕膏：既掩了本來面目，又希望讓人看見最自然的妝容。
3. 戒指：既成為兩人之間的承諾標記，不許他人越界，又是開啟婚姻幸福祕術的一把鑰匙。
4. 眼鏡：蓋住眼目是為了看得更清楚。
5. 鞋子：成為雙腳的牽絆又是保護。

杜秋萍：

1. 魚缸中的魚希望有天能回到大海裡，過著無拘無束的生活；大海的魚希望有天自己能變得美麗，能夠被人們飼養在魚缸裡，不用有自己尋找食物的痛苦。
2. 森林的樹木希望有天能被人們運送到城市，將自己最厲害的能力表現出來；城市裡的行道樹希望能回到森林裡，讓自己已經衰弱的器官養養病。

3. 人往往在最寂寞的時候，希望熱鬧；在最熱鬧的時候，希望安靜。

4. 工作時常常盼望休假，休假的時候又往往想念工作。

陳園淳：

1. 我總覺得自己的頭腦和行動間缺之搭配的默契。家人總誇我的腦筋轉得比別人快，常常能先別人一步，計劃著美好的未來，但這些規畫一離開了大腦，就像老爺車般失去了跳躍的動力，永遠都慢別人一步。

2. 坐在鬧區的咖啡廳中，看著窗外人來人往，人們的腳步匆匆忙忙，我嘴裡喝著拿鐵，悠哉地看著窗外，雖然只隔了一道玻璃，卻彷彿被切割成兩個不同的世界。

3. 奶奶的頭髮早已斑白，但每當我假日回去吃飯時，她就會用充滿皺紋的手緊拉著我說：「下禮拜一定要再回來啊！不然不讓你走。」神情就彷彿耍賴的小女孩般！

4. 東區的人群熙熙攘攘，人人衣著光鮮，街道的櫥窗中，盡是昂貴的精品，但此時，電視牆卻不斷傳來南亞災情的畫面，令人驚心。

5. 新聞中的小女孩模樣天真，即使走進一片黑的靈堂，仍不知她摯愛的媽咪為了保護她，已被無情的海嘯奪去生命，大人們在旁哭天搶地，她卻穿著粉紅色的上衣，天真地咯咯發笑。

施瑋萱：

1. 與好友東家長西家短，嘰嘰喳喳，對比看見心儀籃球隊員時的嬌嫩羞澀。
2. 在吃到飽的店裡狼吞虎嚥對比在高級西餐廳的細嚼慢嚥。
3. 期末考前的挑燈夜戰對比期末考後的夜夜笙歌。
4. 課堂上老師說得口沫橫飛，講台下學生聽得昏昏欲睡。
5. 銀幕前藝人的光鮮亮麗對比《壹週刊》上被爆料時的醜態窘境。

例題二 排比

在修辭學上，連綴若干句型相等，而句意不同的文句，來強調同一範圍的事象，構成一小組排句，以強化語氣的辭格，叫做排比。如洪自誠《菜根譚》：「風斜雨急處，要立得腳定；花濃柳豔處，要著得眼高；路危徑險處，要回得頭早。」六句連著，充分表達「自覺自強」的意象。以下〈人之大慾〉❷，便是排比元宵燈會、海洋博物館、故宮博物院及博物館中四則荒謬的吃食聯想，凸顯台灣人對「食」為人之大慾的瘋狂履踐。

❷ 廖玉蕙撰：〈人之大慾〉《公主老花眼》，九歌出版社，二〇〇六年一月）。

人之大慾

人潮洶湧的元宵燈會，人擠人。雞年，展示的花燈，全都是雞的造型。

「你看這隻雞好肥！」有人指著其中一只花燈說。

「哇！看起來肉質很好的樣子，吃起來味道一定很好。」她的同伴接口。

海洋博物館裡，各色的蝦、蟹、游魚在櫥窗內游來游去。兒童們好奇地睜大眼睛追逐。忽然，一位男士大聲地說：

「這隻龍蝦真有肉，做冷盤的話，會很過癮哦！鐵定超大盤。」

「是呀，這尼大隻，至少要三千塊以上，上回，我們在富基漁港吃午餐，叫一隻比這還小隻的，就要……」

故宮博物院裡，黃金印象——奧塞美術館名作特展掀起觀賞熱潮。一群小學生，由美麗的女老師領著，循序漸進。到了愛杜瓦．馬內的《鰻魚與緋鯉》前，老師說：

「馬內畫了很多靜物，這幅畫，在白色桌巾與深色背景相對下的構圖所呈現出的簡單性，更凸顯了渾厚……」

還沒講完，忽然，旁邊一個中年男人朝身旁的太太說：

「這隻鰻，看起來金晳晳！至少也有三、四斤，真猛的款，拿來燉四物，一定真補！」

博物館中，一群大學生模樣的團體，跟隨著導覽者，參觀正展出的達文西畫展。《最後的晚餐》是達文西除《蒙娜麗莎的微笑》之外，最有名的一幅畫。在當時，是一個頗具爭議性的主題。他既沒有把猶大畫成叛徒，也沒有像卡斯丹諾把他畫在餐桌的邊緣……」

導覽員認真地解說著，一旁，一位老太太一邊架起眼鏡努力端詳，一邊朝同行的老先生說：

「這些人都在吃些什麼呀？桌上這些是餅乾？麵包？還是……」

例題三　襯映

用兩個比較性的詞彙或句子，相互對比襯托，使襯出的兩種情形，成為強有力的對照，這種辭格，叫做「襯映」。襯映可分為反襯與正襯兩類，反襯是取相反的事件來陪出正意；正襯是取相似的事件來陪出正意，但都是以比較性的詞彙或文句來襯托。以下〈你就不能跟別人一樣嗎？〉❸就是借用正襯的方法，以母親期盼自己的兒子能跟別人家的孩子一樣，孩子也希望自己的母親跟別人的媽媽一樣，兩相陪襯、對照，一經襯映，相對成趣，而「相互理解之不易」的主旨，不言自喻。

你就不能跟別人一樣嗎？

為了表示關心親子教育，兒子的懇親會可不能缺席。星期六的下午，當我盛裝準備赴會時，兒子攔在門口，表情尷尬的說：

「您今天要發言嗎？」

「不一定呀！看情形再說啦！」

「我建議您最好沒事別隨便發言！要不然，您要說什麼，先說給我聽聽看！」

喝！這傢伙！看他說的什麼話！老媽發言居然還得經過他審核！這是什麼世界！難不成已發展成母子易位的年代了。他到底擔心些什麼？

「誰知道您會說出什麼話來！您有些觀念跟人家的媽媽都不大一樣，像上回，人家的媽媽決定在暑假期間，找地方給我們聚在一起讀書，就你一個人反對，說什麼會彈性疲乏啦、成效不彰啦！這樣很奇怪呢！」

---

❸廖玉蕙撰：〈你就不能跟別人一樣嗎？〉（《不關風與月》，九歌出版社，二〇〇三年八月）。

「那你是覺得他們的決定是對的囉？你也希望大熱天去讀書，不必放假囉！」

「也不是這樣啦！只是我不希望您跟別人不同，人家都在背後指指點點的！」

這是約莫十年前的事，兒子擔心我在懇親會說出與眾不同的話，會被投以異樣的眼光。而我則是跟他再三強調「與眾不同」及「獨立思考」的重要性。十多年過去了，母子間的對話產生了迥異的轉變。我常常告誡他的是：

「你就不能跟別人家的孩子一樣嗎？你就不能早點回家，你就一定要讓我們這樣操心嗎？」

當我這麼期許著兒子時，通常會得到以下四種循序漸進的回答：

「別人家的孩子是怎樣的呢？該多早回家才是跟他們一樣？」

「你怎麼就知道他們是那樣的呢？」

「為什麼我就要跟他們一樣呢？」

「我跟他們一樣，你就真的會放心嗎？」

如果再進一步論辯，兒子就會反將我一軍：

「小時候，你不是常教我不要人云亦云，要獨立思考，不一定要跟別人一樣，跟別人一樣未必就是對的？現在卻拚命叫我要跟別人一樣！」

為了兒子的伶牙俐齒，我幾度氣得失眠、怨恨自己咎由自取。這麼青出於藍的辯證功夫，若非多年來的耳濡目染、薰陶沐浴，又何以致之！

退而求其次，我問他夜不歸營，到底所為何事？

「和朋友在Pub聊天而已，又沒做什麼！」

我請他將朋友帶回家中，他回說：

「那不同！Pub裡有好音樂！」

我決定改進家中的音響，他又有話說：

「哎呀！不只是音響的問題啦！那裡的氣氛跟家裡不同！」

氣氛不同？那還不簡單！他們聊天時，我決定犧牲形象，在一旁抽菸、喝酒，必要時，隨著音樂瘋狂起舞：

「這樣烏煙瘴氣、歌舞昇平的，氣氛應該跟Pub很像了吧！」我問。

他白了我一眼，聳聳肩，不理我，兀自進房去，只留下一句冷冷的話：

「你就不能跟別人的媽媽一樣嗎？」

我急急追上去，不可思議地聽到自己急切地對著兒子喊道：

「別人家的媽媽是怎樣的呢？……你怎麼就知道她們是那樣的呢？為什麼我就要跟她們一樣呢？……我跟她們一樣，你就不夜歸了嗎？」

例題四　層遞

連綴若干句型相似而含意輕重有序的句子，把要強調的語辭安置在最前或最後，用來聳動讀者視聽的辭格，叫做「層遞」。層遞也分遞升與遞降兩種。散文的創作也可以利用這樣的方法，加以處理。以下這篇〈出書的悲哀〉❹前半段就是利用遞升的出書量來傳達遞升的沮喪感。

出書的悲哀

寫作真稱不上個好行業。一位已經出版了二十餘本書的作家朋友，曾沮喪地向出版社老闆訴苦：

「昨天，我到金石堂去，站在排列著我的書籍的櫃子旁，足足待了一個下午，竟然沒有一位顧客摸我的任何一本書，真是讓人灰心喪志。」

出版社老闆苦笑著回她：

「你這算什麼！前一陣子，我去金石堂待了一整個晚上，竟然沒有人翻一下我們出版社

❹廖玉蕙撰：〈出書的悲哀〉《公主老花眼》，九歌出版社，二〇〇六年一月）。

的任何一本書，這才叫悲哀哪！」

我們正說著這些讓人不甚愉快的話題時，經過的一位大型連鎖書店的經理竟然插嘴道：「你們這樣算什麼打擊！我曾經下樓待了整整一個小時，發現店裡的顧客看來不少，翻來翻去的，竟然沒有人掏錢買書，這才叫恐怖哪！」

出了書，沒人買，聽起來可憐；出了書，有人買，有時還真可怕。一位文友在書店裡看到有人買她的書，簡直感動到不行。她按捺住欣喜，湊過去，探問買書緣由：

「喜歡這本書？還是喜歡這位作者？」

那位讀者不好意思地說：

「啊！都不是啦！只是殺時間而已，封面看起來很漂亮。」

早些年，出了新書，心情雀躍，曾偷偷到書店抽查新書上架狀況。遍尋不著之餘，到櫃檯請教服務小姐。小姐問明出版社之後，不耐煩地遙指斜前方的角落。我說那兒也找不到，她睨了我一眼，懶洋洋地回說：

「有就有，沒有就沒有。」

參 一題數寫

一篇文章的構成，往往起因於尋常事件，甚或只是一則不起眼的報導。作家能在尋常處找到不尋常，然後，匠心獨運，運用美麗的手法將它呈現出來；一個尋常的命題，也可能用不同的文體或議論、或敘述、或抒情來呈現；另外，同一件事如果從不同的視角切入，也往往會出現迥異的注釋。平日創作時，若能嘗試以不同方式、多方的視角或不同的體裁多加練習，對即席發揮必然大有助益。

一 不同體裁的寫作

以下範例〈永遠的蝴蝶〉❺，原本是渡也先生勇奪一九七九年《聯合報》文學獎的小說，文章優美動人，詩化的語言，十分迷人。我特別據以重編，以新聞報導及素樸散文呈現，讓同學看出文學可能的形塑過程。換句話說，渡也先生的作品，也許寫作的動機，只是報端的簡單報導，同樣的報導，若給不同的作者據以發揮，則素樸、華麗各具風采，〈那天，下著大

---

❺ 渡也撰：〈永遠的蝴蝶〉（《永遠的蝴蝶》，聯合報，一九八〇年十二月）。

雨〉相形之下，就沒有〈永遠的蝴蝶〉來得華麗多彩。

(一)詩化小說：〈永遠的蝴蝶〉

那時候剛好下著雨，柏油路面濕冷冷的，還閃爍著青、黃、紅顏色的燈火。我們就在騎樓下躲雨，看綠色的郵筒孤獨地站在街的對面。我白色風衣的大口袋裡有一封要寄給在南部的母親的信。

櫻子說她可以撐傘過去幫我寄信。我默默點頭，把信交給她。

「誰叫我們只帶來一把小傘哪。」她微笑著說，一面撐起傘，準備過馬路去幫我寄信。從她傘骨滲下來的小雨點濺在我眼鏡玻璃上。

隨著一陣拔尖的煞車聲，櫻子的一生輕輕地飛了起來，緩緩地，飄落在濕冷的街面，好像一隻夜晚的蝴蝶。

雖然是春天，好像已是深秋了。

她只是過馬路去幫我寄信。這簡單的動作，卻要教我終身難忘了。我緩緩睜開眼，茫然站在騎樓下，眼裡藏著滾燙的淚水。世上所有的車子都停了下來，人潮湧向馬路中央。沒有人知道那躺在街面的，就是我的，蝴蝶。這時她只離我五公尺，竟是那麼遙遠。更大的雨點濺在我的眼鏡上，濺到我的生命裡來。

為什麼呢？只帶一把傘？

然而我又看到櫻子穿著白色的風衣，撐著傘，靜靜地過馬路了。她是要幫我寄信的，那，那是一封寫給南部母親的信，我茫然站在騎樓下，我又看到永遠的櫻子走到街心。其實雨下得並不大，卻是一生一世中最大的一場雨。而那封信是這樣寫的，年輕的櫻子知不知道呢？

媽：我打算在下個月和櫻子結婚。

㈡素樸的散文：〈那天，下著大雨〉❻

那天，下著大雨，櫻子和我一起上街。

因為只帶了一把雨傘，櫻子決定替我到過街的郵筒去寄信。雨很大，車很多，櫻子穿越馬路時，忽然一輛失速的轎車橫衝過來，眼睜睜地，我看著穿著白色風衣的櫻子，像一隻蝴蝶般地飛了起來。我愣愣站在街道的騎樓，半天回不過神來。

櫻子死了！手裡猶然緊緊握著那封即將付郵的信。信封上的字跡被雨水漫漶得幾乎無法辨識。人群圍觀，車陣成群，滾燙的淚水慢慢滑過我的臉頰。為什麼我們只帶一把傘？為什

❻ 廖玉蕙試擬：〈那天，下著大雨〉，二〇〇六年十二月。

麼去寄信的是櫻子？那封寫給南部的母親的信靜靜地躺在櫻子的手心裡，再也寄不出去。

「媽，我打算下個月和櫻子結婚。」信裡這樣寫著。

我想，櫻子是永遠不會知道了。

㈡新聞報導

（本報記者高雄報導）

午後，市區五福路三段的商圈附近，一位過街寄信的女子，被一輛超速行駛的轎車撞得飛到十公尺外，當場慘死。地上血跡斑斑，讓人觸目驚心，過往行人紛紛駐足圍觀，一度造成交通阻塞。據聞該名女子與男友同行，信件就是向男方母親稟報下月結婚的消息。據目擊者研判，司機應是酒醉駕車，加上天雨路滑，視線不佳，所以，釀成大禍。肇禍的司機已由市警局帶回偵訊，據聞酒測值高達1.2。交通局長再度呼籲民眾謹守「開車不喝酒、酒後不開車」的規定，以免害人害己。

二　不同文體的寫作

某次公職考試以「一顆螺絲釘」為作文試題，可想而知，應考者多半忖度命題動機，以公務人員類比螺絲釘，強調螺絲釘雖小，缺之不可，其用大焉。除了公務人員之外，清道夫也是應試者最熱門的類比對象。幾乎有百分之九十以上的考生，都被這兩種職業所箝制。考生寫作的雷同度相當讓人吃驚，連文章中所使用的成語相似度都不可思議的高。「天生我才必有用」居首，「小兵立大功」其次，「妄自菲薄」第三，幾百份考卷評閱下來，不禁要執筆長嘆考生創意的缺乏。

㈠議論文

在一片陳腔濫調之中，也曾出現少數讓人眼睛為之一亮的作品。有一篇議論文章，讓我印象最為深刻，他不人云亦云，也不隨波逐流，反倒逆勢操作，僅憑藉記憶，模擬其中片段：

近代人本主義興起，乃為對抗行為主義的盛行。行為主義將人視為一部精密機器，也將人訓練成社會組織國家機器的一部分，把人徹底物化，嚴重忽略個人存在的意義，把人比喻成「螺絲釘」就是最好的證明。而人本主義則將人比喻成種子，一種能有無限可能性的種子。我們將不再是冰冷生硬的零件，而是本身就具備完整成為一個人的條件。不僅對整座森林有所貢獻，對自己而言，也是自給自足的存在個體。人和螺絲釘不同，一顆螺絲釘離開它所屬的機器時，就失去了存在的意義。人則不然，只要有信心，每個人都是不可或缺的。

這篇文章，有關於自己的見解。他的見解立足於學養上，首先得閱讀過各樣學說的相關理論，知道何謂「行為主義」，何謂「人本主義」，它們各自的主張為何？然後，才有能力挑戰命題委員，寫出言之有物並與眾不同的文章。這篇文章證明閱讀積學的重要。

㈡記敘文

另有一篇記敘體的文章，雖然文字清淺，但布局巧妙，不同流俗，得到青睞。文章約略如下：

那日，百無聊賴，坐到電腦桌前，正想打開電腦，腳底板忽然感到一陣刺痛，我低下頭，發現正踩著一顆螺絲釘。我彎身拾起，左顧右盼，看不出螺絲釘到底從何處鬆脫，我就將它丟進垃圾筒內。

那段日子，我剛巧找到畢業後的第一份工作。在新進員工的訓練場合裡，老闆站在講台上，不厭其煩地告訴我們公司的福利制度及他對員工所提供的種種設想。年少的我，心裡不耐煩，嘀咕著：

「現在人浮於事，失業率如此之高，何必多此一舉刻意巴結員工！若是員工不滿意走人，重新招考就是，應徵者鐵定大排長龍，還怕招不到人嗎！」

進入公司後的第二個月，一位名叫宜青的企劃人員忽然毫無預警地住院開刀，工作團隊乍然缺了一人，即刻陷入兵荒馬亂狀態，幸賴宜青扶病在病床上用著虛弱的聲音交代、遙控，才幸運地解除危機。那天晚上，我拖著既緊張又疲憊的身子回家，想打開電腦，在網路上雲遊一番以紓解壓力。在等待暖機的片刻，覺得有些燥熱，於是，順手打開電扇，沒料到電扇竟然搖頭晃腦、咯啦作響。我呆坐電腦前，不期然同時想起那顆被丟進垃圾桶的螺絲釘和公司的同事宜青。

宜青與螺絲釘的關係，作者雖無一字著墨，讀者卻可藉由自行聯想拼湊而盡得風流。作者不必聲嘶力竭強調螺絲釘的重要，不必苦口婆心說明小職員的不宜妄自菲薄，文章的主旨便不言自喻。

㈢抒情兼議論、記敘

除此之外，也有抒情、記敘、議論齊頭並行的。例如下列的文章：

一顆螺絲是生產工廠成沙成塔中一個不起眼的無機生命體，可是它卻能串起一個台灣中小企業的命脈。再出神入化地串起工業需求，帶進世界輝煌的高科技需求，一個令人動容的台灣電腦王國，一個絕無僅有的台灣生命力。

鐵沙會生銹，是由於它的不精純。這麼多年來，人心生銹了，不是外在物質風化它，而是我們甘願不再精製，自我成就動機高於所有，謙受益而滿招損，這種謙沖自牧的養成，就有賴於每個人發揮螺絲的精神，物雖小、作用甚大，永遠確定，持續地不卑不亢。

憶及父親，一個學歷淺薄的受薪階級。六口的家庭讓他疲於奔命，所得不高，卻成就了孩子。退而不休下，種植幾畝田地，這種靠天吃飯的本領，人人都有，近些年來天候不期，他的綠竹筍賣價卻都很好，為的是什麼？因為賣相佳的背後，他是用雙腿骨和一對膝蓋跪出來的。筍殼見光會發綠、發黑，一旦筍尖露出才挖取，它的長相就不會教人喜愛，圓滿豐腴的一條竹筍得天未亮時去挖掘，這種跪在土堆上，挖出一條又一條的筍仔，我永遠不會忘記。直到父親換上人工膝蓋之後，他才害怕這種不科學的採收，耗費不少身體病痛的代價，讓子女傷神勞財……之後，才慢慢罷手。他的處世態度——做就要做出最好的……。我永遠學不來。

母親亦親事農忙。產量不多，她封裝自己栽植的豆仔，一有閒空，全家大小幫她挑剔紅豆仔，最漂亮的永遠放置在售籃裡，營養不良的總往自己肚裡吞，我常埋怨，好的，差的，壞的混在一起增加重量。惹一身罵的是，做人要實實在在，沒有誠信就沒有信用，以客為尊是她的堅持。生意的長久，永遠不是短打線。

他們的哲理永遠簡單，但，不容易做到。我常常懷疑，沒有高成就、沒有高學歷的傲人表現，他們永遠自信與樂觀。原來是生活的儉約和樸實，陪他們走上大半人生。

生活的難處在他們身上看不到，硬頸的精神，永遠是我們的寶貝，永遠是兩顆不起眼的螺絲。……

這篇文章以深情之筆，歷數父母辛勞、勤奮，樸實、誠懇的美德，綰合上國家基礎的小市民硬頸精神，再牽連上台灣中小企業的命脈，夾敘夾議，精華盡出，充分展現即席作文的銳利。

三　不同視角的寫作

「人間蒸發」❼系列，是我在〈聯副〉撰寫「素面相照」專欄時的實驗，故事描述一宗旅遊失蹤案件。由失蹤男子的太太先行敘述故事及心情，約略帶出夫妻的相處模式，接著是失蹤男人的夫子自道，接續是獨生女兒的視角，再下去為岳母的嘮叨，緊接著岳父出場……，出場人物越多，帶出的情節越加複雜，因為個人的觀點、個性差異，導致同一件事，有了不同的解讀，一則與一則間，靠一句相同的對白連結，是一次相當有趣的嘗試，如果繼續發展下去，成為連環的長篇小說也並非不可能。因受限於篇幅，在此只附上妻子、男人和岳母部分，有興趣的讀者，可以依樣畫葫蘆，嘗試著繼續編撰下去。

❼廖玉蕙撰：〈人間蒸發〉《公主老花眼》，九歌出版社，二〇〇六年一月）。

㈠人間蒸發

隨團到東部旅遊的丈夫像是從人間蒸發似的離奇失蹤！領隊的年輕女子拎著丈夫留下的行李，哭著到家裡來向她致歉時，她顯示了異常的鎮靜，就像被告知丟了一只錶或一隻貓一樣，反過來向涕淚漣漪的領隊致歉：

「不用擔心！也許只是脫隊去辦點兒什麼事給耽擱了。我那老爺子成天魂不守舍，像是腦袋裡少根筋，丟三落四的，不好意思……造成你們的困擾。」

倒也不是刻意安慰領隊，丈夫迷糊的脫線行徑，也不是一日、兩日的事兒了，她早就習慣了，她當他不告而別、去拜訪哪個臨時想起的朋友去了，他專幹這種臨時起意的事！

「這回竟然連行李都忘了帶！希望回來時，頭還留在脖子上。」

旅行社的人走後，她恨恨地嘟囔著，決心等丈夫回來時，罵他個狗血淋頭。她隨意打了幾個好朋友的電話，邊打聽，邊笑談男人無故失蹤的事，語氣輕鬆：

「這傢伙恐怕是不堪虐待，捲款潛逃囉。」

幾天過去了！仍然沒有消息，她開始氣憤起來：

「最好別給我回來！開玩笑也要有個限度。」

十天過去，猶然音訊渺茫！她在先生抽屜的存摺裡，發現一筆為數不小的提款，她開始有些著慌：

「該不會真的捲款潛逃吧？這麼小兒科！就為這一點兒錢？」

她不信！覺得男人或者有什麼苦衷，開始四處探聽，決定只要先生平安回來，就什麼都不再追究。半個月過後，她到警察局報案，警察偏著頭奇怪地打量她，問她怎麼事情發生這麼久了才來報案？她解釋不清心路歷程，卻駭異地發現對丈夫的失蹤並無太大的傷痛。警察局終究沒能幫上什麼忙，只抱歉地問她：「你知道台灣每天有多少失蹤人口嗎？」

她靜下心來回思往事，覺得愧對丈夫：

「他也不過懶散了些罷了，我對他實在太嚴厲了！難怪他不想回家。」

她肯定男人是想和她一刀兩段的，他一定躲在台灣的某一個角落逍遙度日，他一直嚮往慢條斯理過日子，卻老被她罵「沒出息」。她確信男人依然像往日般，一早起來，細細看完報紙上的每個字。於是，她在報紙上刊登尋人啟事，呼籲丈夫「有話當面說清楚」！

因為她的伶牙俐齒，丈夫一向不擅長當面把話說清楚，所以，一如預料地，沒有任何消息！旅行社終於答應領著她重新走一趟丈夫之前行經的旅遊動線，夜裡住宿在五星級飯店裡，打開落地窗向外望，忽然滿天的星子都朝她撲過來，惡作劇似地眨著眼！她感到絕望透頂，覺得丈夫像天上頑皮的星星，藏身茫茫人海，除非他願意主動，她是休想找到他的。那晚，她夢到丈夫前來哀哀哭訴，說他掉落懸崖，身首異處，果然一如她先前所料，無法帶著頭回家。從夢中驚醒，她痛哭失聲，發誓丈夫若僥倖歸來，絕對要對他溫言軟語，絕不再虧待他。

三個月後的一個黃昏，她下班回家，赫然發現留著滿臉落腮鬍的丈夫躺在床上呼呼大睡！她的心情複雜，憤怒、驚喜夾雜好奇。她搖醒他，問他，他支支吾吾，語焉不詳，跟往日全沒兩樣。她怒火中燒，忘了才在旅館裡發下的誓言，破口大罵：

「你覺得這樣好玩嗎？你為什麼這麼個德行！你為什麼要回來？為什麼不乾脆死在外頭！」

㈡安靜地慢慢看報

他隨著旅行團遊覽東部的壯麗山川。在大海前，忽然萌生奇怪的念頭：海深浪闊，山高路遠，人生能不能重新來過？

這趟旅遊，純屬意外，只是受到早餐桌上一份報紙廣告的廉價召喚，他就報名參加了。山是眉峰聚，水是眼波橫，沒料到在山明水秀中走著、走著，竟然就步出了軌道之外。旅行團的領隊是位年輕的女子，臉龐上散發著忍不住的青春。他足足欣賞了兩整天明媚的笑容與風光後，臨時起意，決心不顧一切，脫隊建構另一種愜意的人生。唯一的擔心是怕連累年輕貌美的領隊，然而，也委實顧不了那麼多。人生處處羈絆，顧此失彼也是尋常。除了證件和現金，他連行李都放棄。既然決心出走，最好別藕斷絲連。太太經常譏笑他缺乏魄力，現在是他展現魄力的時候到了，他假裝自己不小心掉下山崖或被波臣擄去，希望徹底擺脫太太的宰制，再世為人，即便只是一個星期也好。

他在偏僻的鄉間，找了間乾淨的民宿住下，依著長期以來的想望重新開始——看報、散步、看書、聽音樂、發呆、睡覺。每天早上，他踱步到小鎮的雜貨鋪子買報紙，從容地從國內外大事版、殺人放火的社會版、影劇、休閒、體育、副刊……，直看到廣告和道歉啟事，一個字不漏地、不疾不徐地。

幾年來，太太對他最大的抱怨就在此，她始終不明白：就一份報紙怎麼能看得那麼久；他對太太最大的不滿也在此，她老不讓他把報紙慢慢看完。說來可笑，他離家出走，只為從容看完一份報。半個月後，他在民宿臨窗的茶几前，一字一字讀著太太在報上刊登的尋人啟事，呼籲他回家「有話當面說清楚」，他心裡想著：

「哼！若是當面說得清楚，我又何必遠走高飛！」

他覺得好笑，最討厭他看報紙的太太，竟然在報紙上刊登廣告，呼籲他回家！在太太面前，他一逕居於弱勢。她行事麻利、說一不二，在任職的銀行裡，呼風喚雨，誰人不懼怕她三分；在家裡，她是條理分明、言詞犀利的皇后，而他永遠是表達來不及完整的小卒，在太太面前，常常一句話還沒說完，她已經幫他下了結論。太太嫌棄他懦弱、沒出息，毫無上進心，直到退休，還只幹個小小的科長。他聽著太太不時向外人抱怨他的無能，只駭笑著，完全無招架的餘地。在婚姻裡，他的話越來越少，最後，幾乎進入無聲的境界，太太卻越來越喋喋不休。

安安靜靜看了三個月的報紙，身上的錢剛好用盡，他心滿意足地回家。黃昏時分，太太卜班進門，將他從昏睡中搖醒，逼問三個月來的去向及緣由。他吶吶說不出個來龍去脈，被逼急了，只脫口說：

「我去安靜地慢慢看報。」

太太感覺他的身軀似被外太空人入侵，怎麼說的全不是人話！氣得罵他：

「你覺得這樣好玩嗎？你為什麼這麼個德行！你為什麼要回來？為什麼不乾脆死在外頭！」

㈢第二個俠客入侵

莫名其妙的男人，竟然好意思再回來！男子漢敢做敢當，既然悶不吭聲地離家出走，有種就別回來。無故失蹤了二個月，讓女兒傷透了心，竟然若無其事的回家，連個像樣的託辭也沒有。

要說起這個女婿，我心裡就有氣！當年女兒帶他回家時，我就看他百般不順眼。吊兒郎當的，坐在沙發上，歪歪倒倒的，雖然笑臉迎人，一看就是一副沒出息樣兒。當時，我就曾警告過女兒：

「要嫁像這樣的男人，馬路上隨便一抓就一籮筐！你是瞎了眼還是怎的？……坐也沒個坐相，光是好脾氣有啥用！能當飯吃？將來你包準吃不完兜著走。」

果不其然，二十幾年來，女婿沒拿半毛錢回來養家也就算了，每隔一段時間就捅個婁子，讓女兒疲於奔命。我怎麼想就是不明白，就光說為朋友擔保這事兒吧，他屢仆屢起，好像從未灰心過。這種人，說好聽些，叫「為朋友兩肋插刀」；說白了，不過就是不負責任、瞎熱心。當初真不知道女兒到底看上他哪一點！

這個大女兒，可是我們家最光燦的孩子，從小到大，非但不用父母操丁點兒的心，還給弟妹立下了好典範。哪知平白嫁了這麼個禍害！哎！這難道是命麼？我們母女二人竟同樣命苦，說來沒人相信，女婿居然遺傳了岳父的習氣。下棋、看報是他倆的專長，翁婿二人堪稱臭味相投，聚在一起，可以聊到天地變色。我最不能原諒的是，對借出卻經久要不回錢財的事，他們還好意思沾沾自喜，說是效法「分義情深，妻子意淺，捐棄家室，求贖朋友」的俠客之風。

女兒的大學同學，個個嫁了好丈夫。幾次從同學會回來，女兒的臉像抹了一層霜，說是丈夫不爭氣就算了，連女兒都比不過人家。一次，我抱怨她爸爸一事無成，她還悻悻然朝我說：

「媽！你就別不知足了！我的境遇比你還慘，至少你的女兒不輸給別人。」

我當然聽得出她話裡的恨，除了對女婿、孫女的不滿外，隱隱的，還有對我的莫名惱怒。我知道她恨我至今仍不肯接納她的丈夫，自己的丈夫再是沒出息，也不希望別人時時提醒。可我是恨鐵不成鋼呀！忍受了二、三十年俠客風格的丈夫就算了，千挑萬選的，怎麼就是躲不過第二個俠客的入侵！

其實，女婿也並非全然沒有半點好處，可依我看，他的長處全用錯了地方。他有耐心，充滿愛心，對太太、小孩寵溺有加，對我們兩老也很孝順。可是，人家的男人都志在天下，只有他與世無爭。成天除了和孩子胡調廝混外，天塌下來都不管！更別指望他在職場上和人一爭短長了。憑我們女兒的優秀，難道不該有更好的男人來匹配！說實話，他旅遊不歸，我雖然也挺傷心的，但是，幾個月過去，還真是替女兒鬆了口氣。誰知道他竟然在三個月後的黃昏回來。你聽聽他說的什麼鬼話：

「我去安靜地慢慢看報。」

哎！這種男人！想要同情他都難啊！

肆 小專題寫作

初學寫作者，最好以自己熟悉的題材為首選，不要去寫只有膚淺認識的題材。題材可以避重就輕，卻不要勉強去探討不認識的事情，否則會漏洞百出。所以，切身經驗的難忘小故事或親密人物的言行舉止便是很好的故事題材。年輕人的生活閱歷有限，對社會、國家或制度、政策的認知較為不足，除非有特殊的興趣，曾做過專題的研究，否則，不易將論說文寫得好。所以，一般鼓勵先從親情、友情、愛情……等下手，因為經驗切身，體悟必深，容易寫得親切動人。而篇幅如果太長，也容易流於蕪雜，所以，如果能先設定在八百字左右短文，以呈現單項事例為主，則比較能集中焦點，切中要害。另外，不切實際的形容詞也少用為宜，空泛的形容，如慈愛寫母親，嚴厲形容父親，都只寫出共相，最好能以具體的例子凸顯慈愛或嚴厲，讓抽象概念具體落實，描繪出所謂的「殊相」，才會令讀者印象深刻。

以下的數則小故事，不管寫親情、寫禮物，都具備篇幅短小、親切動人的特質，是我任教中正理工學院，教授理工科學生國文課時學生寫出的作品。當時，《中國時報・人間副刊》正好進行這兩項專題徵文，作文課上，我取讀報上已經刊登的名家作品給學生聽，並請他們也進行同題寫作，結果顯示學生很能舉一隅而以三隅反，寫出的作品較諸名家似乎也無遜色。以此之故，我大膽將它們分散各報投稿，竟然百發百中，讓學生們十分振奮。有一位學生的阿嬤，還特意致電表達謝意，給我留下深刻印象。此事證明寫作並非難事，梁實秋先生曾說：「文學的最高境界就是簡單。」所謂「簡單」，就是抓住重點、捨得割愛。捨不得割愛就會流於蕪雜，破壞文章的整體性。自認為的一句名句、一則笑話或一句最美的辭藻，倘若不是必要的，都要將它刪除，而不要勉強植入，成為贅疣，徒增困擾，這幾篇散文是很好的例證。

一　親情小故事

範文一

手足[8]

黃志明

家裡發生了一些變故，母親必須到外地工作，哥因身體虛弱也隨了去，好讓母親方便照顧。家裡只剩下姊與我了。和哥這一分開就是五年，能和哥見面的時刻，大概只有新年的時候吧！之後，姊嫁人，家裡也隨著搬到母親工作地方的附近，哥的身體也漸趨好轉，哥倆便

[8] 黃志明撰：〈手足〉（《台灣新生報・副刊》，一九九〇年十一月十八日）。作者當年是中正理工學院53期造船系學生。

一起住了下來。但不久，母親工作的地方又發生了一些問題，不得不又離家到更遠的地方工作，只能按月寄錢回來，從此我便和哥相依為命。

當時母親寄回來的錢，只夠維持三餐。每月所能剩下的錢實在不多，由於那時上學要走很長的一段路，所以哥倆決定買一台腳踏車，兩人衝動的將母親寄來大半的錢都花在這輛腳踏車上。那時，學校午餐是集體訂便當的，所花的費用是固定的。所能省的錢，也只有晚餐了。每天哥倆的晚餐不是吃著那「可怕」的泡麵，就是啃土司，但卻不覺得有什麼委屈，所期待的就是隔天午餐的到來。

一回，母親的錢遲遲未寄到，日子卻一天一天的過，錢也愈用愈緊。那天班上同學有人生日，在與他打打鬧鬧中，使我想起，今天不也是哥的生日嗎？下了課，我興奮地往平常哥載我回家的地方等他。跳上了車，只見哥一言不語，沉默到家，哥不安的拿出口袋的一百元說：

「今天在學校撿到一百元，想到家裡也沒錢，所以也沒把它立即給老師。」

看見哥一副慚愧的樣子，自己心裡也不是滋味。一會兒，我決定把今天是哥的生日說出來，安慰的說：

「或許是老天念在今天是哥的生日，所以讓你撿到錢。」

見哥也稍稍的安心了。我又接著說：

「不如買個小蛋糕，慶祝一番，管他明天會怎樣。」

就這樣，哥倆渡過了一個難忘與溫馨的生日夜，而暫時忘記了窮困的明天。

不久，哥考上中正預校，也決定去就讀，專車接送報考的地點是鯉魚山下的救國團。我騎著腳踏車載哥去報到。快到時，哥跳下車說：「這一小段我自己走就可以了。」我失神地看著哥漸去漸遠的背影，偷偷的爬上鯉魚山頂，見專車徐徐的開走了。車子到了盡頭轉彎消失在我眼中時，我的心竟無端慌亂成一團。下了山，看見那輛平日兩人共騎的腳踏車，我的眼淚再也止不住汩汩流了下來。從國三那年開始，我便自己孤獨地住在那幢充滿往事的屋子裡。

範文二

爸爸的老爺車⑨

鄭志孝

去年秋天，我第一次離家北上就學，懷著感傷的心情，提起沉重的行李，準備搭公車到機場。就在此時，平時不苟言笑的老爸，突然說：「我載你去。」我連忙回答說：「不用了。」但他一如平常的頑固，堅持他的意見。

他從車庫牽出那輛年邁的鈴木機車，看起來似乎有點不太保險，「我看我還是搭公車好

---

⑨鄭志孝撰：〈爸爸的老爺車〉《吾愛吾家》，一九九一年一月號第一四五期）。作者當時為中正理工學院53期航空系學生。

了。」我說。阿爸以難得的笑容對我說：「它雖然老了些，但還是很夠力。」我心不甘、情不願坐上那台破舊的老爺車。一路上，覺得十分難為情，便以一聲不響向他表示我的不情願。機場到了，我下了車，連再見都不說，走入了候機室。此時，父親將車子停在禁止停車的黃線上，正很有技巧且險象環生的穿越那車水馬龍的馬路。他似乎若無其事，但我卻為他直捏冷汗。他喘著氣問我：「飛機什麼時候起飛？」我答：「還有一段時間。」他像個年輕小伙子似的又跑到販賣處買了兩個麵包，遞給我說：「帶在飛機上吃。」

播音員的聲音響起，催促著我上飛機，回頭望望我的阿爸，這次輪到他一句話都不說，只是露出那平日不易見的笑容，紅著眼向我直揮手。

範文三

阿爸的話⑩

楊文魁

記得國中畢業前夕，同學們忙著交換書卡簽名，我則面臨就業與升學的抉擇。阿爸說：「書讀不好，那就捕魚賺錢嘛！反正家裡有一條漁船正缺人手。」

對捕魚的事，我是一點也不懂，所以覺得很新鮮有趣。第一天早上四點鐘起床，就興沖

⑩楊文魁撰：〈阿爸的話〉《台灣日報・副刊》，一九九〇年十二月二十日）。作者當時為中正理工學院53期機械系學生。

沖地往港口出發，剛開始的確好玩，後來身體逐漸覺得不舒服，開始吐，感覺頭昏眼花，非常難過，幾乎把胃裡面的東西全吐出來，那種痛苦是永遠也忘不了的。第二天，我硬著頭皮去，因為我不敢告訴阿爸我不想去，但是第二天的情況也是一樣，甚至感覺風浪更大，船好像要沉下去一樣，我好害怕！怕以後一輩子要捕魚。回家告訴阿爸，我不去捕魚了，阿爸不吭一聲就走開。第三天硬把我強押著去，那時的我已經手腳發軟，連點抵抗力也沒有，這一天我吐得更厲害，甚至把深綠色的膽汁都給吐出來，整個嘴巴苦澀澀的！我告訴自己說：「打死我也不來捕魚了。」

回家後，我找阿母說：「我要讀書，不捕魚了。」阿母叫我自己跟阿爸講，我只好照實和父親說，並表明再也不捕魚。聽完後的阿爸正色的對我說：「在這裡，每位漁夫都曾吐過膽汁，阿爸也是這樣過來的。膽汁吐出來表示你已經長大，經過了大海的磨練，跟大海對抗過，以後遇到什麼大風大浪，你都可以征服它，不被它打倒。阿爸當然也知道捕魚很辛苦，所以才要你好好讀書，以後才有個好職業，現在你既然決定要讀書，阿爸也不會反對，只是要你了解讀書是一件幸福的事。」聽完阿爸的話後，我早已淚流滿面。

現在的我，雖然書沒讀得多好，但也替阿爸爭一口氣，因為族中近百人，大約只有十個考上大學，我就是其中的一個。每次當我讀書疲累之時，一想起阿爸那句「讀書是一件幸福的事」，就一點也不敢偷懶。

範文四

畢業紀念冊[11]

郭武勇

國小快畢業時，同學流行自備一本紀念冊，讓同學、老師以及好友簽名，我也叫媽媽幫我買一本，當時，媽媽猶豫了一會兒，遲疑的答應了。過幾天，她果真遞給我一本，我拿在手上好高興！一打開，眼眶就紅了，覺得好委屈，原來這並不像同學所買的那種豪華美觀形式的，而是母親用毛線裝訂白色卡紙而成的。我嘀咕了一會，儘管媽媽一直數說著家裡經濟的困窘情形，我卻怎麼也聽不進去，媽媽的聲音逐漸有點哽咽，我卻低著頭走開了，留下了一本嶄新的紀念冊和傷心的媽媽。

到了學校，同學問起為何沒有準備紀念冊？我不願提起那本紀念冊，只好大聲地說：「小小畢業典禮而已，何必寫什麼道別的話！」過了一段日子，原本放在桌上的紀念冊不見了，我也不放在心上。

最近，偶然間，又看見了那本曾遭我丟棄而早已蒙上一層灰塵的紀念冊，慢慢地打開它，紙頁已經有點泛黃了，仍然是一片空白。我用手撫摸著邊緣紅色的毛線和封面上母親寫的、

---

[11] 郭武勇撰：〈畢業紀念冊〉（《青年日報・副刊》，一九九〇年十二月十一日）。作者當時為中正理工學院53期航空系學生。

已經稍稍褪色的「畢業紀念冊」五個字，想著母親當年的心情，不覺熱淚盈眶。

二　禮物

範文一

金筆與美食[12]

張緒萍

多年前，表哥婚禮的前一天，母親的兩位姊姊決定到家裡過夜。一大早，母親就到菜市場買了一大堆菜，還去燙了個新髮型，並動員了全家把裡裡外外都打掃得一乾二淨，換了新的桌巾，擺上鮮豔的花，一副「毋恃敵之不來，恃吾有以待之」的樣子。

「敵人」終於來了！大阿姨一身金光閃閃，連高跟鞋都是金色的。但我注意的，還是她手裡令人垂涎的大包小包的禮物。而反觀小阿姨，一看就知道穿的是從地攤買的新衣服，所帶的東西更是驚人，兩隻土雞、一大堆青菜水果，彷彿是來賣菜的。

大夥兒爭著幫大阿姨拿東西，唯恐分贓不均似的。結果哥哥得到一只手錶，妹妹得到好幾盒的巧克力，我得到一對金筆，連不吸菸的父親也有一個手槍型的打火機，都是大阿姨從

⑫張緒萍撰：〈金筆與美食〉（《中國時報・人間副刊》，一九八九年十一月十七日）。作者當時為中正理工學院52期電機系學生。

日本帶回來的。她一再向我們誇說日本、韓國和歐洲的風光，妹妹還一直問她狄斯奈樂園好不好玩，有沒有看到米老鼠和唐老鴨。而小阿姨就在廚房裡幫母親的忙，她們倆一邊煮菜一邊聊天，好像有說不完的話，一直聊個不停。

飯菜擺滿了餐桌，每一道菜都色香味俱全，絕不是母親的手藝。大家也不管這麼多，狼吞虎嚥地都把菜吃光光，飯後才知道是小阿姨做的。不過，母親也不甘示弱地說：她這個二廚也學了好幾招，足夠將來讓我們吃得讚不絕口了。

多年來，爸爸的打火機一直擱在抽屜的角落；哥哥的手錶被證實是仿冒品；而那對金筆我一直捨不得用，有一天拿出來，才發現墨水都乾了。而那幾道色香味俱全的菜，卻一直到現在還是讓我回味無窮。

範文二

一籃水果⑬

李國豪

六年前，我剛小學畢業，突然收到要開同學會的通知單，上面還註明了要準備一份禮品。但是從小到大沒有送禮的經驗，只好找媽媽幫忙了。媽媽雖然答應，但總不見有禮物買回來，

⑬ 李國豪撰：〈一籃水果〉《中國時報・人間副刊》，一九八九年十二月四日）。作者當時為中正理工學院52期電機系學生。

每次向她提醒要買禮物，她總是說：「好啦！一定會去買。」直到同學會的前一天晚上，媽要外出，我很認真、很慎重的提醒她，一定要買禮物回來，我等著、等著便睡著了。第二天，一起床，就急著去找媽咪要禮物。媽竟回答說：「什麼禮物？哦！是不是同學會的禮物？我昨天太忙忘記了。」「忘記了」這三個字引爆了心中的火山，我亂跳亂踢，嚎啕痛哭起來。在一陣哭鬧過後，媽抱歉地安撫我說：「就送我們家自己賣的水果吧。」我一直憤恨地說：「不要啦，笑死人啦。」但時間已快來不及了，且媽媽又巴結似的說：「水果很貴哦！又有營養價值，不錯的啦！」

一到會場，我把禮物擺放一邊，離它遠遠的，在抽籤的過程中，也一直不敢承認那份大家公認最奇特的禮物是我的，且心中有著強大的罪惡感。終於，我幸運的抽到一位女同學所送的日記，而我的禮物則被一位男同學抽中。

抽完後，我發現那位男同學正坐在角落，悶悶地吃著水果。我去慰問他，並告訴他：「其實，水果很貴的哦！而且有營養價值，很不錯的吔。」他似乎有些快樂，並請我吃一個。我們便在那兒說說笑笑的吃著我的第一份禮物。

範文三

外婆的生日禮物⓮

媽媽的八十二歲生日快到了。雖然，她再三謙辭禮物，可是，女兒告訴我：「活到八十二歲真不容易！以後得年年擴大舉行慶祝活動。今年，我要好好想想，給外婆一個驚喜的禮物。」

接下來的日子，她不動聲色地規劃她個人的祝壽方式。她到處蒐集老照片，外婆的結婚照、外婆和她的姊妹的合照，外婆年輕時候裝模作樣裁衣服的模樣，外婆和她的合照、外婆和我們兄弟姊妹的合照……鬼鬼祟祟地在家裡翻箱倒櫃，並背著外婆壓低了嗓子四處打電話蒐羅資料。

好不容易資料蒐集得差不多了，接著進行掃描及修飾工作。麥金塔電腦派上了用場，Photoshop 去除了外婆增生的皺紋。書房裡，麥金塔和 PC 電腦比鄰而居，外婆在 PC 上打麻將，女兒故意在兩部電腦間堆放高高的書籍，以隔絕外婆的視線。照片修飾完畢，還要打上有趣的說明文字並配上適當的音效。女兒不時地跑來找我共商文字，兩個人嘰嘰喳喳的，不定時爆發激烈的笑聲，外婆想是習慣了這兩個女人的無厘頭，不疑有他地繼續和電腦裡的謝

⓮ 廖玉蕙撰：〈外婆的生日禮物〉（《五十歲的公主》，二魚出版社，二〇〇二年七月）。

長廷、陳水扁及李登輝玩著十六張麻將。隔一段時間，便離開電腦，白著臉、撫著胸口朝我說：

「壞了！壞了！太刺激了！我心臟差一點跳出來囉！再來一張三索，我就碰碰胡，加上門清、紅中、白板，連二拉二，如果再自摸，一下子就贏兩萬元，要安怎？驚死人咧……我不敢繼續玩下去了，太恐怖了！……」

外婆每站起來一次，女兒便急忙將正處理著的畫面關閉一次。次數多了，敏感的外婆悄悄地附在我耳邊說：

「你的女兒長大了！你得要給她多注意一下，不知她在電腦上看啥米不正當的東西，看我起身，就馬上關掉螢幕，以為我無看到哪！啥米花樣能逃過我的法眼，哼！你這個做老母的實在真粗心大意哦！」

外婆的生日終於到了！我的三位姊姊及小哥都來了。女兒從學校回家前，先繞道永康街，買了小蛋糕和鮮花一把。一進門，先給外婆一個大擁抱，接著獻上鮮花、蛋糕，外婆眼睛發亮，嘴裡卻說：

「下次不要再買了！無彩（可惜）人的錢咧！攏總要不少錢吧！……」

打開電腦，女兒亮出了幾天以來夙夜匪懈的成果，一張張外婆的照片連同趣味橫生的說明文字及幽默的音效一起呈現眼前。外婆的眼眶霎時紅了起來，感動得不知如何是好，頻頻說：

「啊！原來在搞這個，我還以為鬼鬼祟祟在做啥米代誌哪！啊！實在有夠感動哪！」

姨媽和舅舅都誇女兒貼心，難怪外婆從小偏心。

一張記載著外婆一生人際關係的溫暖光碟，是E世代的孫女向外婆的示愛。這張神奇的光碟，除了充分顯示它的動人力量外，還為女兒帶來了額外的功課。愛美的姨媽們，都紛紛向女兒表示：

「啊！我也有許多珍貴的照片，哪一天可不可以也請你幫我製作一片光碟保存起來呢？」

伍　多角度再創作——改寫

一般學童開始學習作文的時候，一定是由模仿範文開始。國語習作或作文課時，前面必有一小篇文章，後面才是仿作的欄位；當然，基礎是「照樣造句」。模仿的好處是：範文可以激發我們的靈感，幫助我們養成良好的寫作習慣。模仿又以改寫為開始，也就是改寫範文中與我們身分、年齡、看法、喜惡、生活習慣及生活環境等不一樣的部分，從小部分開始引申。所以初習作文的人都會從改寫及仿作開始，再經由改寫及仿作進入創作階段。

創作的難處，在現階段的教育制度走向下勢必越來越甚。寫作能力是整體語文程度最直接的反映，是聽、說、讀、寫的綜合表現。一般人寫作上的問題，最主要應該是欠缺寫作動機。至於火星文的濫用、基礎不佳或句子過於口語化或缺乏句子的概念等，則是另一大問題。有人能下筆成文；有的人卻只能簡短的寫一兩句話而已，更甚者連一點東西都寫不出來，其間的差別真是無法以道里計。

寫作歷程大致包含資料蒐集、思維活動、敘寫等三個部分。從這樣的步驟來看，當作家受到某種刺激（不管是客觀的事件、現象，亦或主觀的心情、感受）時，引發了創作的動機。於是，建立每個點的關係，想一些適切的譬喻或論證、組織結構整篇文章的架構等等的心智活動，而後得決定表現的形式。創作，容易點是在可以自由發揮，可以天馬行空。但困難處也是在這裡，因為沒有範圍，又想與眾不同，如果沒有靈感，寫作就真的變成一件讓人搔首踟躕的難事。因此，在訓練創作之初，如果先取一篇前人之作，加以改寫，等於先為他準備好材料，省卻搜尋資料之苦，是不是寫作會變得稍微簡單一些？先有了底本，不用花費太多心思架構故事，而可以從現成文章中進行衍申、發揮，從多角度進行創作。

然而，雖然改寫容易之處在有範本可以參考，你只要換個角度來看而已。但是，這同時也是其困難所在。改寫文最重要的是要跳脫原文的框架，讓人有耳目一新的感覺，從不同的角度，以不同的撰文方式，自然產生不同的感覺。若只是將原文內容重新編排，既無法製造驚奇，也無法引人入勝。若能在原有的故事架構之外，加上自己的創意，讓人有尖新的感受，才是一篇成功的改寫文。改寫可從不同角度為切入點，或者逆向思考，最重要的是要能以原來的精神所在為發揮，改寫的基本要素，就是不可違背原有故事的情節架構，這點看似簡單，實際上頗有難度。要做到處處若合符節，又不能失去新意，這也是改寫文成功的要點之一。不管全文架構有多大的不同，也不能流失原文的精神，換句話說，只能有所突破，不可橫加破壞，雖有參考點卻不能太多沿用，講求的是跳脫、是新意，卻矛盾地要回歸原文。這樣的改寫，一方面可以訓練聯想、引申的能力，最重要的，還能在引申聯想的過程裡，養成多元思考的習慣。遇事不斷釘截鐵堅持己見，能多方設想各種的可能、多角度切入核心，在生活中比較不會剛愎自用，對問題的解決，可能因之更具優勢。

以下，除了以徐鍾珮女士〈父親〉⑮一文為藍本，請學生加以多角度再創作外，並附上同學之間對各篇再創作文章的評論⑯。

在改寫的六篇中，因第一人稱的不同，文章就有了各自的巧妙，讓文章變得多元化，改寫比創作需要更多的想像空間與限制。原文是以女兒的角度來看待父親這樣一個角色，在改

---

⑮ 徐鍾珮撰：〈父親〉（張曉風編：《親親》，爾雅出版社，一九八〇年）。

⑯ 這是二〇〇三年四月，筆者任教世新大學中文系時，大一散文習作課上學生的習作。評論則是次年非同步通識課程「台灣當代散文欣賞」的學生在討論版上的留言。

寫文中大家卻紛紛轉換角度來看待父親，或許改用妻子的角度，對父親的心情、看法就會完全不同。當你設定好你的第一人稱，你就會幻化成那個人，你的所見所感便帶領著讀者的情緒。改編者會為了呈現他所想塑造的人格特質，而多加一些事件、背景。就像我們在學畫畫的時候，一樣都是畫一顆蘋果，可是從正面看、下面看或上面看，所畫出來的東西，就會有百分百的不同。除了角度之外，看東西的心情也是很重要的。一樣都是以女兒的角度，原文的感覺就比較嚴肅、傷感。而裡面有一篇文章以輕鬆的口吻來描寫父親，就呈現完全不同的感覺。改寫成功的最大原因，是改寫者知道要如何塑造人物形象，抓住那個點，去深入描述，強化所想表達給讀者的意涵，進而使讀者產生共鳴。

原作

父親

徐鍾珮

父親在我十六歲時逝世。在這十六年中，我聽見父母交談的話，不到一百句，我也沒見過父親進過母親的房門。

我相信父親是至死愛母親的，但自我出生以來，母親卻板起臉，擲還了父親對她全心的愛。父親必然曾為此傷心過。可是我們卻從未聽他出過一次怨言，也沒有看見他掉過一滴眼淚。

祖父母偏愛叔父，對父親常加申斥。子女們偏愛母親，對父親淡然置之。母親對他，更是冷若冰霜。在這冰天雪地裡，父親卻是笑口常開，父親把一生哀怨，化成一臉寬恕姑息的笑。

我自小就體會父親的寂寞，父親對我的縱容，更加強了我對他的愛。我跟著他，走遍鎮上的茶樓酒肆，甚至在他入局時，我也站在他身旁，數著他的籌碼。父親的朋友常一看見他身旁的我就皺眉。

記不清什麼時候，依稀是我小學將畢業時，父親忽然放下酒杯，推開牌桌，在鎮上的學校裡找到工作。先是他早出晚歸，其後索性搬出了家，在學校裡膳宿。

父親一直優柔寡斷，我至今不知是一股什麼力量，使他有決心搬出了這似家非家的家。就此父親好像家裡的一名長期的客人，有時他回家時正當家裡開飯，我牽著父親的手，拉他入座，他卻笑著搖頭：「我用過了。」

暑假放學，兄姊回家，父親也無課務，似乎也在家用飯，只是依然住在學校。他知道二哥愛吃鮮魚，三姊愛菱角，時常不惜走遍全鎮去物色。

父親的一把芭蕉扇，有小圓桌桌面那樣大，午餐時揮汗如雨，父親老在我身邊揮他的大扇，全桌生風。入夜在後院納涼，我躺在他身旁，聽他講母親所謂最不入耳的《山海經》。聽著聽著，倦極沉沉睡去。小睡醒來，天上繁星閃爍，眼前一亮，是父親在點燈籠，我坐起來，揉著惺忪雙眼，問他：「你到那裡去？」父親把燈籠對我臉上一照：「我回去。」我送他到後門，倚著門悵望著他燈籠愈行愈遠，有如一點螢火。我一直不敢也不忍問：「你為什麼不留在家裡？」

我外出讀初中時，父母都已有白髮，而存在兩人間的隔閡，始終未因歲月變色，母親主持家務，主持我們的教育。父親在管不到家務和子女之餘，退而獨善其身。記得我第一次離家就學的那一天，清早去學校向父親辭行。他的學校還未開學，庭院寂寂，在空曠的宿舍裡，我看見父親孤零零的一張床，他的同事都有家，全回去渡假了。

父親在帳子裡探出頭來，笑說：「是你。」我說：「我要走了，學校開學了。」他沉默半晌，才說：「你也要走了。」

在我低著頭走出校門時，父親突然從後面趕來，他一手扣衣，一手把幾張鈔票塞在我手裡。我趕快還給他。「我有。」我說：「你留著自己用吧！」他又重塞在我手裡：「拿著吧！你還是第一次用爸爸的錢。」他臉上依然堆著笑，但不是寬恕姑息的笑，卻是悽然歉然的笑。

初中畢業回家，發現父親已辭職，搬回家來，他的身體不允許他再執教鞭。那年暑假我和他同居一室，常聽他咳嗽，夜半醒來，矇矓中喊他，他也總是醒著。

母親對他，依然不言不語，我為過度同情父親，幾次出言頂撞母親，母親家法最嚴，有一次在盛怒之下，把我痛斥，我賭氣老早上床，不出外乘涼。幾聲咳嗽，父親也走進房來，他揭開我的帳子，把我身子扳過來，低聲說：「下次別再惹惱你母親，她持家已夠辛勞。」我把扇子掩住臉，停了一晌，他又說：「你母親生性要強，我卻一生無有烜赫功名。」他又咳嗽了，我放下扇子，他那時敞著上衣，只見他胸前根根肋骨畢顯。「如果有一天我死，」他說：「你切莫又為我和他們傷了和氣，我又幾曾盡過為夫為父之責。」

就在那年秋間，我接他病電，星夜馳歸，我要伏在他病榻前，重申我對他無底的愛，我要他知道他還有我，並沒有寂寞一生。但我回去時，他卻神志已模糊，他沒有看我一眼。我伏在他榻上，我等了三日三夜，我沒有別的希冀，只希望在生死的長別前，再有機會讓他愛撫的看我一眼，讓他聽我喊一聲「爸爸」，但是他卻昏睡不醒。我的呼喚，甚至母親對他出奇溫柔，都喚不回他失去的生命。在他嚥最後一口氣時，床邊家人環泣，他第一次也是最後一次享受了大家的愛和關切。

在他自知不起時，曾囑三姊：「你如孝我，不必厚葬我，各人求心之所安。」他的自責引起了人人自責。屋內哭聲震耳，應該滴滴都是懺悔之淚。在臨去的最後剎那，大家才發現了這位被遺棄了一生的老人——一切太遲了！

改寫版之一

丈夫[17]

黃佳瑩

向來，你就不是一位負責的人。丈夫這個職位對你而言，是否太沉重？你是很好的男人，然而只是對他人而言。自嫁你之後，我體會到原來不是愛得不夠，而是只有愛不夠，但是你卻無法體會這一點。當我知道只有依靠你是不行時，便和你漸行漸遠了。於是，話變少了，態度也從熱情轉為冷淡。

而你也感覺到我對你的態度，你也變了……只是關係並非越來越好，而是逐漸形同陌路。你開始往茶樓跑，漸漸的，家中的經濟每況愈下。個性倔強的我支撐著整個家庭，但你卻依舊往外跑，我該說什麼呢？是該大罵你一場，可是這樣做有用嗎？如果你能明瞭我的辛苦，又何必等我去點醒呢？

當你告訴我在一間小學找到工作，我真的很開心。我以為你體會到我的難處，或許我們的關係會因此變好，我在腦中不斷的想像之後我們的關係。只是你最後一句「我要搬出去住」，我無言了。家，對你而言是什麼？僅僅是用來遮風擋雨的建築物而已嗎？若是如此，那由你去吧！我似乎管不著，也沒心力可管了。

[17] 黃佳瑩撰：〈丈夫〉《中央日報・副刊》，二〇〇四年八月八日）。作者當時為世新大學中文系一年級學生。

有時，你會回來走走，就像一個長期在家走動的陌生人，見了面，除了無言還是無言，或許太多的語言都難以表示你我內心的感受……不如用沉默代替一切是否還要好些？

如果你不是位好丈夫，或許你是位好父親。放暑假時，你開心的為孩子們張羅吃喝，小女兒更是黏你，如果這家還有任何羈絆，應該就剩下你的兒女了。一天夜裡，你對著小女兒談論我不甚喜歡的《山海經》，看著她依偎在你的腿上睡了，小心翼翼的你輕輕地挪動她的身體。在那裡，我看到你和小孩的親暱，而我……卻只是個局外人。

歲月總是催人老，你的身體大不如從前，終於你肯辭去工作回家。只是多年來你我之間的僵局該如何打破？一天，女兒為你，出言頂撞，我痛斥她一頓，她憤怒的回房。我的心也難受，怎能讓她明白一位妻子的悲哀。在房門口聽到你替我辯駁的話，頓時淚如雨下，若你知道你不曾盡責，那你為何從不改過。如今反悔，不覺得遲了些嗎？

秋日，你的身體已病入膏肓，當女兒奔回家裡時，你早已在彌留之時，我輕輕擦拭你的身體，病魔佔據你的身軀讓你呻吟不已。你早已分不清誰是誰，我輕握你逐漸冰冷的手，熱淚緩緩從我雙眼流出。兒女在床邊啜泣喊著爸爸，我想你是聽不到、也感覺不到了。

【評論】

蔡佳倫：

在這改寫的六篇短文中，我最喜歡這篇〈丈夫〉，因為它完全以另一個角度來改寫這篇文章，揣摩母親在扮演她的角色時，最內心的世界，我想這也是父親一直想讓他女兒知道、了解的母親；對於這樣一篇完全以另一觀點來改寫的短文，我覺得它的思路很清晰，也很富想像與體會的能力，才能寫出原文的另一個面向，百般思量後，又不會覺得它與原文有所出入。我想一篇成功的改寫文章，是因為它為原文創造了另一個想法與另一個面向，彌補了作者尚未完善表達之處。

曾怡華：

我最喜歡的應該是黃佳瑩所寫的〈丈夫〉。改寫的文章有從子女的立場來看，有從妻子的角度來看，有的還賦予人物更鮮明的形象。除了個性的不同，家庭背景也會造成迥然不同的效果。我喜歡這篇的原因在於它講得比較含蓄，不像其他篇章顯得有些咄咄逼人。也可能與我個人的情性有關，它描述的人物的特點與我較相近，我較能感受她的心情。

改寫版之二

是你？ ⑱曾也慎

「是你？」當你這樣問候我的時候，你臉上的驚訝，說明了在兒時的那些點點滴滴——

美麗而快樂的情景，已經不再出現我的夢中。即便黑夜已出現了千次、百次、萬次，星空也從來沒有減少一兩顆星星，現在我夢裡的你，扮演什麼樣的角色，我不願明說，反正那也不見得是你，是我夢中的你而已。

前一次你憶起我們父女之間，是在什麼時候呢？我猜個沒完，只因為當我看到你的時候，我心情有多洶湧你可知道？然而，在你一身孤寂之後，是你自己的陰影，是你，你是你，與我們幾乎不相干的你。

曾經帶我穿梭街坊，每每笑口常開說這、說那……全是一些不重要，卻逗得我們樂不可支的情節。我不曾懷疑……那也是你，最好的你。

或許你曾經變了調，或許你始終是這個樣，總之，那些說你的人，總該在棺材一蓋之後全都閉上大嘴巴，還你一個最真的你。然而，那個你究竟是什麼樣的你，我捉摸不著，畢竟你是你啊！

我常常獨自哭著，幻想你美好的一面，隨著夢想，變成夢魘，現實生活的你，還來不及詮釋你自己，你瘦弱的樣子，早就垮了下去。「一了百了！」對你而言，生命也許就是這樣吧！你說：「我不曾盡為父之責。」我說：「無妨，因為你是你，不是什麼為父不為父的。」

⑱曾也慎撰：〈是你？〉《中央日報・副刊》，二〇〇四年八月八日）。作者當時為世新大學資訊傳播系三年級學生。

那天，我去找你，看你一個人睡在帳裡，我很擔憂你的身體，但也沒說出口。你轉身過來看我，看了許久，我以為你想要說什麼？但你開口只說了一聲：「是你？」語氣既陌生而又不自然。隨後我啟程離開，你才又塞了錢給我，你說不曾讓我拿你的錢，身為父親，過意不去。我說：既然知道這樣，為什麼不回家？我要個負責任的父親啊！媽媽也……

你打斷我，我知道當時你聽了有些生氣，但又不好埋怨我，只有低聲說：「莫再說這話，我已經被你媽教訓夠了。」又接著說：「你忤我可以，莫不可以忤你媽媽。她可不欠你什麼……」你交代著，你長年開懷大肚，這還是我第一回被你給訓了，聽得心頭有些酸澀……一點點不是滋味。

「你怨我嗎？」你低聲問道：「怨我終沒回到家，怨我不顧子女年幼，終日遊戲人間，怨我讓你母親獨守空閨，死守活寡……」還沒說完，隨即哽咽、有苦難言，換做別人哪有幾個敢對女兒說出這樣的話呢？幾經思考，我說：「怨！我怨我的父親。」我顫抖著雙唇說：「但不怨你，你不是父親，你是你。」

似笑非笑的眼神、面容，在我的腦中揮之不去，那也是我與你的最後一個下午。日頭很大，我獨自一個人離開，帳子裡再度倒下一個中年的男子，過著一個簡陋粗糙的生活。你沒有家，你是你自己，一個被遺忘的父親。

【評論】

韓維珍：

此六篇改寫版，大致分別以妻子或兒女的角度來著墨。就以對手戲的妻子而言，內心戲占了吃重的分量，有叫人非得深入其境不肯善罷干休之感。好似《台灣龍捲風》般，戲劇張力多出了許多，就兒女觀點的論述，認為〈是你？〉這篇寫的角度又多了幾度空間。有新意，跳脫父親這個角色扮演的框架，直指「作為父親」這樣一個人的所作所為，讓我想起後設劇場的自我意識抬頭……，從文學的想像又跳到了另一藝術領域。

喬　治：

〈是你？〉的開場有讓人驚奇的效果，本以為是妻子與丈夫間的對話，卻發現是孩子對未曾盡責的父親朋友般的口吻，以飽含感性的筆觸出發，把父與女的關係寫得有如情人般曖昧，是一特出的地方。

缺點在於末段缺乏延續此基調的努力，情節普通，且對白顯得太過刻意矯情，因為這點，讓全文大打折扣。

改寫版之三

各求心之所安⑲

李庭瑞

昨夜，你翩翩的飛進了我的夢中，就像一隻蝴蝶一般，淡藍色的夢境裡你不斷的在呢喃自語，我想你是心有牽掛，所以，才來找我傾訴的吧？

你一直是個被遺棄的人，父母偏愛的是小叔，小孩們依賴的是我，而你總是被冷冷的丟在一旁。但是你怨不得人，這是你的命。我想你是懂的，因為你總將他人對你的冷淡化作一抹姑息的笑。

我知道你是愛我的，但是，那又怎樣呢？對於一個未能盡到為夫、為父之責的男人，我只能面無表情地將你全心全意的愛，毫不領情的全擲了回去。你說！除了這樣，我還能怎樣表示我對你的不滿？就因為我的心胸寬大，才能不對你動氣。因為我已經認命，知道你這輩子終將這樣渾渾噩噩的過去，所以對你相敬如「冰」，從不曾給你好臉色看，是我對你莫大的恩賜。無聲的冷漠勝過有聲的爭執，所以「冷淡」已經是我對你最溫柔的懲罰，懂嗎？

家裡大大小小的事當然取決於我的意見，畢竟這麼多年來，悠閒的你哪比得上我瞭解如

⑲ 李庭瑞撰：〈各求心之所安〉（《中央日報・副刊》，二〇〇四年八月八日）。作者當時為世新大學中文系一年級學生。

何維持這個家？你向來只會帶著孩子到處閒晃，走遍了鎮上的酒肆茶樓，甚至連你在牌桌上，女兒都跟在一旁數著你的籌碼，這樣逍遙的你知道我正在為維持家計而苦惱嗎？多如牛毛的家事，又豈是你能應付得來呢？食指浩繁的家庭，光是靠那一點點積蓄與微薄的祖產哪撐得到現在？當你在酒肆茶樓高談闊論，當你在牌局裡一擲千金，你知不知道我是如何絞盡腦汁貼補家用？一個好的丈夫，得之，是我幸；不得，是我命，而我已認命。我自己苦沒關係，但是我不能苦到孩子。為了滿足他們的需求，為了讓他們無憂無慮，當初我出嫁時所帶的首飾，到現在哪一件還是留著的？孩子們的教育也是我在操心，他們應該念哪間學校？學費從哪來？念得好不好？這些事你關心過嗎？

你能當個沒有聲音的人，默默的在一旁獨善其身，雖然是孤寂了些，但是自己一人活在自己的小天地，其實也不錯，煩惱一個人的事，總比煩惱一大家子的事來得輕鬆吧！天知道，我多想將這沉重的擔子丟在一旁，但是我不能，我無法像你一樣不負責任。

突然放下酒杯、離開牌桌的你，在鎮上的學校找到了一份教職。剛開始只是早出晚歸的，後來不知道是什麼原因讓個性優柔寡斷的你，下定決心離開這似家非家的地方，搬到學校裡去住了。我相信你是經過很大的掙扎才下了這個決定。其實這樣也好，反正這個家早已不像家了，與其死守著，不如分開來得快活，這樣大家也好過些。我不用老板著臉，你也不用姑息的笑，這樣不是頂好的嗎？

夏夜，一個人坐在漆黑的房裡，看著窗外天上繁星閃爍，忽然一顆星異常明亮，睜大眼睛一看，是你正在點著燈籠，昏黃閃爍的光、一臉姑息的笑。看著孩子跟著你走到了門邊。站在窗邊，悵然的看著那閃爍的小黃點兒，越行越遠，漸漸消失在夜色之中。心裡悶悶的，喉嚨刺刺的，如鯁在喉，有股想喚你的衝動，但我還是理智的壓抑了下來。我很想問你這個讓我又愛又恨的男人：「你為什麼不留在家裡？」但我卻不忍心問，因為我想我是知道答案的……「逃避」是我倆共同的選擇，你在躲我，而我也在避你。

孩子曾說當她要離家就學時，跑到你任教的學校去找你。她說整個校園安安靜靜的，安靜的快要窒息一般。你的同事都回家去了，只剩你一個人孤伶伶的留在空蕩蕩的宿舍裡。你看到她來，臉上露出一絲喜悅，笑著說道：「是你啊，有事嗎？」她說：「要開學了，我得走了。」孩子說當時你帶著笑容的臉僵在那，停了好久才吐出一句：「連你也要走了啊！」你知道嗎？聽到孩子說這段話，我的心是隱隱作痛的，對你，我有著無限的同情及不捨！但是我能怎樣呢？生性剛強的我，除了面無表情的回了句：「那是他自找的。」我還能說什麼呢？那晚，輾轉難眠的不只是對你的同情，也是我的孤寂。

我想你是愛著孩子、愛著這個家的，但是沒有顯赫功名的你，找不到可以表現的著力點，而你所能做的也不過是時常走遍全鎮去物色孩子愛吃的東西而已。這個家和你疏離太久了，任何的事你都插不上手，這種失落感我想我是可以體會的。我記得孩子曾說過，有一次你要給她錢，但她拒絕了。雖然，最後孩子仍依了你收下，但我可以想像當時你一定是堆著笑容的，不會是寬容姑息的笑，而是悽悽悵然的笑吧！這也難怪，當自己滿腔的熱情被冷水澆淋之後，除了惆悵又能如何呢？不過你也別怪孩子，她從小就知道要拿錢非得找我，面對你這麼突然的拿錢給她，她當然會不知所措。

歲月催人，當我們倆頭髮都漸漸由黑變白，隔閡卻未因為歲月而變色。其實我也是愛你的，但是你要知道，我對你的愛是不可能表現出來的，畢竟你帶給我那麼多的痛苦。你要知道，不是所有的傷口都會復原的，有些傷痕一旦出現了，一輩子都會留在那。反正冷若冰霜的我與笑口常開的你，不也找到了我們最佳的相處之道了嗎？

秋風瑟瑟，你選擇在這個時候離開，大概跟你一生浪漫有關吧！坐在床邊看著病入膏肓的你，在這生死的長別之前，我只能對已經意識模糊的你輕柔的呼喚。但，任何人都無法喚回你即將逝去的生命，就連我出奇的溫柔你也都不瞧一眼。算了吧，如果我們緣分真的只能到此，那也就不要再強求些什麼了吧！緣起緣滅自是有其道理。而你也不要怨大家都對你一生冷漠，這是你的命，想想你自己做了些什麼，我想聰明的你也就不會苛求別人吧！你就好好的去吧，繼續作你的神仙，我們大家各求心之所安，家裡的事還有我在頂著呢！

反正從來就都是我在頂著的，不是嗎？

【評論】

羅人傑：

這篇改寫，從妻子的角度出發。將原文的女兒視角，加以改頭換面。強調妻子心中既愛且恨的心情，冷漠裡隱藏著悶燒的溫情，是幾篇改寫文中最忠於原著的。

改寫版之四

櫻花夢碎[20]

曾郁倫

姐姐死了。原本半年後，她可以嫁給自小訂親的徐家長子，但她現在離開了。

家中一片哀戚，悲嘆姐姐的芳華早凋。我們不是同個娘生的，大媽和娘不合，我們自然不相來往，所以面對家中的白色布幔，我有些悵然，但不是那麼哀痛。她是活在光環下的焦點，我只是汙牆上的一塊黑點，存在與否都不那麼醒目，不太重要。所以我力爭上游，絕不讓人看輕。

下個月，是去日本留學的日子，我那一生軟弱而無主見的母親，為了我的未來，第一次

[20] 曾郁倫撰：〈櫻花夢碎〉《中央日報・副刊》，二〇〇四年八月九日）。作者當時為世新大學中文系一年級學生。

大聲爭取來的機會。我每天忍受眾人的冷言冷語努力向學，縱然他們說女子無才便是德，我也不服輸，這是我可以讓娘親和自己在這宅院翻身的機會，彌足珍貴！就算是姐姐的葬禮，也不能阻止我下個月上船的決心。

「淑英走了，那就嫁淑華吧！別讓徐家說我們不講信用！」爹親抽了一口菸，雲霧吞吐間，幽幽一句話重重擊在我心房，響起空洞的回音。

往日本的船票被裱起，變成書籤，後來被我的大兒子給玩丟了。

一直以為永遠也無法原諒那壞我一生大計、毀我一世抱負的人，然而，新婚夜那第一次專注而單純的凝視，燭火搖曳，橘紅光芒飛舞在兩張年輕的臉龐上，鏡子前的雙喜正歡愉牽手並行，那半杯高粱對於酒力淺薄的我，不懷好意的微笑著。醉了，醉在我怨恨了半年的新婚夜。

丈夫飽讀詩書，是一位溫文儒雅的公子，一種平靜而緻密的情感在我們之間默默滋長。雖然每當有閒情逸致讀些書本時，那尚未泛黃破舊、卻永不能成行的櫻花夢，仍會讓我在手心握出深深的指甲印。

婚後五年，徐家老太爺受官司牽扯，大部分的家產都在此時被查封，關係人眾多，我和丈夫怕被牽連，速速收拾細軟，在官兵上門前，帶著三個年幼的孩子倉促離開徐家大宅，連夜奔逃他鄉。

過了黑水溝，我們到了大圓，開始新的生活。

丈夫身邊總是有不只一個丫鬟，到了這邊完全無法適應，我自小雖不是最受寵的千金，但也未曾有過真正的苦日子，但是為了孩子，我必須堅強。

從基本的柴米油鹽開始學習持家，我擔心帶出來的財物總有用完的一日，常向丈夫表達不安與節用的必要，但他哪能忍受這般貧乏的生活，處處仍不願親自著手，更別提拉下臉與他眼中的粗人一同工作，在沒有收入、又花錢如流水的情況下，我卻發現自己懷了第四胎。

丈夫沒說什麼，事實上，他是什麼也不在乎。榮華富裕的日子已成追憶，但他卻不肯清醒面對現實的環境，終日沉迷杜康。漸漸的，都是深夜才聽見他步履蹣跚的敲門，往日那自信的翩翩君子已不復在，從前就算在老太爺面前不得寵，他也不曾放棄，但生活的殘酷似乎比不被重視更加打擊他。

我擠不出多一絲絲的同情給他……連生活都快沒有心力了。我呢？誰來同情我呢？

懷老四算算七個多月，未來還得花上更多錢，娘親給的玉鐲，是我們帶來最後的珠寶，恐怕……也得當掉作生產化費。我心中盤算，淚就要滑落。

「你做什麼？」

「我……昨晚給那賣酒的小王一點甜頭……等會兒就贏回來！」

「那是我生老四要用的！不成，你自個解決去！別動我的嫁妝！」

「我說拿就得拿！妳別礙事！」

「你的面子重要還是孩子！醒醒吧！」

我們大吵了一架，從沒動過粗的丈夫第一次對我動手，拿起玉鐲，走了。我動了胎氣，他一夜未歸，就在丈夫拿著我的玉鐲玩樂時，孩子也賭氣似的臨盆。

那晚風雨交加，大兒子冒險前往下一個莊落請產婆，兩個孩子偎在我身邊，看見我痛苦的神色，不安的大哭。

「別哭……媽媽沒事的！」冷汗滴下，我咬著牙說。

小女兒出生了，不足月，身體很差，家中將要斷糧。丈夫沒有說鐲子怎麼了，只起了個名字給女兒，叫做鍾珮。生鍾珮那日，大兒子找產婆回來染了風寒。我顧不得做月子，出外替人洗衣賺取醫藥費。

「孩子也是你的啊！」我在玉鐲事件後第一次主動與丈夫說話，但一思及過往，我對他早已說不出什麼好話。

「妳和隔壁的老樵夫走得如此近，孩子？哼！」他早失去從前的風度，說出不堪的話，刺得像掩飾些什麼。

那晚，丈夫未歸，我與留給他的燭火，垂淚至天明。

我微薄的薪資不能為大兒子請好醫生，工作時丈夫亦不知何處去，無人照顧他，傷風轉為肺炎，大兒子離開了我。

可笑的是，丈夫是三天後聽見酒肆的傳言才知道，自己的兒子走了。

也許是自責吧！所以他使用更多的酒精麻醉自己。為了彌補些什麼，他對鍾珮出奇的好，上哪兒都讓她跟著。

鍾珮要上小學時，我的身上長了一顆瘤。孩子出去外頭玩耍，我趁他在家，說了這事。人說這瘤可能要命的，我死了黃土一抔，但孩子不能有差錯。

「我不能再失去任何一個孩子！別讓我更恨你！」

這是我對他說的最後一句超過十個字的話。幾天後他就在小學謀了一份職。我的瘤一直在那，幸而沒有更進一步的發展惡化。

一直到十年後，他病了，很危急的時候，我也沒有告訴他……

「其實我沒有太多的恨，只是非常想念我磨著墨給你寫字的時光。還有娘家的人給我消息，從前我們說好要在宅院內的老榕樹那搭一個鞦韆給孩子，前些日子，有人搭好了。」

【評論】

莊淑惠：

本文除了包含原文的主要架構及原作者所欲表達的感情外，更添加一些原文所沒有的延伸事物，無疑增加了一些變化。剛開始被這篇文章所吸引是因為一開頭不像其他改寫文章劈頭就說什麼丈夫、父親或妻子等等關係的詞語，而是先為文章的主要情節鋪陳，沒有將事情一口氣全描述出來，讓人沒有喘息的機會，也就不會讓人一直聯想到原文，看到一再重複的內容。而且，改寫文章中所延伸的每件事都會跟原文中的內容相聯繫，不會讓人覺得這篇文章編造得很假，並且交代了每件事的原因，順利且流暢的把每件事連接起來，不會顯得過於突兀。除此之外，這篇文章成功的原因在於沒有參雜太多作者本身的感覺因素，替這篇文章過度渲染，而其他文章在這部分則是加了太多個人情感。另外，這篇文章高明的把原作者的名字融入文章之中，且說明命名的原因及緣由，額外添加了一份親切感。這篇文章彷彿以一個故事為主軸，並以無數件生活中所發生的事串聯而成，讀來像是在看小說一樣，與原文的相似度不高，但其原文的精髓已深入其中，耐人細細品味。

牟宗福：

相較於其他五篇，本篇除了主觀的角色變換之外，開頭故事的編撰創意更是令人佩服；此外，在文字上的情緒及情境塑造，讓這個家庭的故事變得立體，不再只是平面文字的情緒抒發。在原作中，「不盡責的父親」或已可說明父母親冷漠的原因，然而作者對這樁婚姻的模糊處理，卻讓〈櫻花夢碎〉一文有所發揮的空間。作者將主觀的敘述者從女兒變成了女兒的母親，這樣的處理，可以滿足看完原作後，讀者好奇的問號。此外，作者不因原文的限制，在其改寫的文章中，加入許多新創的故事片段，這使得讀者可以很立體地了解這個故事。

至於缺點，我個人認為「連夜奔逃他鄉」一段可謂缺點，不過，這樣的看法，似有些「雞蛋裡挑骨頭」的意味。因為在原文中，此項訊息原本即模糊，改寫的作者本來就有鋪敘的空間；再者，改寫文章是否需要忠於原著，亦是一個值得探討的話題。

孫婉菱：

〈櫻花夢碎〉這篇，跟〈他〉同樣是用妻子的角度描寫，只是它將妻子為何冷若冰霜的原因線拉得更長、更久遠，讓人有耳目一新的感覺。在邊看的同時，忍不住會有「啊……原來是這樣的喔！」的恍然大悟，在劇情的鋪陳上是頗引人入勝。唯一的小缺點是結尾的交代看起來較乏餘韻，反倒像是因為要收尾而匆匆寫下結局，感覺有些突兀。

賴虹妤：

本文從不同角度、不同角色改寫，增添了許多情感糾結，引發對於父親的興趣，這和一般小說寫法又不同。不用洋洋灑灑的文字便能將始末、情感表達出來。〈櫻花夢碎〉以原作中母親的角度寫父親，因為一張日本的船票，一個無法成全的婚約，引領出來的父親一角，更令人心酸，表達出舊時代女性所承受的負擔。雖然不同於〈父親〉一文表現女兒與父親間的情感，而是利用事件的始末來表現父親的虧欠，引出了父親對女兒的感情，更耐人尋味。

改寫版之五

父親

㉑鄭雅婷

家中四個小孩，哥哥、姐姐都和母親長得極相像，高挺的鼻子。只有我，鼻樑上幾乎沒有骨頭，完全承繼了爸爸的最大特色，親朋好友見了我，不免要數落父親的「天生不良」，也許就是因為長得特別像，家中也屬我和父親的感情最要好。

一直以來，相親結婚的父、母親相處並不甚歡。當外頭高喊男女平等時，父、母親也跟上腳步，一人一間，分房而居，兩人房間皆擺放了一台電視、電話以及電冰箱，樣樣都畫了條隱形的楚河漢界。我們家算是十分配合執行另類的「男女平等」。

在我幼稚園時，常常跟著父親到廟口的香腸攤廝殺，幾顆彈珠靈活地在彈珠台裡賽跑，機器發出「叮！叮！叮！」的音響，周圍的氣氛就莫名的刺激起來，一條又一條的香腸隨著分數的累積，越來越多。

「爸，我拿不下了啦！」不知過了多久，再也沒有多餘的力氣踮起腳尖算分數了，才情願向爸爸發出求救信號。通常他會阿莎力的大喊：「回家啦！」於是，父女倆握著十多根香腸，一路香回家。只是，一到家便要掃興了，媽媽見了，劈頭便就是責備：「嘸采錢。」因

㉑鄭雅婷撰：〈父親〉《中央日報・副刊》，二〇〇四年八月九日)。作者當時為世新大學中文系三年級學生。

為爸爸從來不吃香腸。

不過，無論媽媽如何軟硬兼施，每到爸爸領薪水的那天，家中免不了有吃不完的香腸。雖然早已吃膩香腸，我仍享受著和爸爸一塊打香腸的時光。

傍晚的陽光輕輕地撫摸著我的臉頰，活潑的麻雀飛舞、貓咪在一旁追著尾巴轉圈圈。這是難得的機會，可以不用乖乖的將裙子拉好坐正，佯裝成虛偽的小淑女，我比較喜愛的是：隨意地靠著廟旁的大樹盤腿而坐；不用坐在書桌前背三字經，也值得開心，得以跟著爸爸肆無忌憚的哼唱著〈心事誰人知〉，一種英雄的豪氣就在眼前，爸爸就是最勇敢的無敵鐵金鋼。他常教我唱歌，我也漸漸愛上歌唱，因為他總讚美我是最可愛的合音天使，聽來多令人開心啊！

自從賣香腸的阿伯過世後，爸爸無處打香腸。他加入了另一個新團體，新朋友邀他一起打麻將，他幾乎場場出席。他說：「要打麻將才不會老了痴呆」。跟了幾次，爸爸都大方的讓我吃紅，在我重重的眼皮支撐不了時，才讓大哥來把我領回去。有時二姐也跟來湊熱鬧，但老是不歡而散，直到我答應平分爸爸給的紅包，她才不再生氣。

由於爸爸時常因為打麻將而不回家，媽媽便不再允許我跟著出門。她和爸爸交談的分貝也愈提愈高，簡直像要叫破喉嚨般費力，仍是留不住爸爸，留下的只有張牙舞爪過後的她，在客廳默默怨嘆自己歹命。

後來，爸爸乾脆租了間房子在廟口旁。做起了六合彩組頭，我實在很佩服，為何爸爸懂得那麼多？大哥壞了的摩托車、二姐的檯燈是爸爸修的，小哥的英文、我的台語也是爸爸教的，就連剛剛興起的六合彩，爸爸也參了一腳，我想，六合彩一定是一門很高深的學問，才會讓爸爸那麼投入，必須搬到外頭去工作吧！

時間過了很久，廟口因為規劃為觀光夜市，舊時的大樹應聲倒下，沒有香腸、大樹，童年也宣告結束。

女權高張的年代，我們家自然而然地跟上流行，爸爸的聲音不見了。因為地下錢莊的入侵，家裡的經濟陷入難解的困境，媽媽斤斤計較著今天去菜市場的花費：「買一條菜瓜居然要四十元，這個政府實在害死人。」轉眼瞥見坐在客廳的爸爸，又補上一句：「你整天除了看報紙，還會做什麼？」面對著抽油煙機，我覺得媽媽的頭快要冒煙了。每當媽媽責問爸爸：「還會做什麼？」爸爸的反射動作是轉身走向陽台，點起菸來抽，這下，媽媽的頭真的冒火了。

欠了賭債的父親失去了僅存的「言論免責權」（因為口齒伶俐的他，家中無人能敵，除非他自動退出戰場），接著，家中除了母親嘮叨、責罵外，再也聽不見父親以往「就事論事」的高談闊論。家裡有一種吵雜的冷漠四溢，十分難受。

或許是生活失去了「重心」，成日躲在家中的父親愈發藉酒消愁，喝醉了便停不住地高歌：「心事那嘸講出來，有誰人吔知……」。

奇怪的是，同樣的一首歌，現在聽起來，感覺怎麼會差那麼多呢？

【評論】

吳依陵：

我最喜歡這篇，可能是因為筆調較輕鬆的關係吧！而且由孩子天真的口吻敘述著父親如何帶她出去玩，如何豪邁的玩擲香腸，在小孩子心目中會帶他出去玩的就是好人，所以不含任何怨懟的成分，但是就是由這樣乾淨的敘述裡，可以觀察出父親的行為是不是足以讓媽媽怨恨到不想理睬他。並且，這篇改寫的文章裡，不只單就父母親之間的心結來鋪陳，另外還增添了一些社會的共同經歷。比方說是「境隨心轉」，同樣一首〈心事誰人知〉隨著事過境轉，從豪氣的代表變成心酸的代表。還有就是尋常百姓家為了開門七件事斤斤計較的情形，這一切都讓我感覺比較貼近生活。

改寫版之六

他[22]

沈文君

我不想跟他講話。十幾年了，我們的交談甚至不到一百句，更遑論共衾而眠，他，休想擁有同床異夢的機會。

[22] 沈文君撰：〈他〉（《中央日報・副刊》，二〇〇四年八月九日）。作者當時為世新大學中文系一年級學生。

從以前開始，他讀書，讀一卷又一卷發霉發臭的古文典籍，是閒情逸致，也是無所事事。年輕的時候，愛上他的浪漫、愛上他的出口成章與字字珠璣，沒想到，這些愛的因素卻也成了恨的因子。

我知道，抑鬱不得志並非是誰的錯，但從書桌轉向賭桌，這又是誰的錯？我也知道，父母和子女的偏愛必然令他心中怨懟，可是他卻沒有立場出一句怨言，只能將悽悽然化成一臉姑息的笑。我更知道，他愛我一如我愛他，可，吾愛就怕無愛，真心卻遭針心，我愛你但成我礙你。我的冷淡，已經是對彼此的愛最好的結局。

他總是沉淪在賭桌之上，推牌九推得昏天暗地，要不就是讓骰子、撲克層層疊疊出他的荒謬世界，更甚者，還帶著孩子逛遍鎮上的茶樓酒肆，以計數他的籌碼為樂。他難道不曉得，他的朋友是如何看待他的作為嗎？那些鄙夷與訕笑，從他的世界傳到我的兩耳之間，難堪。

後來，記不得是什麼時候，他突然自酒精中清醒，推開賭桌，也同時推開鎮上學校的大門，先是早出晚歸，其後索性搬了出去，膳宿都與我遙遙無關。我們之間，更加像是兩個毫無交集的陌生人了，也許路上擦肩而過的甲乙丙丁，都還不如我們生分。

自此之後，他就像是家裡一名長期的客人，連開飯時孩子拉他入座，他也笑著搖頭：「我用過了。」只是，他從不曉得，在他拒絕的同時，我已在廚房裡將他的碗筷預備好了——又放回去。

到了孩子們放暑假，他才在家用飯，不過依舊留宿學校。他肯為子女走遍全鎮物色鮮魚、菱角等什物，討孩子歡喜，怎麼就不肯對我認一聲錯，好讓我留他下來？

入夜乘涼時，他在後院為孩子們講《山海經》，我在房裡拈針側耳細聽，雖是嘴上嫌著：「不入耳。」暗地裡還是欽佩他的博學多聞的。在孩子的驚呼聲中，我知道他提著燈籠漸行漸遠，有如一點將明將滅的螢火，走遠了。後來孩子才說，以前一直不敢也不忍問父親：「你為什麼不留在家裡？」是啊！我怎麼也不敢問？房裡的縫縫補補，終究也是補不起一樁有嫌隙的婚姻。

等到我和他白髮之後，他的身體已不容許他再執教鞭，這時，我們常常在廳裡度過一個又一個不言不語的下午，相顧無言，就怕淚千行。我們誰也不肯先低頭，誰也不肯先開口。孩子同情父親，幾次出言頂撞，我在盛怒之下，竟忍不住痛斥一頓。

很久很久以後我才知道，原來他曾經袒護我，說：「下次別再惹惱你母親，她持家已夠辛勞。」又說：「你母親生性要強，我卻一生無有顯赫功名。」「如果有一天我死，你切莫為我和他們傷了和氣，我又幾曾盡過為夫為父之責？」淚，在知曉真相以後決堤，豈止千行！

就在那年秋天，我永遠記得，涼意來得早了，他在病榻上昏昏沉沉，看不進誰一個眼神。我和孩子們等了三天三夜，等不到他最後一句再見。永別前夕，我棄下我一生對他冷漠的武裝，只是這份溫柔，他卻受不住了。

在他嚥下最後一口氣時，我終於承認——其實我早就原諒他了，但是，一切都太遲。愛與恨，原來如此交織。

【評論】

陳敦恩：

這一篇寫到了在恨的當下，妻子另外一面的柔情。這一點我覺得絕對是這一個故事當中非常重要的一條軸線，有了這條軸線才能對比出「愛」這樣的主題，因為愛本身就充滿矛盾，是行動和想法不一致的奇怪產物，這部分也可以讓整個文章產生張力。但是，相對的，很大部分的缺點也在這上面產生。泛泛的提到關於丈夫不負責任的過程，然後輕描淡寫的寫到最後的去世，我覺得如果是用回憶的方式提及，應該在描寫的語言上或者語彙上，更加的貼近妻子的個人語言，摒除第三者敘說故事的生分感。

孫婉菱：

這篇文章是以妻子的角度來寫，把妻子那種對於丈夫的行為無法原諒，但其實心裡還是對他存有愛意，只是，倔強的個性讓她無法放下身段去好好跟丈夫溝通，到頭來，徒留遺憾在心中的感情，描寫得很深刻。尤其是「自此之後，他就像是家裡一名長期的客人，連開飯時孩子拉他入座，他也笑著搖頭：『我用過了。』只是，他從不曉得，在他拒絕的同時，我己在廚房裡將他的碗筷預備好了——又放回去。」這段，更是把那欲言又止的感覺描述得很生動。而我在看這篇的同時，對於妻子那種矛盾的心情感同身受。就是自己也常常會有這種言行不一的情況，只不過說個話，事情就會變成不一樣，但卻是怎麼也說不出口。

黃筱芳：

本篇不只陳述了整個故事的來龍去脈，同時站在第一人稱的心情來描述太太對丈夫的情緒起伏。中間以略帶憤怒的口氣，抱怨著自己的丈夫。但是到文章的最後，卻是以惋惜感嘆和捨不得的口吻來表達自己的心情，使我的情緒也跟隨作者的文字高低起伏。我覺得這篇文章特別把情緒的部分描寫得很細緻，可稱是一篇佳作。

林毅安：

文章以妻子的觀點描寫，文字簡短雋永，饒富詩意。作者將妻子的怨懟轉化成一種悽迷的美感，引人共鳴，也發人深省。作者巧妙地利用文字的變化，呈現出一種情感上強烈的對比及諷刺，如「我更知道，他愛我一如我愛他，可，吾愛就怕無愛，真心卻遭針心，我愛你但成我礙你。我的冷淡，已經是對彼此的愛最好的結局。」所以這是我最欣賞的一篇文章。

郭怡伶：

我覺得作者將女人既愛又恨的情緒赤裸裸的寫出來了。從第一句「我不想跟他講話」，就明確的呈現出這是一段相敬如「冰」的婚姻；「休想」兩字更是將主角倔強的個性直接有力的點出。而「吾愛就怕無愛，真心卻遭針心，我愛你但成我礙你」這一段話，利用文字的相近音，簡潔扼要的說出這段愛情的痛。這篇文章的優點，除了改寫的角度不同外；也寫出了女人內心的反覆：既堅持恨他，卻又深切的愛著他。但是，作者的用字卻略顯輕淺，敘述的方式感覺平淡，文字的張力過於薄弱，是美中不足的地方。

陸 情境寫作

情境寫作是近年來大專聯考的熱門命題。以下所舉例，正是二〇〇二年大學學力測驗的題目。《聯合報》曾廣邀作家，進行模擬作文，筆者也曾應邀撰寫一文，茲將題目與試作文章羅列於下，並將情境寫作的解析一併呈現。

一　題目

台灣已進入高齡化社會，但一般人對老人世界仍缺乏了解，也欠缺了解的興趣。相對於兒童、青少年，老人似乎愈來愈處於社會的邊緣。下面是一位老人的日誌，平實記錄的背後，頗有心情寄託，例如：30日的日誌中「三十年老屋，不知如何修起？」既說屋也正是說自己，讀者細細推敲，自能體會其中調侃與蒼涼的況味。請以「1月4日星期五的日誌」為對象，並以老人原本所記二事為基礎，鋪寫成首尾完整的文章，文長不限。

30　Sun.	31　Mon.	1　Tue. 元旦	2　Wed.
隔壁修房，今日動工，云：舊曆年前可畢。 客廳牆壁滲水，二十年老屋，不知如何修起？ 至書店給孫子、女買禮物。	上午回心臟內科吳醫師門診領藥掛49號。 下午看眼科白內障，掛20號。 （明天記得帶禮物）	中午12:00祥園小館家聚。（記得帶禮物） 家聚取消，孫子補習，孫女準備考試。兒獨來，坐十五分鐘，留錢一包、撒尿一泡，走人。	午，與妻兩人至麵館小酌慶生。吾言：若得老妻、老友、老狗相伴，身懷「老本」，家旁有老館，老不足懼！妻云：無聊！

3 Thu. 十一月廿日	4 Fri. 小寒	5 Sat.
昨晚得知，老友逝，心肌梗塞……料吾大去之期亦不遠矣！	至公園小坐，冬寒乍暖。見幼稚園老師帶小朋友遊戲。幾個外傭推老人出來排排坐，聊天，一景也。	冷鋒至，與妻合力搬出電暖爐。兒來電，問好不好？答以好。問血壓正常否？答以正常。問三餐服藥否？答以服！服！服！

注意：1. 不必訂題目。

2. 先仔細閱讀每一則日誌，體會老人的心情、了解老人的身體與家庭狀況，以便發揮；但不得直接重組、套用各則日誌原文。

3. 以老人為第一人稱，用他自己的口吻與觀點加以撰寫，務必表現出老人的心境與感懷。

二　情境寫作試擬[23]

連日陰霾，一早起來，發現陽光乍現，鬱悶的心境也似稍得抒解。為了不讓隔鄰修繕工程敲敲打打的噪音干擾了好心情，下午，趁著老伴忙著洗衣、曬被的當兒，我獨自踱到附近的小公園逛逛。

畢竟是上了年紀了，才幾百公尺的距離，卻感覺到有些力不從心。天氣回暖，公園內，一片勃發的生機。兩位年輕的幼稚園老師，正領著一群活蹦亂跳的小朋友玩著遊戲。小朋友相互打鬧，不時地，有人跑去向老師告狀；老師則忙著調停，顯得有些招架不住的手忙腳亂。笑聲盈耳，聽著、聽著，不自覺地我也跟著開心起來。雖然，白內障使得我的視力顯得模糊，然而，光聽著聲音也可以想見孩子們紅撲撲的小臉蛋有多可愛了！這光景，不禁使我回想起我那兩個寶貝孫子，幼稚園時，不也是這麼天真可愛麼！去接他們下課，總是嘰嘰喳喳地和我說個沒完，哪像現在，成天愁眉苦臉的，忙著考試、補習，蒼白著一張臉，偶而過來和我們兩老吃頓飯，都顯得心不在焉。

不知何時，另一邊的濃蔭下，排排坐了幾個被外傭推出來聊天的老人。老人有一搭沒一搭地聊著，不時發呆著；倒是一旁的外傭，兀自用著家鄉的語言熱烈地交談著，幾乎忘了主

㉓ 廖玉蕙撰：〈情境寫作〉，《聯合報・副刊》，二〇〇二年三月二十五日）。

人的存在。這些年來，外傭逐漸取代了親人，在馬路上、公園裡、百貨公司中，都可以看見他們推著老人逛街散步，堪稱二十一世紀台灣的特殊景觀之一。聽說台灣即將正式邁入老人化社會，很多年輕人以為請外勞照顧父母的起居，就算盡到孝養的責任，殊不知，我們對親情的渴求更甚於物質的滿足。然而，說起來這也不過是奢求罷了，自求多福恐怕還實在一些。忙碌的現代年輕人，就算有心，恐亦無力！就說兒子吧，前兩天，我七十大壽，原本說好舉家在祥園小館給我慶生，結果孫子補習的補習、考試的考試，媳婦也忙於加班，只來了兒子一人，坐了十五分鐘，撒了一泡尿、留了一包錢，便走了，連我請他轉送給孫子、孫女的禮物都忘了帶走。兒女長大了，各有心事，有時想起來還真有些辛酸啊！

「境隨心轉，保持一顆年輕的心就不會老！」

人們總是這樣不著邊際地安慰著我們。可是，老友一個個相繼過世，總讓人不由得心驚。前晚得知老張心肌梗塞走了，靜夜裡，只聽得自己心臟突突猛跳的聲音，一夜輾轉，差點兒舊疾復發。人老囉！想要保持年輕的心談何容易！恐怕還是培養凝眸注視的勇氣較切合實際些！幸而，我還有老伴作陪，平日一起吃吃小館、和老朋友打打電話、逗逗老狗，日子並不難捱，相較於那些無法自由行動的老人，我還是幸運多了！

起風了！陽光逐漸隱沒，幼稚園的小朋友開始整隊；我也起身，打道回府。從樹蔭下經過時，彷彿瞥見一位穿了單薄衣服的老人正在風裡打抖，而外傭卻渾然不覺地繼續聊天。回到家，隔壁的敲打聲依舊。老妻白了我一眼，埋怨出門也不說一聲，老害她乾著急。接著，一邊摘著豆芽，一邊大聲地問我：

「要不要請隔壁的工人順便幫我們看看客廳牆壁的滲水？」

三十年老屋，到處都是毛病，要如何修起！我心裡嘟囔著，嘴裡可不敢大意，揚聲諂媚地回答：

「電視新聞裡說明天寒流會來襲，恐怕得先把電暖爐搬出來囉！免得你的關節炎又發作，我可捨不得。」

老妻忍不住笑起來，罵道：

「少來這一套！就會油嘴滑舌。」

三　情境寫作解析

這篇情境寫作的目的，是想讓年輕的學子藉由設身處地的思考，對老人的心境做一番體味。「表現文中老人的心境與感懷」是文章的重點，因此，熟讀日記，解析日記中老人的脾性，對文章的發展是非常重要的。因為，之所以不逕自命題為「老人的一天」，而要不憚辭費的羅列幾天以來的日記，就是要考生以文中老人發聲，並選定四日當天為重點，輔以其他幾日日記，而非任何一位老人的任何一段生活。所以，人物性情的掌握及時間點的正確，是首先被考察的重點。

其次，談老人心境的掌握：文中的老人雖對自己或其他老人的境遇有一些感喟，卻並非極度不滿或極為憤世，筆下反而顯示了若干滄桑過後的豁達。一些些機趣，外加幾分無奈，一些些調侃與意在言外的蒼涼。有些學生硬將他寫成一位滿腹牢騷的老人，這跟將老人寫成一位徹底的樂觀主義者或絕對的慈眉善目同樣不切實際。

老人的感懷部分則較具發揮的空間。文中比較肯定的是，老人對兒孫聚餐願望落空的惆悵，其他則因個別的體會可有不同的引申。譬如，日記裡雖記載了老友心肌梗塞而死，卻未明言個人心情；雖提及老人由外傭推出聊天，卻沒對此事有特別的議論；雖見老師帶小朋友遊戲，卻也沒有任何筆墨談及感想，這些留白部分，都是考生可以大展身手的地方。如果能將日記內容充分融會貫通，在留白部分有成熟的見解呈現，並藉這些事件及思想見解，對老人心境作淪肌浹髓的刻畫，自然能得到最多的青睞。

除了文采、見解及理解力之外，情境寫作題還測驗著考生的細心程度。有許多學生沒有看清楚日記內容，將老人寫成被外傭推出的老人或獨居老人，或將四日的兩段重點「幼稚園老師帶小朋友遊戲」及「外傭推老人出來聊天」漏失，甚至將尚未發生的五日「電暖爐」提前搬出，都屬於嚴重缺點。也有粗心的考生，沒有以老人的口吻發聲，則屬嚴重離題，不予計分。比較引人側目的是，部分考生提到外傭時，竟稱之為「黑鬼」、「黑奴」、「黑妞」等充滿歧視的字眼，顯得輕佻無禮，不免會直接影響到成績的高下。

柒 讀書心得與文評、書評寫作

讀書之後，如能將一已之得整理出來，無論是和朋友分享，抑或只是梳理個人思考，都是一件極有意義的事。讀書心得的寫作，在體例上通常十分自由，內容上也不辭細小。不管是個人心境的起伏共鳴、不同意見的臧否或個人領會的收穫，都可以入文。因著內容的不同，形式上，既可議論，也可抒情，即使只是眉批式的隻言短句也無妨。既言「心得」，當然以個人的心領神會為主，一般多以閱讀後所蒙受的啟發為重點，如果是批評，多半也不甚措意，不必太過講求專業規格。如果是針對單篇文章或一本書加以評論的文評或書評，相形之下，就得少掉個人心情的描述，多就文本的修辭鍊句、謀篇裁章或文章意涵立論，以下謹分別舉例作證。為使讀者更加清楚來龍去脈，一併將原作羅列於下。

原作

礦村行[24]

陳列

五分車駛達終站時，降旗的聲音恰好傳了出來。最後的乘客陸續下車，消失在柵門外，司機和車長疑惑地望我兩眼，接著也走了。兩節車廂一時間變得異樣的安靜和空蕩。我獨自倚著窗口辨認那歌聲的來處，聽它越過錯落的屋頂，來到無人的水泥月台，然後在車內一排排暗綠色的沙發座椅間徘徊、沉落。幾名婦女在車站斜對面護隄上的煤集散場工作。她們遠遠的不時彎腰起身的身影，在下午欲雨的天光中，幾乎和煤堆同樣色調。而那歌聲，似乎也因摻和了她們揚起的煤塵和微淡的煤味而給人奇怪的感覺，彷彿帶著很深切的訴求，或是一種呼喊。

這歌，是我從小就熟悉的，其他所有的人差不多也是。歌裡稱頌美麗富饒的山川土地，宣揚高貴的理想。我們習慣在初昇的朝陽下或日落之前唱，有時在風雨中，在室內，在野外，立正筆直地大聲歡唱或靜靜聆聽，懷著戀慕的心情，充滿希望和信心，覺得自己正匯入了歷史的滾滾長河中，並在參與一個許諾了的偉大的時代，大家彼此鼓舞。雖然也曾在心神萎困時，這歌聽起來沒什麼特別的感受，但絕少這樣地讓人覺得失落遲疑，感到歌裡的讚美嚮往

[24] 陳列撰：〈礦村行〉《地上歲月》，漢藝色研文化公司，一九八九年）。

就像煤煙味那樣，散入灰色的空中，倏忽渺茫。

著名的一九八四年的去年，三次礦災死了將近三百人，餘生必須日日生不如死的植物人，姑且不算。

唱歌的是小學的兒童。他們行完了一天功課的最後儀式之後，終於放學回家了。我看到他們從鐵路來向的不遠處出現，沿著鐵路旁的狹窄人行道，一個接一個走成單排，一邊是住屋的門前。那麼規矩的單縱隊，那種沒有純真地嘻笑喧嘩的場面，都是很難在其他任何小學放學的時候看到的。那樣的守秩序，看了卻反而使人心疼。他們無聲地走著，小小的臉孔和身軀，一個接一個，好像都不怎麼快樂。

在崎嶇的山嶺重重包圍的谷地裡，孩子能有個就近上學的所在，這是很好的。他們來學校認字，學加減乘除，求取知識，在鐘聲起落間，學習人與人的相處，從先賢哲人的教諭中，知道人類生活的理想。只是，這一切，卻往往無法拿來在他們的現實中應用和印證。他們最為刻骨銘心的知識是死亡，而且是突然而來的死亡。他們的學習動機，最根本的或許就在掙脫這人生的殘酷，背著父母的寄望，將來有能力遠走他鄉。否則他們仍然要步許多父老兄長的後塵，步入求生於地底的命運。

他們的校門有一對很大的標語分立兩旁，上面寫著：走出校門，步步留神。在我看來，這字句已不僅是指回家途中當心火車等等而已了，而是給這些小孩子的整個人生所作的真實寫照。最為深沉而貼心的叮嚀；老師們無助的憐愛之意。當這些小生命走出暫時得以獲得安全的校園，當他們在侷促的人生環境中行走時，當外力已無法提供保護的時候，除了自我保重之外，他們又能做什麼？

這礦村已經很老邁了，而且看似不可能會再有什麼起色。

河水從村中穿過；這是一條有名的河流的上游，人們常遠來這附近郊遊看瀑布。水色銹黃濃濁，不時冒出灰白的泡沫。河壁陡崎，叢生著雜蕪的密草樹木。更髒亂的是河床裡的垃圾。人們就依著高起的兩旁河岸聚住，隨地形起伏，屋頂一般都是塗了黑色瀝青的鐵皮。我從車站前面橫著的那條小巷走過時，僅有的兩三處菜攤肉店還在開張，一個賣麵的老婦人坐在玻璃櫥後的椅子上打盹，蒼蠅在菜砧上飛舞。礦場員工醫院是一座日式的舊房屋，面臨著鐵道，大門卻是緊閉的，外壁的木板因歲月而呈槁灰，只有牆前的一些花草還在歪斜的矮木柵後堅持著綠意生機。

河對岸有一處礦工的宿舍，格局外貌使它自成範圍。破落的磚造房子並排相望，中間隔著潮濕得有點黏糊糊且和著煤屑的甬道。霉綠的紅磚牆壁上只有少數的幾個小窗子，以及鬆脫的木板門。公共廁所散發出來的尿味在走道上、在晾掛於低矮屋簷下的衣服之間游移。我去時，只看到女人在勺水煮飯洗菜，廚具隱約在陰暗的角落裡。她們靦覥的臉容使我不敢向她們請教我心中的任何猜疑。一個老人坐在牆下的板凳上抽菸，冷漠地看看我，然後又急速低頭去撫搓瘦垂的小腿肉。幾個小孩在河邊的廢土堆上玩耍。在地下討生活的男人還沒回家。

當夜晚降臨，他們躺在河邊這些卑微的小屋裡，身體綣縮著，或是夫妻彼此擁抱依偎，他們的心思到底會是些什麼呢？那時，風也許會從森黑的山頭下來，也可能從河邊亂草間呼嘯而過，挾著揮之不去的煤的氣味，震動起他們薄弱的窗門。而不論怎樣，他們都必須趕快入睡；疲倦是有的，絕望則不太可能，因為後面實在已無退路。

礦坑垂直深度平均約四百公尺，某些更達九百，以長度計則可以長到三千。地熱溫度四十，大氣壓力增強，瓦斯充斥。無邊的漆黑，無援的深淵，接近閻羅殿府。坑道矮窄，跪伏曲身爬行、探勘、掘進和挖採。黑灰揚撲，沾在熱紅的皮膚和臉上，汗水滴在看不見的濕悶的炭渣裡。

而且隨時都要準備死亡。落磐、瓦斯突出、煤塵爆炸、機電故障、海水河水侵入等等。這些都可以讓人永不見天日。二十年來，死亡人數在三千三百人以上；每三百公噸的煤等於由一百條人命換來。

職業病更是嚴重。最近五年內，災變次數和死亡人數都屬最少的是民國七十二年，但該年殘廢的礦工卻也有四八九人，因病住院則達三千六百餘位。單是這一年，每五個礦工當中就有一個受害者。

這樣的工作是極其荒謬的。

然而，幾乎每個礦坑的坑口都有這八個大模大樣的字：安全第一，增產報國。生活是不盡的忍受，的確偶爾會有厭倦，但也僅止於一時想起。對深坑底下的實況，以及對響亮的口號，他們可能早已麻痹。

但我來的時候，在車上看到的他們卻都很善良的樣子，頗有氣質。他們去別的礦場工作，然後搭車回來，手上拿著用布巾包妥的便當盒，有的還順便購回一些食物：幾把青菜，兩條魚，半斤肉。我原以為他們這樣的勞動者應該是身強體壯舉止粗獷的，但他們卻胸部瘦扁，肩膀不寬，在車上安靜地或站或坐，談話時，話語和笑容同樣輕淡。白淨的臉孔難以使人和熱悶的炭坑一起聯想，可是依稀中也還透著類似冥紙的澀黃，在車外天光閃爍映照間，看起來涼涼的，不知道是不是長時埋在黑暗裡，沒曬太陽，或是所謂的矽肺症的關係。

柴油車輕輕搖晃，輪聲吱嘎，蜿蜒曲折地通過一個又一個的隧道和小站。濃蔭多濕的熱帶雨林、峭壁斷崖、深谷水瀑，以及稀疏的住戶人家和河階地。險奇的山巒時近時遠，向車後移逝。火車彷彿要進入一個幽深的荒莽世界。但這些在這裡行住謀生的人卻只那樣泰然地在車裡，在車聲中，文靜地閒談著車外他人耕作種植的事，單純而容易讓人識破地炫耀幾句兒女的學業，說一些平常的知識，然而總不提到自己。

我甚至於聞不出他們身上絲毫有煤的味道，更無法窺探內心的祕密，他們的愛恨情愁。我只能想像他們下工出坑時，熱切洗刷身體抹肥皂，想要擦掉潛意識裡的恐懼和黑色記憶的模樣。洗澡水嘩嘩地流，然後他們要去市場買些家人要吃的菜，然後坐下午三點二十分的車回來。

車聲吱嘎，伴著他們不便且難以為外人訴說的心情。

災變既然隨時都可能發生，那麼時到時擔當，平常還是莫去觸及那恐怖的噩運、那人一生的可悲吧。

驚慌失措推擠穿梭的人群。警察憲兵。哨音此起彼落。救護車的尖吼和紅燈。擔架和氧氣筒。記者照相機。嚎哭哀叫或是啜泣嗚咽。淚水，深鎖的眉頭，憂慼無告的臉孔。日以繼夜的漫漫等待，相互探詢救災的進度。裝在袋子裡的死人。搜救者進坑又出來，出來又進去，心事重重，雙手廢然抱攏胸口，憤怒和悲傷。屍體並排放在木板上，臉部和身軀蓋著膠布蔴袋，露出的腳腿焦黑紅腫。僵死的骨肉。盼望與絕望。披蔴戴孝，坑口燒冥紙，呼叫丈夫兒子兄弟的名字，頓足搥胸。死了的心。紙灰在人的頭上翻飛。白衣護士掩面疾走。

然後，還得陪探望的舉步沉穩的官員四處巡視，作簡報，恭聽一次又一次的指示。

一次又一次的指示。內容也相當一致，無非是：一、對所有的礦場作迅速而全面性的安全檢查；二、立即徹查發生災變的原因和責任；三、盡一切力量救人，對不幸罹難或受傷者從優撫卹。

去年下半年的三次重大災變後，相似的這三點指示，生者死者也分別在地上地下重複聽了三次。另外還加上大大小小的通令、要求以及承諾從速檢討現行的煤業政策。

必然可以預期的是，下次再有災變時，仍是如此這般的層層指示、通令、要求和承諾。以及再來一次轉移焦點、助紂為虐、上下插手干預的愛心捐款。至於礦主的社會責任、補償賠償、官員的政治責任、道德良知以及種種刑責和礦工轉業的問題，等事過境遷，也就不必再去細究了。

電視上，記者問一位倖免於難但傷重躺在醫院裡的礦工：「你希望政府能為你們做什麼嗎？」

「啊——」口張得大大的，長長的尾音，像呻吟，又像煩厭。「不知道。說都說過了……」接著別過頭去。

一位入坑救人的礦工出來時，嘆息著說：「救出來是他們的命，會死是天註定。」他一邊用圍在脖子上的毛巾拭著臉上的汗水和煤汙。空茫的沒有著落的眼神。

所以一切苦難，看樣子都還不會有一個結束。

人的無奈，莫過於如此。

我要離開那個小礦村時，天漸暗了，開始下起毛毛的小雨。候車室大圓鐘的指針在剛亮起的日光燈下一格一格地向前跳動，如在顫抖。時間就那樣消逝。一位中年男子側坐在大門旁的木椅上，頭斜向站外的巷子，一腳伸向外面去，不知在張望什麼。一對青年夫妻無言地用菠蘿麵包餵他們年幼的小孩。兩隻貓在剪票口的木柵欄下走進走出，時而趴下來舐幾下背部。汙漬斑斑的紅色大垃圾桶竚立牆角。在集煤場上工作的婦人已經不見了。四周安靜，卻也有站務人員在隔壁辦公室偶爾的對話聲，巷子某處大人催叫孩童的呼喚，車站邊小花園裡的嘰嘰蟲鳴，和晚風的低吟。氣氛卻好像很鬱悶。但這也可能只是我的心情。這時我才想起，這一趟旅程裡，我一直沒與人交談過；面對一些人艱難的生涯，我實在不知如何插嘴。

車子開走後，回頭看到瘦長的旗桿模糊地伸入向晚陰雨的空中。

讀書心得之一

下午欲雨的天光[25]

彭岐鈞

礦村的顏色是下午欲雨的天光，幾乎和煤堆同樣的色調，陰沉、灰濛濛的，就連單純的孩子都能感受到那股盤據在村子上頭、揮之不去的低氣壓。

他們身上所背負的不只是書本，還有父母濃厚的期望，我想這也是他們必須比其他地方的孩子們更獨立、更早熟的原因吧！他們真的是父母唯一逃出這悲慘生活的希望，也許晚年能靠孩子過好一點的日子吧！

[25] 彭岐鈞撰：〈下午欲雨的大光〉（中國現代散文非同步教學討論的版上留言，二〇〇四年）。

這村子應該不會有什麼起色了，就像村子附近的瀑布一樣，水的顏色暗淡黃濁，不時嘆息的吐出泡沫，讓我想起了久病在床的枯瘦老人，還在為著人生的最後一口氣而掙扎。

但是，在放棄和堅持之間，生命終究展現其天生的韌性，一個被社會遺忘的村子並沒有遺忘這個社會。縱使漆黑的夜晚籠罩著四周，無情的風拍打著門窗，他們仍相信在睜開眼睛的那一瞬間，會是一個新的開始。

至於礦村裡的人們，他們總是有著鄉下人的樸實，甚至還多了一份安靜的氣質，很難想像他們才剛和死神賭博過，這是一場不公平的比賽，贏了是該偷笑的，他們卻連偷笑的心情都沒有，因為下一場的賭局即將開始，死神終究會拿走他應該得的。

我想他們早已將生死置之度外，如革命的烈士一般的對抗著生活。就將生命交付命運，不需要任何的情緒，也不必要提到自己，犧牲小我，完成大我是避不掉的使命，在他們心中，大我也許是可愛的孩子，也許是心愛的家人，甚至是這個可笑的國家。

對於他們藏在心中的思緒，我想我是永遠沒辦法了解的，就如作者所說，這一趟旅程裡，我一直沒與人交談過，面對一些人艱難的生涯，我實在不知如何插嘴。

除非你有能力改變，在別人痛苦的時候，最好的安慰是沉默，安靜感受別人的感覺。

讀書心得之二

那個灰色的空間㉖

朱佳琪

從小身在繁華進步都市的我，努力去感受著作者所描述的礦村悲情。如果可以為這篇文章選一個顏色，無疑是灰色，煤礦的深灰色，在這深深的灰色中，怎麼樣都不要想看出一點希望來。村民們可說是為了活著而活著，幾乎所有行為的動機只是為了一口飯吃，工作、結婚、生子，時機到了就去做，沒有想太多，如同他們不知不覺成了「增產報國」下的犧牲品而無聲是一樣的。

有點諷刺的是，文章前段作者聽到的歌：稱頌美麗富饒的山川土地，宣揚高貴的理想，實在與村中實際情況形成強烈對比。那個年代和現在唯一相同的是財團的社會責任、補償賠償、官員的政治責任、道德良知、種種刑責問題，不要多久就會煙消雲散，犧牲者或其家人仍然無聲的默默承受下去。文章中有一句話讓我想了很久：疲倦是有的，絕望則不太可能，因為後面實在已無退路。最後終於大略地領會出該邏輯，是不是因為沒有退路，所以只能向前看才不至於絕望的意思？

本文用灰敗的字眼來描摹礦村的景緻有：黑色瀝青的鐵皮屋頂、在菜砧上飛舞的蒼蠅、

㉖ 朱佳琪撰：〈那個灰色的空間〉（中國現代散文非同步教學討論的版上留言，二〇〇四年）。

公廁散發出的尿味、破落的礦工宿舍、陰暗角落裡的廚具、冷眼坐在牆下板凳上抽菸的老人、霉綠的紅磚牆壁……等，文中非常多描述礦村景象的句子，讓我彷彿回到那個年代、那個灰色的空間。

原作

萬寧[27]

王威智

首先是四條平行曲線：山，樹，公路，以及樹。

萬寧公路依山築成，路肩樟樹井然挺立，不間雜其他樹種。當這群樟樹淺色的樹幹粗不過我的大腿，我就看著它們逐年拔高，黑壯，樹表的斑裂逐年加劇；碎綠白淺的花朵，小而堅硬的果實，都在季候的迭替中歲歲豐衍，當然，老葉的深鬱與嫩葉的新翠一直是交相錯雜的，這是唯一不改的景色。每一株都指向天空，伸向四方，盡情舒展，所以，枝葉在風中翻飛，彼此摩蹭沙娑的音聲，就因其漸益繁密而響亮，渾厚，乃至於壯觀了；相反地，被枝隙葉縫篩餘的陽光，地面上游移飄浮的光點，有時是初落的雨水，便愈來愈疏少了。

在不動的樟樹之間，車來人去。兩行樟樹的樹冠已交疊成一座隧道，當汽車穿越，往往輾過、捲起地面的落葉，掣馳奔行，南北錯面而去，因此在萬寧聽見的經常不是學童的嬉鬧，

---

[27] 王威智撰：〈萬寧〉《第一屆台灣省文學獎散文類得獎作品集》，南投省文化處，一九九九年）。

或是成人生活中的笑罵，而是不間斷的車輛高速劃破空氣的風切。旅客不常在此停車休憩，也許利用一支菸的時間進飲涼水，又若隨意看看兩側山色，嗅一嗅樹的味道，應當也是極佳的。

充滿力量的不是綠意生氣，比起其他樹木，甚至別地的樟樹，萬寧的樟樹顯得異常沉靜：幾乎被陽光射透的葉片的綠色，醒神的微微的刺鼻氣味，隨風移盪的枝末的擺動，優雅地挺立著的樹幹以及向外擴張的樹冠。它們被決定紮根的地點，在這裡，在那裡，排列規律，無從放肆，但自身俱足，彷彿宣告著某種存在的祕密。

在萬寧逗留二十四年後，有一天，我自三樓寢室的窗戶看望疾速消失的車輛與樟樹，第一次注意到地面的落葉。我開始懷疑，長年對樟樹的觀想根本只是，只是一個幻覺，一個反影，一個假象，或者一個鬼魅，一則為自己編造的謊言。樟樹就是樟樹，它們從不假思索，枝葉自然枯衰，或者僅僅經受不起風雨摧折，所以某些葉片必須脫落。

奇怪的是，我竟從未想像更多的新葉正伺機而出。

也許我該加快速度，效仿快速移動的車輛，以及乘客，不假思索，忽忽略過，不投以任何睇凝，對所有的遊蕩，以及滯留。

萬寧，應該怎麼描述這個——「地名」呢？它不算一個行政區，甚至不是一座村莊。

萬寧，宛如被集中此地的易遺遺忘的我們的名字。它所在的谷地有兩行山脈左右夾伺。

一座——從人們的描述我得知——臨著海；另一座，西側逶迤綿延的山脈則巍峨峨地，突兀地自平野抽高。公路東緣腹地極淺，少數幾間屋舍都緊貼山壁，緊仄，令人感到壓迫。一旦越過公路，直至四、五公里外，之間地勢既開闊又平整，由於居住疏落，可墾殖的土地悉歸農稼耕耨之用，其中大半屬於萬寧養護所。

這裡有一所撤廢的小學，校園裡雀榕氣鬚絲垂，叢草充滿——我想說的是暴力——活力，狂野地竄長，它們並不滿足於土壤裸露的地面，它們佔領，同時遊戲，在司令台立面的裂隙，教室屋頂的瓦縫，置放粉筆的黑板溝漕，在有三隻鏽蝕的水龍頭的洗手台。

車輛。

一爿僅僅因為是雜貨鋪，所以按時開張的雜貨鋪。

一支實屬虛設的巴士站牌。

一只斑駁的綠色郵筒，郵筒上標明收信時段，而信差習慣略去不察，與遠方的聯繫遂偶爾中斷，但他們從不因此遭受責備。

隔著公路，曾經童真瀰漫的小學校園的對面是被某種天真霸據著的萬寧養護所。

養護所是一幢五層建築，附近散有幾戶人家；室內像監獄，鐵欄杆，鐵閘門，鎖。集體寢室看起來龐大，實際起居卻窄仄不堪。建築物四周封建起圍牆，牆頂纏繞著刺絲，前方空地配置鋼製電動大門與全天候警衛以固守門戶。但大門往往是敞開的，警衛不在其位，彷彿是一位好客不設防的主人。因為被遺忘，所以好客。

破碎被遺忘的魂魄：瘋狂，這是我們被養護的原因。

同伴之中有的異常安靜，習慣握實鐵窗，向外投注諸般有所謂或無所謂的眼神；有的僅踞坐在床，蹲在牆角，又或忽而倒立，翻滾，忽而鑽進桌下；有的驟然狂吼，暴猛地揮舞四肢，喃喃有語，繼之狂奔有如受驚的貓。養護所所長宣稱我們的喉唇是多餘的器官，當我們之面表示我們是一具具逼真的活動蠟人，他因此自封萬寧蠟人館館長。許多人是不平靜的，即使噤靜如我者，總有無法平衡的衝動在他們心裡激撞，渴望表達，也許說說話，儘管呼喊也有所圖謀。

如此看來，我的觀察彷彿足以證明我的神智是清明的。

所長的行止談話似乎沾染了我們的習氣，表情也微微地被改造了。他讓我想到醃漬了一日夜的蜆肉的醬色，所謂年久月深。這令我對他產生一種親切，同路人的感覺，所以當他鼓勵我們投入養護所的生產活動，我也不覺反感，不認為他包藏了不欲人知的私密用心。

我開始頻繁地乘車前往大約二十分鐘車程之外的萬寧二號農場。

常常，我和同伴坐在貨車車斗裡，背倚駕駛艙，雙腿盤交，兩臂抱胸，身體隨著道路彎曲車身左右而搖擺。風景迎着駕駛有如時間來，時間去。景物，對司機，是遠而漸近的，新奇的，收納的，而我看見的是實際上已經經過的，被車輪一寸一寸輾過，望之漸窄，乃至於無的路面。路樹從背後一一進入視野，立即遠去，自大而小，清晰而模糊；在飄動的枝梢葉片之後有莽綠的山脈，一畝又一畝同時向前又往後的田野，唯天空是定止的。

我迎接的是被司機，被世界送走的風景。換句話說，我前無去路，生活如行進間的風景，向前後退，往後前進。世界於我是顛倒的，這是妥當的說法嗎？

加入養護所的農事工作三年，我參與收割、耕田、插秧，這些田間的勞動於我再熟習不過，縱使長期禁錮，亦不能稍減我從中獲得的樂趣。

秧苗的抽長自然是可見的，由苗而莖，葉綠而穗黃。非僅可見，我甚且聽見生長的訊息，它們以葉，以初成的穗實，彼此摩擦，撫慰，激起飽滿，喜悅且靜默的聲籟。娑娑的聲響恰似一頑固低音，規律，持續，祕密：在這聲音中或有一位主宰，以風濡沫茁長的農稼，嘉許一切正在壯大的。

此時，農場的稻株又開始結穗了，收穫的訊息趁著秋日微微吹送的晨風，佈散在大氣之間，縷縷拂及我瘠瘦的體軀，宛如帖帖來自聖境的方劑，化作玄妙神幻的氣息，足可淘盡我體內一切鄙穢的，滌洗之，潔淨之，復充灌以某種清明的東西。

我推開後門，走上陽台，雙手成爪，輕抓鐵窗，透過方格遠眺農場盡頭的山陵，俯瞰披被大地的廣闊田疇。我聽見新穗成形，逐日膨脹，莖桿因其漸增的重量而穩緩地彎垂，因可期待的豐盈而日低一日，微微的金黃從蔥綠的禾桿頂稍泛著光芒，那確是最純粹且真實的光芒，而我又將握住這樣的光芒。

純粹真實的光芒：不唯今日，更久以前，我就以同樣簡單重覆的勞動參與它的長成。當父親估計我已經長大，足夠謹慎並體會家計窘困，不致把田地戲當玩耍的處所，遂許我下田耕作。我迅速愛上這與放牛完全不同的勞動，喜愛作物的抽長甚於與牛隻的鳴哞。青翠、蒼綠、黃、深黃：我充滿驚喜地發現我竟在耕地上憑著某種力量，餵養一片隨節候變換色調的光影。

我遂於晚間輕推開門，穿越竹林，步上田間埂道。最初我只繞走自家田畦，傾聽夜風下稻浪起伏其聲祟祟，收集休養成長的訊息；或者就地蹲坐，回想日間投注其上的勞動。當甚至風也靜下的夜，田野間除蛙蟲唧鳴外幾無餘音，此時，所有農作似乎跟著遁入深沉的睡眠，我想不出還有什麼比這樣的景象更溫暖，乾淨，而且感人。

夜出一成習慣，我便開始不安於熟悉的田徑。我從未預想目的地，有幾回我趁著月光，越過兩旁有雀榕的馬路，去到村內大街，然後盡可能循原路回家。細微的禾苗的聲音使我渴望聽聽其他聲音，夜間的蛙的埋伏，花粉的體溫，凋落的葉片的質量，雨水滴穿屋頂的速度。然後我踱到一個陌生的地方，赤腳走在奇異的街道上，有人回頭對我斜睨。我忘記來路，忘記聽見看見什麼。第二天下午，我和父親相偕走出派出所。

他們委婉告訴我莫又離家。是的，我點頭。然後，他們發現我不再開口說話，那年我二十歲，從南投山間被帶回家中。關於自閉，關於喪失記憶的謠言，因此在街坊親戚間滋滋壯大。母親開始在我的衣服上繡上姓名、地址，她說：「父母不能時時看住你，希望仁人君子發現你時與我們聯絡。」

而我是那麼自然地褪去衣褲，當我感到壓迫，必須自在行走的時候。我甚至聽見他們打算過年後在我身上刺青，有人說：「一勞永逸」。

清晨的街道有節慶的砲仗餘灰。街角。我倚坐在一輛攤車輪邊，羹麵的味道從鍋鼎漾開來，騰騰蒸氣冒衝竄上電影院的看板廣告詞：

奧狄賽為什麼花了十年才回到家？

機車，腳踏車，巴士，行人。歪斜質疑的眼神從各自的頭顱向我射來，從馬路的這一邊，從馬路的那一邊。

父親早起床了吧？大姐吆喝家人吃早餐時就會發現我又——他們會說——走失了。父親將又搖著頭，吁氣，步伐疲緩地走出大門，扶起鐵黑沉重的腳踏車，或許一跨便上了車，或許牽著，然後穿越蟲蛇出沒的竹林，輾過厚積的落葉，上路，找我。

一年疏於一年的父親的頭髮，因長期日曝生計重壓而黝黑削瘦的臉；皺紋，深刻的紋理使他顯得過於蒼老；他的眼神黯淡，目光稀迷，缺乏焦點，一如許多好動的口舌之下不及義的言談。

我不知如何向母親解釋為什麼我不說話，為什麼大清早，或者，任何時間，就大方地踏出步伐，而非鬼祟不堪地刻意閃躲他們的目光，穿越密深的竹林，漫無目的地游走。十字路口，橋樑，有時我遊戲似地跳越並不很寬的溝渠，站在學校門口注視來自四方的兒童。我忘記來路，忘記昨天的晚餐，或者根本什麼也沒吃，在我們貧窮的家庭。

這一次家人沒能再找到我，所以我被留置在警察局，沒有開口，他們查不出我的來歷。不知道過了多久，一年，或二年吧，我從桃園被送往一個遙遠的地方，沿途山路蜿蜒，躓窪顛簸，車行困難令我嚴重嘔吐。

峭壁，當我昏暈之際，以一種駭人的立姿轟然進逼。斷崖在我的視野裡開展，迫海矗起，巉險崚嶒，綿延迤邐彷彿無所止，長而雪白的雲靜靜地懸浮，滯留在半空，斷崖即是貫穿如此的積雲，筆直削降入海。

不斷拔高的峰巔。仰望令我震驚，令我不安。

探出車窗，我發現自己正壓在勉強自崖面鑿凹的公路的邊沿前進。順著崖壁，我俯瞰海浪一波一波擊打著礁岩，臨岸急促地推移，被激散成翻白的沫花。

我又放平視線，遠遠眺去。海面在陽光猛烈的照映下，閃閃輝耀。幾種藍色漂浮著，即令調色盤也無能為力的藍色。無比的蔚藍於近岸處深淺交錯，完美的色塊，自然成就的曲線，飽滿單純裡蘊含了繁複的變化。

忽而回頭，山岩乍然偉聳眼前。

我不再仰頭，我想，這是一種喧囂，倨傲的存在方式。

經過兩天旅程，我抵達萬寧，隨行警員掏出一紙公文，他對所長說：請簽收，我把桃縣廿一號交給你。

在我之前已經有二十個那樣的人嗎？

一進入養護所，我便受到嚴密的監視，飲食，用藥，諸般起居舉止。他們在報告上說我的病情與情緒都穩定，唯一令人不解的是我的沉默。他們採取各種手段，勸誘，威脅，驚嚇，企圖令我開口。我從不為噤默堅持任何原則，我只是不知道說什麼，沒什麼好說，斷絕交談消除大部分的疲憊，徹底的清靜在我體內，周繞運行。

祝先生是我的監護員，我們時常相對而坐，在他的辦公室，飲著琥珀似的晶瑩茶汁，他說，我聽。從他調任至萬寧，二十年裡，一向如此。他也許抱怨前一天與妻電話裡的爭吵，又說乖巧的女兒，初生的狗仔，漫漫無邊，毫不在乎地跟我描述他從報紙或其他管道聽來的消息，譬如富東公路上的死亡車禍，夜裡於七星潭潛水被尖銳的魚喙刺中喉頸的年輕人，一家植有桂花、雀榕與矮種檳榔，即將收業的咖啡館。

祝先生從不吝於稱讚，他說：「廿一號，大家都應該學習你的好處，少說話，乾脆不要講話，尤其是所裡面那一大群瘋言瘋語的傢伙。這一點對你自己好不好，我不知道，不過，就是因為你，我才能維持一個正常人應該有的樣子，沒被感染，你應該看看我們的所長變成什麼樣子，官不官，癲不癲，講起話來……呵……呵……」

相對於我的沉默，他習慣的卻是自言自語。「你知道……」監護員繼續說著。

從辦公室窗口望出去，輕微夜風吹動樟樹的枝葉，黯淡漆黑中，搖盪有如魑魅揮手以招。曾經幼弱年輕的萬寧的樟樹此時已粗至盡展雙臂尚且無法圈抱。

「祝先生，我是林國廉，家住三重，父親叫做林火木。」

祝先生想必不完全相信我，但幾天後，我的確與大姐和二哥並肩攜手坐在所長室的沙發椅上。大姐輕撫我蓬亂的頭，她說，如果早一點開口，就不必等那麼多年！十年前，父親去世，他們同時向法院聲請宣告「林國廉」死亡，家中神龕有他的靈位。

我對樟樹的觀想果真只是一個黑暗中的幻覺、一個反影、一個假象，或者一個鬼魅、一則無所由來的謊言，一如令人泫然欲泣的高絕的山峰，幾曾倨傲，以及喧囂？

念茲在茲，惟安惟寧。山，樹與海，一切壯碩堅固的，莫不深沉安靜：斯我獨存，靜默無語。

靜默無語，我思索靜默的奧義，而竟無所獲。

一面被祭拜十年的神主牌，與一面大半年被野草封埋的墓碑，我說，我是你們的主人。

萬寧不寧，廿一號終於回家。照片裡的廿一號被家人簇擁著，臉頰清瘠，頭髮蓬亂，眼神木然，神態拘謹，他以一句話結束記者的訪問：「為什麼奧狄賽花了十年才回到家？」

當我得知廿一號住在萬寧，我知道自己也住在萬寧。我花去幾個月思索自我噤閉近半生的桃縣廿一號或曾思索的，嘗試傾聽他一度傾聽的神祕聲音之後，我想，我也應該回家了。

文評

靜默無語的萬寧

廖玉蕙

萬寧不寧！林國廉，代號二十一，在萬寧養護所內，以樟樹一般的沉默，優雅的睇凝著所有屬於他自己的遊蕩及滯留。

不管安靜或喧囂，猛暴或溫順，養護所內幾乎被遺忘的魂魄，其實都有著激撞的衝動，向世人索討平衡的渴求。只是，有的用喉唇，有的用噤聲。二十一號的林國廉，因為迷失路途而被送到萬寧，坐看窗外樟樹枝葉的枯衰，他欣然從事勞動，並苦苦思索生命的奧祕，年復一年，日復一日，終於，在二十四年後，無意間發現新葉正伺機而出，豁然想通葉片枯衰脫落也許僅是自然，其間或者並無某種祕密存在，於是，在二十餘載的靜默不語後，他終於開口，走向歸鄉之路，而諷刺的是，迎接他的，竟是家中神灶上他的靈位及一面被野草封埋的、屬於他的墓碑。

作者以詩一般的文字，小說般的結構，及喃喃自語的敘述方式，井然有序的為讀者建構了一個徬徨迷亂的靈魂。瘋狂與秩序，在文章中，以一種奇異的面貌相互依存。簡淨的筆致，卻充滿搖曳的丰姿；鬼魅似的人物，在夢寐般的氣氛裡悠悠蕩蕩的穿梭；落葉新枝拘謹矗立，卻恣肆擴張壯大；車輪輾過卻迅即變窄變無的路面，清晰而逐漸模糊的路樹，田野和天空，……我們隨著作者的筆，偷窺了一位被稱之為自閉症者的心路歷程。最初的夜出，原只欣喜於隨節候變換色調的多彩光影，其後，他耽溺於所有大自然的聲光，以至於遺忘世俗的食衣住行均有定則，他自若的隨意脫衣行走，甚至從此不落言詮，逐漸脫離所謂的正常軌道。

作者以養護所內的監護員祝先生的喃喃自語來對照林國廉的絕對無聲，某種程度上質疑且譏嘲了正常與瘋癲的義界。而以背倚駕駛艙所觀看到的往後倒退的風景來譬喻林國廉的人生，毋寧是十分洽切且獨樹一幟的。文章中林國廉說：

「我迎接的是被司機、被世界送走的風景。換句話說，我前無去路，生活如行進間的風景，向前後退，往後前進。世界於我是顛倒的。」

這樣精確且別出心裁的比喻，若非長期觀察並勤於思慮的作者，何以致之？

作者以絕對冷靜的文筆來描摹躁動不安的靈魂；以大自然的遼闊雄偉來對照人類心靈的閉鎖與窄小；以萬寧養護所外在的歲歲豐衍，來襯托養護所內病患的進退失據；由看似凌亂拼湊起來卻又秩序井然的林國廉的萬寧去來，婉轉敘說一般人對精神官能症者的可能誤解。景中含情，情中寓景，優雅而不失之僵直，沉痛而不失之凌厲，情景交融，發人深省，是一篇震撼人心的作品。

書評

外頭墨色猶濃——《你道別了嗎？》讀後㉘

看黛嫚的人，再讀黛嫚的書，是非常奇特的對比經驗。熟悉她的朋友，約莫都會同意她是位乾淨俐落、做事絕不拖泥帶水的女子。所有事，對她而言，彷若都駕輕就熟，這世界似乎沒有難得倒她的事。然而，翻閱《你道別了嗎？》一書，卻像陡然掉入密室，非但不大容易找到陽光，而且因空氣稀薄，常常覺得四顧惶然。讀者閱讀時，之所以產生這樣奇特的感受，追根究柢，可以從文章內容和寫作手法兩方面言之。

就內容而言，《你道別了嗎？》所寫，大體皆為回溯過往，而所呈現者，歸納言之，不外三端：一是用閱讀及文字披荊斬棘，和陰暗、貧窮的過往「割席分坐」的種種；二是和人生諸多情緣幽幽告別的概歎；三是描摹人生行道裡踟躕踽行時無可避免的孤獨況味兒。

在〈與字同行〉這篇書中堪稱重量級文章裡，黛嫚為我們提綱挈領指出啟蒙成長的那條明晰的線索：

相對於你那貧窮、疲乏、灰暗、吵嚷、病弱、畏縮、厭煩的現實生活而言，文字卻呈現

㉘廖玉蕙撰：〈外頭墨色猶濃〉《幼獅文藝》，幼獅文化公司出版，二〇〇五年六月號）。

著繽紛、燦爛、美好、光明、健康、敏銳、希望、絢麗等。

作者自幼成長的環境，幽暗陰森，缺少陽光，端賴文字在前方一路引領，從一張借書證到一座圖書館；從一篇沒有題目的作文到一次文學獎的徵文比賽；從打瞌睡的文字學課堂到一場文學的花都之行；從小學的課堂到報社的副刊桌上……仰仗對文字的敏感，作者逐漸開展出「與字同行」的人生。〈童書緣〉裡，暗示人生中所有的困頓、弱勢，在和文字搭上線之後，忽然變得柳暗花明起來。黛嫚細說和文字的糾葛纏綿，讓讀者見識閱讀的魅力，也充分相信她所寫的：

在教學大樓頂樓，倚著欄杆，可以看到一條街，一條向上爬昇的街，……你總覺得這條街通往未來，而你可以帶著書，在亮晃晃的街燈引路下，一路前行。

《你道別了嗎？》一書裡，雖然偶或出現類似迎向光明的期許與企盼，然展卷之際，卻屢屢被充斥其間的悵惘所攻占。細心的讀者不難發現，作者對往事的描寫，酸澀間潛藏甜蜜；對眼前的觀照，幸福裡埋伏孤獨；對未來的眺望，期待中包涵憂懼。尤其是寫人的篇章，常常洩漏人生無常的喟歎。雖明知生老病死為必經之途，顧盼之間卻難免酸楚。黛嫚幼年失母，對情感的表露有著異乎尋常的壓抑，可也因為不自覺的壓抑而益形澎湃。文章中，在她的人生中堪稱有著舉足輕重地位的三位：母親、婆婆和提攜她最力的梅新（章益新）主編，或早逝或正與死神苦苦拔河，作者都用了相當的筆墨敘寫其思念與惶惑，〈你道別了嗎？〉、〈美好人生的摯愛與告別〉、〈點點滴滴的回憶〉、〈選擇〉、〈牽繫〉、〈辭呈〉與〈十年〉，無不深情款款，動人心魄。生離常惻惻，死別更吞聲，而正在生離死別間徘徊的，尤其讓人痛徹心肺，欲哭無淚。

對人間情緣的親疏冷暖，黛嫚在字裡行間履踐著儒家的規範。寫文壇兩位前輩琦君及張秀亞女士，親切中帶著孺慕，敬重裡不乏親暱，細節映照風骨，風骨見諸行事，〈初見以及最後〉不曾一語提及張女士的死亡，然紀念之意凸顯於文題的「最後」；〈記憶停格〉中，對琦君女士的茫昧應對，只含蓄地以曲筆帶過：

時間對琦君阿姨已經沒有意義了，她的記憶停格在昨日，而那昨日是歡樂、溫馨、美好的，如果可能，你也願意和琦君阿姨一起在回憶中徜徉，一起讓記憶永遠停格。

然而，對照先前敘述的細膩多情的琦君，記憶停格的惆悵之情畢現筆端。

書中另有一篇〈給成長的你〉，效法司馬光〈訓儉示康〉、楊繼盛〈諭子書〉，對成長中的孩子殷殷提醒：等待的藝術、接受的哲學、探索的歷程、性別的課題、立志的抉擇、旅行的樂趣、親子的互動、面對生死的態度和慎終追遠的意義……，面面俱到，用心堪稱良苦，然其中飽含世道險惡的憂懼，是世間人母的絮叨，即便說上千遍，也彷若尚缺一語。黛嫚以觀察思考所得和己身切膚經驗，為兒子娓娓囑咐的，其實正是全書的隱性命脈所在。因為孤獨，所以強調親情互動及旅行的樂趣；因為人生聚散太容易，所以得早早立志，在生之途，探索奧義；如若人生不盡如人意，就該學會等待，甚至及早體認變化、接受現實；因為人生如此無常，所以，珍惜所有、灑脫面對生死是重要的課題；慎終追遠則是在思念親人之時，借一抔黃土寄託難遣的悲懷……文雖有盡，叮嚀卻似乎仍然嗡嗡盈耳。

綜觀全書，無論描親情，寫人際，歎造物，貫穿其間者，唯「孤獨」二字而已。〈孤獨之旅〉裡，單身在淨土寺裡潸潸落淚的女子；〈孤獨的理由〉中，與媳婦在黃昏的湖邊散步的公公；〈美好人生的摯愛與告別〉裡企圖喝農藥自盡未果、繼之離家出走的婆婆；〈與字同行〉中被學校無形的牆隔離而走向書本的孤單身影；〈點點滴滴的回憶〉裡因為心愛的小貓被送走而立誓讓母親嚐嚐骨肉分離滋味的女孩；〈失眠的滋味〉中那位因撞車而狼狽獨立雨中街頭的女子……作者以看似閒靜的文字，堆垛、醞釀出讓人心碎的蒼涼。作者在行文時，再三強調：

凡事走到盡頭便會有新的發展吧，夜如此，暗到極點復漸呈明，人生何嘗不是？雖然外頭墨色猶濃，但你知道天色終會漸漸開朗的。

看似對人生永遠抱持明亮的希望，但因反覆陳辭，反倒給人因為過度悲觀而萌生的自我勸慰、自我遊說的感覺。

其次，在寫作的手法上，本書有兩點值得注意。第一，作者採第二人稱寫作，刻意迴避傳統散文夫子自道的印象，以小說之筆寫作散文。全書彷若向讀者娓娓敘說一個又一個的故事，主角退居帷幕之後，與讀者保持適度距離，由旁人代言，企圖以迷離紛錯的情境，造成若即若離的效果，似恍惚卻又歷歷分明。有些篇章，內容的真實性十足，有幾篇則顯為「出位」之作，虛實相生，真偽莫辨，譬如：〈孤獨之旅〉和〈似曾相識〉兩篇。散文為尋求厚度、密度和象徵性，向小說取經借火已是文學常態。中生代散文作家裡，簡媜諸體雜揉，五色燦爛；周芬伶出入小說散文兩界，勇猛衝撞禁忌，都有令人激賞的表現。這種崛起七〇年代西方的「文體綜合」說，為散文寫作增添了多元的表現。黛嫚以寫作小說起家，拿寫小說的虛構本領向散文進軍，成績斐然可觀。

其次，這本書裡的二十餘篇散文，看似各篇獨立，其實篇與篇之間，相互埋伏映照，造成藕斷絲連的印象，是相當有趣的連結與設計。〈你道別了嗎？〉裡寫喪母的孩子，竟然在告別式進行中，躲在麻衣裡笑得全身抖動！作者在敘述荒謬的舉動後，說：

只是直到今天你仍不明白，你到底在嘲諷什麼，只是一場喪禮嗎，還是那應該存在而未存在的母女情深？

至此，作者便宕開筆去，寫女孩長大後，從此不把死亡當一回事的種種。而告別式上的荒謬行徑，終於在〈給成長的你〉中的「生死」章裡給揭開了答案，作者在稚齡兒子因同情她死了母親而紅了眼眶時，忽然承續前文，追溯緣由：

為什麼我會在母親的葬禮上笑呢，我要過了二十年才得出較接近的答案，我想是為了一個終於從生活的桎梏中解脫出來的靈魂吧，那歡笑是把深沉的悲傷包起來的笑。

接下來，作者花了相當的篇幅敘述童年的悲涼。一事二寫，繁簡有別，切入點不同，比併閱讀，才能盡窺全貌。又譬如：〈你道別了嗎？〉與〈與字同行〉中「一個名字，三個字」裡同樣提到的主管和〈十年〉、〈辭呈〉裡的章主編，同一人卻呈現出不同的面向，讓讀者閱讀出人物描述的豐富肌理。而〈牽繫〉裡談到和母親晉謁淨土寺的印象，只說病弱的母親終於走到大佛前，完成了她皈依的心願。要直到〈孤獨之旅〉出現，讀者才恍然大悟，當年母親之所以虔心向佛，原來是對婚姻和生活的極度灰心。作者藉由多年後的一次孤獨之旅，點出癥結所在。黛嫚此書，頗得《太史公書》義法，筆削之間，充滿玄機。

陶潛《搜神後記》有一個非常具有想像力的寓言體短文〈天竺人佛圖澄〉：

天竺人佛圖澄，永嘉四年來洛陽，善誦神咒，役使鬼神。腹傍有一孔，常以絮塞之。每夜讀書，則拔絮，孔中出光，照於一室。平旦，至流水側，從孔中引出五臟六腑洗之，訖還內腹中。

高僧佛圖澄腹旁有個小孔，平常老用棉花塞住。夜裡讀書只要拔掉棉塞，就不用點燈，因為從腹部小孔透出的光亮，能把整個屋子照得像白天一樣。一到天亮，他就趕緊跑到溪邊，從小孔裡掏出五臟內腑來清洗，直洗到乾乾淨淨才塞回肚子裡。黛嫚寫作本書，掏出人生行道裡愉快及不愉快的諸多心事，用細緻的文字清洗、用周延的邏輯重整，企圖止痛療傷，和佛圖澄的清晨溪邊掏洗五臟內腑或有異曲同工之妙。作為朋友的我，有幸先睹為快，除了恭喜她將自己的過往清理得纖塵不染，展現出婉轉婀娜的風姿外，並遵囑寫下了以上的讀書心得。

6

CHAPTER 一 第六章

文壇前輩怎麼說？

筆者曾在二〇〇〇年到二〇〇五年間，因執行教育部「提昇國語文基礎教育計畫」和國科會「世界華文文學資料典藏中心之建立，網路設置及研究發展計畫」的緣故，有機會編輯當代文學選本並訪談國內外數十位資深優秀作家，以文字及數位影音記錄他們的訪談紀錄和身影，分別出版了《走訪捕蝶人》❶、《打開作家的瓶中稿》❷及《繁花盛景——台灣當代文學新選》❸三書，為文壇留下了相當重要的史料。

訪談中，所有作家都毫不藏私地公開他們的寫作經驗，甚至諄諄提供建議給喜愛寫作的文學愛好者。在此謹整理部分談話資料❹，或論最新的熱門話題「文學出位」；或談對當今文學作品晦澀、創新的看法；或提供題材揀選的「撇步」；或直抒個人的文學創作信念；或說靈感；或論閱讀；最後是對喜愛文學創作者的中肯建議，相信對文學的後起之秀，有相當的參考價值❺。

❶廖玉蕙撰：《走訪捕蝶人》（九歌出版社，二〇〇二年三月）。
❷廖玉蕙撰：《打開作家的瓶中稿》（九歌出版社，二〇〇四年五月）。
❸廖玉蕙編選：《繁花盛景——台灣當代文學新選》（正中書局，二〇〇三年九月）。
❹下列訪談資料少部分見諸拙作《走訪捕蝶人》及《打開作家的瓶中稿》；其餘大部分尚未結集出版。
❺收錄採訪談話資料的作者有琦君、林太乙、夏志清、王鼎鈞、余光中、瘂弦、陳映真、韓秀、劉大任、施叔青、莊信正、白萩、林泠、楊牧、張曉風、李敏勇、顏崑陽、廖輝英、袁瓊瓊、陳義芝、羅智成、王德威、周芬伶、向陽、簡媜……等二十餘人。

一　有關文學「出位」

王鼎鈞：

五十年代之末，六十年代之初，我為散文尋求厚度密度和象徵性，向小說戲劇取經借火。七十年代，有學問的人告訴我西方正興起「文體之綜合」。說到文體的綜合，詩人和小說家偶爾也有出位的現象。編過副刊，愛登詩人寫的散文，他們的散文有特色，其特色由詩而來，現在我馬上想起余光中。我也常請小說家寫散文，他們的散文有特色，其特色由小說而來，現在我馬上想起端木方。有人說，他們不算出位，他們是「越位」，這個說法也很好。

他們的越位也許是當行本色、自然流露吧，我的出位則是一個努力的方向，跟當年學寫小說有密切關係。概括的說，我曾進入小說的城堡，不能久駐，臨行時帶走了一些家當，另立門戶。

有一個印象，散文出位很風行。杜十三的文章如電子音樂，既似管樂，也似絃樂，如果單以管樂作比，既似木管樂器，也似銅管樂器。莊裕安出入千門萬戶，游走自如。亮軒筆下，文體的界限有時是見仁見智的不定線，得心應手，走向「法非法」的境地。簡媜諸體雜揉，五色燦爛，難以逼視。這些出位的作品，我猜都是有意經營的了。

瘂　弦：

從前文類的區分是非常鮮明、嚴格的，現在文類之間的界線比較模糊，這個模糊也是世紀的傾向。大量的詩語、意象語到了散文去，甚至也到了劇場裡去，好像戲劇也變成了以前的詩劇劇場的樣子，這種情況也可以豐富戲劇多元的表現，和散文多元的表現。可是我覺得作為一個小說家，最主要的還不是在文字感覺上這樣的一種描寫，寫實主義的傳統還是非常寶貴的，尤其是像對苦難的中國人、華人和台灣人都是一樣，這一百年來多麼苦難，假如我們的小說都是個人的喃喃獨語，我覺得也沒多大意思。如果還是以寫實主義為基礎，在描寫的語言上有一點詩化也沒有關係。但是不能說整篇小說都是詩語連在一起。當然這是很新的寫法，可是在比例上也不宜太大，還是要寫事件，除了抒情之外還是要詠史，寫社會、寫人物，這是小說家的本務。如果把這個本務去掉了，變成抒情散文一樣，只有一個簡單的感覺氛圍在那裡，其他都找不到脈絡可循，那也不是辦法。

我仍然認為小說最大的功能就是故事，小說家寫小說如果放棄最有力的故事，是滿可惜的，誰能夠拒絕故事的吸引？應該是利用一種新的方法來說故事而已，而不是不要故事。所以，寫社會、寫人物，呈現整個社會現實的精神，還是小說家最要緊的工作。至於說語文上借用詩語，倒是無妨的。談到這點，散文就更模糊了。散文本來就有美文的傳統，在這方面也許還有所發展，跟小說情況不太一樣。可是，儘管如此，我覺得散文還是有它自己的領域和上限，譬如它的說明性質恐怕不宜整個顛覆掉，顛覆掉的話那就變成詩了。詩有詩的尺寸把握，散文有散文必要的制約，各有其領域，彼此之間的影響，是世界的趨勢，甚至電影語言對散文、對詩、對小說的影響，這都是很自然的發展。可是任何的藝術都應該有它形式上的極限，不要把它完全顛覆掉。

周芬伶：

其實越界情況可能在其他的媒介當中很早就出現了，有劇場、詩、電影、影像……等等，這些東西都能交互運用，例如電影當中需要有劇本這樣文字性的東西，可能也會出現詩，如果是一篇實驗性的文學作品，它等於是去刺探這種文體的臨界，看看它能不能有所突破，我認為就算是越界的作品，它的性格仍然不能模糊，寫散文看起來就是要有散文的感覺，這點是滿重要的，就是說你不會去模糊小說和散文的界線。例如，寫一篇很像散文的小說，可是，還是可以看出來它是一篇小說；很像小說的散文，還是可以看出來它是一篇散文，不能讓文體又像散文又像小說，若是如此，這項實驗就是失敗的。散文發展到現在，從早期「我手寫我口」那種口語化的文章，到現在好像比較想要取法詩、小說這樣藝術性高的寫法，取法這種比較前衛的精神，讓散文產生一種比較新的面貌，這樣的做法未嘗不可，但是，仍要注意「行有行規」，小說和散文還是必須具有不同的性格。若是碰到很陌生的題材，例如雙性戀、同性戀的領域，是我本來就比較不懂的陌生領域，沒有辦法從先聖先賢的語法、結構當中找到一個範例，因此寫出的作品當中，也會變得比較有「異質」的成分，寫法也會比較反傳統，所以也不能說作者特意喜歡這樣寫作，可能是因為題材的關係。

二　有關文學作品的晦澀問題

瘂　弦：

我是個老現代主義者，所謂「老現代主義」也就是五十年代的現代主義。那一套玩意兒我們都玩過，從前玩得過分得很，後來發現那一套辦法也是不行的，如果作為辦法之一是可以的，作為唯一的辦法是行不通的。文學寫作的時尚大概像鐘擺一樣，十年、二十年，從左擺到右，再大概十年、二十年又會從右擺到左，所以，無所謂新舊。也就是因為這種變動而產生了所謂時代風格、時代感情。因此，不管用什麼方式，只要真的把人生的深度、感覺寫出來都行，沒有哪一種文學理論可以涵蓋所有的創作現象。至於用什麼辦法，這就看個人的訓練了。但是，完全變成一團模糊，就是看不懂所言為何，也是不行的。在五、六十年代，已經有人這樣走過，證明是不行的。

莊信正：

文章寫得詰屈聱牙，晦澀難解，是很古老的現象。古希臘大詩人品達(Pindar)的作品就極難懂。前兩天我看到一篇關於他的文章，裡面提到以譯他的詩而著名的英國作家科利

(Cowley)，他談自己的經驗時說如果逐字全譯，讀起來會像是一個瘋子在譯另一個瘋子；但品達對後世發生了深遠的影響。在中國，《尚書》和〈天問〉等不好懂，一方面是因為秦始皇焚書和歷代傳抄失誤，另一方面該也是由於太古老，文字差距太大。「詰屈聱牙」最初就是韓愈用來形容《尚書》的。唐朝出過所謂「澀體」，那卻是故意的。韓愈的朋友樊紹述的文章連句讀都很困難。「獨恨無人作鄭箋」，大詩人都這樣嘆惋，何況普通讀者，可是到現在我們和元好問一樣，仍然喜歡李商隱。

五十年代有人問大詩人奧登怎樣區別大詩人和小詩人，他回答說如果一個人的作品前後看不出有變化，這就表示他不是大詩人。這說法是有道理的。不但詩人，別的作家也是如此。福克納曾指責海明威找到一個好的風格便終身使用，一成不變。以喬伊思為例，從短篇小說集《都柏林人》到最後一部長篇《芬尼根守靈夜》(*Finnegans Wake*)，差別之大，簡直判若兩人。他卻是完全有計畫地堅持這樣做的。他的才氣在少作中已經躍然紙上，但是他要求每寫一本書都能有所突破、創新。我完全贊成他後來寫《尤利西斯》。我沒有通讀 *Finnegans Wake*——除非專門研究，也不必從頭到尾看完——但是不管喬學專家怎麼說，我認為這本「天書」沒有成功。話又說回來，他勇於冒險，雖敗猶榮。

至於基本功還沒有打好，便好高騖遠，故弄玄虛，這是要不得的。如果連文字訓練都還不出色，就好大喜功，去模仿 *Finnegans Wake* 或《荒原》(*The Waste Land*)，效果不可能很好。

劉大任：

我個人還是比較喜歡文字的敘述、文字的書寫，不要完全成為一個獨立王國。基本上，我覺得解構、後現代這些東西（魔幻寫實有點不太一樣，因為它們有特殊的文化背景），主要是在結構和文字書寫的哲學方面，有些變化。基本上是造個反！反對以文字代表現實，把兩者的聯繫割斷掉，成立一個獨立的王國。如果成為一個獨立王國，它跟世界的現實就沒有什麼太大關係，也不要去影響這個世界，也不要去完全照抄你的，不要去 copy 這個世界，不要去模仿這個世界。文字本身可以形成一個遊戲，就像電腦的 game 一樣。說起來這個當然是一種寫作者的解放，心靈的一種解放。但是，我覺得搞久了以後，從事文字工作的人勢必放棄很多重要的東西。文字的書寫和現實之間的關係還是要好好處理，因為人類的很多智慧，如果缺乏了這個現實，這些智慧本身就沒有一個根。所以兩邊之間形成怎樣的互動互助，甚至你也可以唱反調，各種關係都可以，但是完全把它變成無關，這點我還是不太能夠接受。整個放棄我覺得是文學本身的一個損失，但是，如果作為一個階段性的實驗，我不反對，因為這中間的確可以解放很多思想上的拘束，是有它的好處。

顏崑陽：

你要把一篇散文寫到明明白白，就像很清澈的水一樣，但是「水清無魚」，就沒有其他讓讀者去想像、思考、詮釋的空間了。當你要把一篇文章經營成留下許多空間，去讓讀者做思考、想像、詮釋的時候，勢必就有所謂「晦澀」的情況出現。至於看得懂與看不懂，我認為讀者也不必要太洩氣，因為讀者也有詮釋文章的權力，若是要解開作者的本意，在讀者無法找尋作者的本意或作者在幹什麼的時候，可能就會認為看不懂。就像讀李商隱的詩一樣，總覺得他的詩是很晦澀的。所以，我認為讀者可以大膽一點去詮釋，因為作者的每一個字，讀者都認識，沒有什麼艱難字詞，充其量只是技巧上的變化比較多，具有隱喻、象徵，這些東西本來就允許讀者有不同的解讀。不過我在想，一個合格的讀者和一般普通的讀者，畢竟還是有點差別的。一般的讀者沒有經過訓練，也許他也是可以猜測，可是畢竟文學還是有專業的知識，所以有關散文、詩歌、小說，這些在藝術經營方面的批評訓練與知識，能夠多花一些時間培養，讓這方面的素養比較足夠的話，對於一篇文章的解讀，也就會比較深刻。所以說文章的解讀，它其實和詩歌一樣，沒有對錯，只有深淺。也就是說，它並不是數學題，若是一加一的答案等於二，你寫成四的話，那就絕對是錯的。文學、人文的知識則不然，它本身沒有對或錯的問題，它只有深淺之分。如果在各方面的素養不夠，目前你只能理解到這個層次，過了很多年後，生活經驗比較多、比較豐富、深刻，思考力也變得比較強，在有關文學的知識、批評的理論吸收更多的時候，你再回過頭讀同一篇文章的時候，也許就可以讀到更深的東西。但是，我認為讀者還是應該要有自我期許的。

王德威：

我覺得所有文學及藝術創作，最重要一個任務就是虛構一個事件。不管是多麼寫實的東西，其實都是就著現實的材料重新加以創作，重新賦予它藝術的生命。我在這裡不是只用「藝術」兩個字來指稱任何陳腔濫調，我真的相信，唯有我們不斷地鍛鍊想像力，不斷地在文字修辭的世界裡面操作另外一個空間，我們才能在現實生活裡，傳達願景、表現情感、呼喚人我關係。在這樣的意義上，我認為所有的作家，甚至包括寫通俗羅曼史的作家，都該給予尊重。

倫理關係是任何藝術創作中重要的一環，但我所謂的這個倫理不再只是忠孝節義、四維八德的老套，而應該是隨著社會的脈動不斷地去因應的機制。我覺得在人我之間，怎樣去互相定義，安頓自己和對方的位置，是很艱難的考驗。我尊敬作家，原因是，不論是高蹈的作家，或是所謂的「中品」作家，或通俗作家，他們都用自己的想像力來重新歸納人我之間的關係。這個所謂的廣義的倫理範疇，是我希望去關照的。既然我們不再把這個倫理關係侷限於狹窄的四維八德的傳統意識裡，我們必須反省怎樣容忍異端的聲音，學著分殊哪些聲音我們有意無意的排除它、止息它，哪些聲音我們有意無意的融入到主流脈絡裡。這些協商、思考、辯證和想像的過程，是非常重要、非常複雜的。

三　有關文學創新的看法

王鼎鈞：

新的嘗試應該被允許，甚至被鼓勵。藝術必須創新，創新可能失敗，但是，守舊一定失敗。文學家得冒這個險，賭這個博。為了創新，天變不足畏，祖宗不足法，人言不足恤。社會不一定鼓掌，要讓路給他走。聽說台灣有句話：「進到賭場就要坐下來賭，不要站在旁邊看。」站到旁邊看了一夜，肚子空空，人很疲倦，這算什麼！作家就是要坐下大賭、要創新，要突破。學杜甫學得再逼真，也只是假杜甫。即使創新失敗，也給後來的人留下啟發。傳說愛迪生製造電燈泡，嘗試了千百次，電燈總是不亮。他告訴人：「我已經找到千百種使電燈不亮的方法」，態度十分積極。言外之意，所有不亮的方法窮盡之後，燈泡不就放光了嗎！

莊信正：

文學史上隨時可能出現新的流派，這些流派往往只是個標籤，不能一概而論，真正的大家應該可以超越藩籬。上世紀初的「現代主義」標榜反對浪漫主義，事實上作品照樣帶浪漫主義色彩。卡謬曾一再否認自己是存在主義者。有些流派如古典主義和浪漫主義發生了深遠的影響，到現在還是餘波蕩漾。有的卻曇花一現便銷聲匿跡，因為失之偏狹，不能長期維持。結構主義、解構主義、後現代主義和魔幻寫實主義等熱鬧若干年之後也要沉寂下去。

新的流派或運動出現是不可避免的，也是應當的；嘗試探索總是好事，冒險失敗也不要緊。問題是會引誘一些青年跟著標新立異，不按部就班下苦功作基本訓練，而置傳統經典於不顧，追逐時髦，走到岔路上去。其實這些流派的首腦人物像結構主義的巴爾特和解構主義的德希達功力都很高，他們的徒子徒孫就未必高明，等而下之不過是拿來利用在大學裡爭取終身職而已。我更反對這些流派言論偏頗，黨同伐異，彷彿只有自己的一套才說得通。

四　有關靈感

琦　君：

靈感不會一下子就有，所以筆要勤。我永遠感謝我大學裡的恩師——夏承燾先生，他曾經說：「一個人腦子要勤，要隨時想，不要沒有思想，像豬一樣就吃、睡是不行的。口要勤，要能跟別人交流、對談。」他說不要跟閉著嘴不說話的人交朋友，這種人保護自己太厲害了，不願意跟人家多談也不好。所以，寫作腦子要動、口要動、手要動。寫作的人就是要對人有興趣、要有愛心、有好奇心。

我有幾本靈感本子，有靈感時就記下來，但是多半都沒有成功。這也是我恩師說的：「靈感就像是雪花的一顆心」，為什麼呢，因為其實雪花在開始的時候也只是一個灰塵，在空中飛。灰塵本來是很髒的東西，但是有露水、霧水在上頭凝結，氣候一變，忽然它就變成一朵雪花了。他說那個「變」就是你的靈性，他說要有這個精神。凝不成雪花，就是連那一點灰塵都沒有了，對人生都沒興趣了，是不可以的。

五　有關寫作題材的揀選

施叔青：

認識我的人都知道我是一個非常開朗的人，但我的東西卻好像總是暴露陰暗面，我總是把最消極的、最頹廢的一面暴露出來。我覺得寫作對我來講是一種洗滌的作用，是情感上的發洩，因為這樣子，我才沒有瘋狂。我借用我的筆，把一些俗世裡頭的不公、陰暗、一些比較不是那麼正面的表現出來，看起來好像不健康，其實，我是把它當成一種自我的治療。我常常有個想法：人是一本很大很大的書，就好像是把一張紙揉皺，會有好多好多的面呈現，其實是讀不完的。我相信，所有歷史以來的大作家，就算是莎士比亞，我覺得他也是沒有辦法把「人」讀完的。正面的那些東西對我來講比較沒有挑戰。我特別喜歡去挖那些很陰暗的、憂鬱的、不為人知的角落，因為我覺得這些才是屬於我的東西。另外，這可能也跟我出生的地方有關係。我出生的地方是鹿港，基本上是一個很神祕的地方，三步一大廟，五步一小廟，有很多的祭典。又地處海邊，所以有很多的海難，家鄉就是一個滿陰森的地方。鹿港在我回想起來，就好像是颱風天天空的感覺。

韓　秀：

醜陋是很容易看到的，捕捉美，我覺得那才是一個文字工作者的使命。如果老是看生活中的醜陋面，我們早就喪失寫作的勇氣，因為實在沒有意思了。我們每天看新聞，這個醜陋還不夠嗎？生活當中碰到的醜陋實在是太多了。而那一些醜陋我覺得都無足輕重，美麗比較要緊。走了很多地方，看了很多人，我還是習慣看一個民族的偉大、美麗的地方。

六　有關閱讀的意見

琦　君：

小時候背書可以說是：「和尚念經，有口無心。」都是瞎背；可是，現在我終於可以體會到為什麼古人用那幾個字、為什麼用那幾個調子，這才能體會到它的好處。壞處是：甩不開了！古人都寫過，我還再寫做什麼？我說一百字，還不如他說的那兩個字，所以少寫，這也是原因之一。舊東西讀多了，就會有些陳腐，所以我現在盡量少讀。就像瘂弦說的：「你不會背的詩，就不要再去溫習它了，還是接受點新的。」我覺得很對，新舊是要交融的，不要相互排斥。

夏志清：

《三國演義》我覺得是應該讀的，因為這個是歷史信實度，reliable history，壞人也有、好人也有。女人講少一點，講國家大事、男人義氣，沒有exaggeration（誇大）。我現在還是覺得它最好。雖然裡頭殘酷的事也不是沒有，但是，小學時看不出來，只是覺得熱鬧。衝突是有的，經過一番努力，一下子又灰飛煙滅。曹操起來了，一下子又是司馬家起來，只要努力就有成功的希望。《三國演義》的好就在：一是簡單文言，不用看字典就可以念下去；二是可以看人家打仗怎麼打，非常好，因為這是real。

念書一定是有目的的。我的目的就是把西洋文學的經典都看完。我覺得小時候瞎看是沒道理的，最偉大、最好的要先看，看了就會有根柢，根柢好，學習就快，中文、英文都一樣。中國人其實還是要多學一些外國東西，多念一點洋文，德文也好、法文也行，如果英文再好，那就不得了了！這不難的。不過念書這件事，真的要有興趣，有興趣的話，會覺得越難越好。

王鼎鈞：

我寫文章受文言文、詩詞的幫助，也受它的連累。我簡鍊，但是放不開。後來我也有突破，像《隨緣破密》，像《左心房漩渦》，可說力矯此弊，一個主題不斷擴充反覆變奏延伸，一本書只是一篇文章，可稱為早期的大散文。

陳映真：

現在寫小說，有一個比較大的問題，語言的問題。現在的政治主流就是不重漢語，我就覺得很奇怪，美國獨立了，也不能就用黑人的英語來寫或用印地安的英文來寫，這跟獨立不獨立無關，文學總是語言文字的藝術，我們不要中國傳統，台灣有什麼傳統？所以，還是要從自己民族的語言文字的累積。所以，首先是要讀得多，其次就是要讀得廣，讀世界已經有定評的偉大的作品，我也不一定說托爾斯泰的什麼東西你非得必讀，你要是真的讀得不耐煩了，也可以把它擱開，你總是要找到能真正震撼你靈魂、觸動你靈魂深處的作品，你才知道文學的境界可以到哪裡。就跟繪畫一樣，總是有一個 classic，一講起來就會想到的那些東西在引導著我們。不能說連作文都不要老師改，自己上電腦，我愛怎麼寫就算了，這個當然是一個新的時代，我這話看起來像是一個不懂電腦的老頭子的牢騷。但是，如果是文學，這樣子是不可行的。

劉大任：

中國文化的淵源流長，整個文學必須一代一代不斷地累積翻新，這個累積的功夫很重要。從前胡適之搞文學革命的時候，他的「八不」主張中就有一項「反對用典」，可是文學上的用典往往代表文化的累積，典故一用再用，這中間層次就會增加，反而會愈來愈有味道。所以，就文學本身來講，用典不是一件壞事，可是當然不能硬用，要用得好，要推陳出新，這樣才有前途。所以，讀經也好、背詩詞也好，引導的功夫很重要。

陳義芝：

閱讀古代的作品是很重要的，詩的語言表達方式可能因為時間的關係，有了變化，但是文字的色彩、聲調、旋律，都是可以從古典的篇章閱讀中取得的，而且是很好的典範，為什麼不去取呢？這點是我特別要跟年輕學子共勉的，因為我自己也是這樣做。當然西方的作品，也要盡量去閱讀，有人講白話詩中很重要的法則，是來自於西方文化的起源，可能是法國的象徵主義，或法國象徵主義結合而產生的後現代主義，包括超現實主義、達達主義……等等之類的主義複合共同影響過來的。何況西方大師的作品也真的令人相當讚歎，能夠讀原文就讀原文，不能讀原文也可以讀翻譯。優秀的翻譯還是相當動人的，也許透過翻譯會有一些損失，但是透過我們的敏感、想像可以接合上去，甚至連誤讀都有它的妙趣。我認為閱讀實在相當重要。

向陽：

我對年輕的朋友，如果想寫詩的話，唯一的建議就是閱讀。閱讀有三個層面，第一，既然要寫詩當然就要看詩，傳統的古典的詩一定要看；西方的經典作品，雖然是翻譯的，可能會走味，但還是要看；此外，當代詩人所寫的經典詩一定要看，愈滾瓜爛熟愈好，因為要站在這些巨人的肩膀上才能開創自己的風格。其二，是閱讀人生，雖然還年輕，還是要多張開自己的眼睛看看外在的世界，周遭的自然、都市的變化或多觀察人，這也是一種閱讀。其三，是閱讀心靈，因為詩畢竟屬於個人，它和散文、小說不太一樣的地方是，詩通常是向心靈最底層的探索；要了解自己，而你自己的部分就在心中，能夠閱讀自己的心靈，換言之就是反省、自省。如果想要當一位詩人，以上三種閱讀是必要的。當然，我認為，這三種閱讀可以做得到，不只可以做個好詩人，任何事也都可以做得好了。畫家也是如此，他們都必須看自己，也必須看外面的世界，然後還要看別人畫出的世界。

簡　媜：

閱讀才能夠跟別人的腦袋瓜摩擦，就是把別人的腦袋瓜當磨刀石，練自己的腦，所以，閱讀的時候不要讀一些太空泛的東西、太消遣的東西，寧願去讀一些厚重的東西，因為我覺得對於寫作有興趣的同學們，趁年輕的時候應該去讀一些不懂的東西，永遠不要以為自己到三十歲、四十歲時才有時間，才會有比較穩定的生活狀態來讀一些大部頭的東西，到那個時候要讀的是另外那個大部頭的東西，而不是經典作品這個大部頭的東西，所以我會建議閱讀要把握閱讀的黃金時代，真的在大學這個時期，讀大部頭的東西、經典的東西。

七　有關文學創作的態度

王鼎鈞：

為了寫小說，我勤練散文，散文是小說的基礎。為了寫小說，我讀詩，詩開啟想像力，增加對文字的敏感。為了寫小說，我揣摩戲劇，取法戲劇的結構。我也讀文藝理論，那時的觀念是，作家必須有理論修養。

很慚愧，小說寫不成，這裡那裡有人找我寫散文，寫劇本，寫評論，這好像是公民投票，大家決定我不能寫小說。我多年舉棋不定，最後棄子投降。我志在散文，但是怎麼也忘不了詩、戲劇、小說，學習總是有益，詩、小說、戲劇，滲入我的散文，大大的改進了我的作品。

莊信正：

寫作我看得非常嚴重，簡直認為是世界上最有意義的事。曾有人出來說文學已經死亡，或者小說已經死亡，聳人聽聞，也會有人喜歡聽聞。現在「地球村」越來越商業化，美國這邊更是金錢至上；崇拜電影明星和運動健將，未必因為是戲演得好或球打得棒，而是因為錢賺得多。文學已經死亡了嗎？那正好不去理它，看電視看球賽好了。如果文學死亡，人類也就不用活了，活也是白活，等於行屍走肉。文學是一條大河，可以容納眾流。有的派別愛說教，有的為藝術而藝術，我想只要文章寫得好，二者可以並行不悖，不必唯我獨尊，互相排擠，太偏激就會變得狹隘。

白　萩：

我們那時候追求寫詩前要能醞釀，寫詩時要濃縮，另外寫作不能靠衝動。所以現代主義在語言方面，要求語言的不可更動，若隨便改一動詞或名詞，便韻味全無。還有，我的詩是非常濃縮的，寫起來很短，很含蓄。譬如〈詩廣場〉，這首詩是我個人很滿意的詩，用的字只有九行，比起舊詩，有那種蒼涼的感覺，我覺得比陳子昂的〈登幽州臺歌〉還白話，雖然白話，但卻是經過濃縮，已經有舊詩詞精鍊的精神存在。白話文能夠精鍊、精準的使用，這是我努力的方向之一。也就是說，我了解現代主義，以本土為主的方面，我也紮根得早，語言的鍛鍊也很早，用語言來思考，改進語言才能改進我們的詩，我曾經作如此的主張，所以我可以說是理論的實踐者。

林　泠：

在我從事別的行業那麼多年之間，其實我對詩的敏感度，在泥土以下的都仍舊保存得很好（根葉的部分），但是上面的面土就應該換，因為以前種雜糧，現在要種小麥。所以，經過一些時間，我就覺得自己比較自由了，精神狀態好像不再對每件事情的現象的反應都是分析性的，我自己可以感覺得到，已經有一個比較合適的平衡，就是這樣。那個時候，我就開始寫詩。先前，我也寫過，但是就覺得很緊。話又說回來，我科學的論文寫很多，別人就說我相當善於經營高潮，因為普遍的科學論文有固定的模式，但是，效果、研究成果假如有限的話，我通常就會把它經營得很好，這是從詩的方面來的，我就覺得很好笑，他們很多人都不知道我有文學的一面。

張曉風：

寫作對我來說，多少就是屬於一種比較叛變、叛逆，比較不納入社會的思考，若是將它規劃好了，幾點鐘起床、吃飯……等等，又變成一種規範制度了。我不是說這樣就絕對不好，只是說我比較希望自己能隨興一點，隨興的寫作。隨興也許不會有那麼正確的生產量，但是隨興畢竟在寫作當中應該還算是被允許的性格吧！很多人是一直要講人生的規畫，但是我一直不相信人生是完全可以納入規畫的，包括愛情、婚姻、生死……等等，這些都是不能規劃、計算的，我所了解的就是自己要搶一點時間、偷一點時間，趁上天不注意的時候，騙騙自己忘記年齡，趕快悄悄再去多做一點事情。我所謂的瞞著家人是指有些事情家人會覺得太瘋狂了，這樣對健康不好；瞞著自己最主要的是讓自己忘記年齡，讓自己還能去做喜歡做的事。

李敏勇：

我的詩抒情和批評面向都有；詩的意義不一定是相對為個人或只是一種抒情的。詩具有廣泛的面向，以語言為中心，但它可以深入思考社會在語言形成的外部破壞，雖然在追尋意義、認知的實踐，社會上政治和商業的力量會不斷扭曲語言，使語言不真實，所以詩為了維護語言意義時，就會透過詩辨證形成一些東西。

另外，詩也會有批評的方法；批評有兩種，一種是文學、文化意義的批評，或是文化意義的批評發展出文明的批評，我把自己視為是文明的批評。因為人類相對的是在文明化，文明化會有文化、政治、經濟條件的檢驗，民主化的政治相對的是文明；經濟的發展是無止境的，人類需要適當的物質條件，才能追尋文明，它有一種相對經濟的檢討；文化上則要有進步性，它會形成一種指標。因此，我希望政治民主化、經濟福祉化、文化優質化。我用這樣的指標，站在詩人與批評者的發言角度去檢驗，檢驗時就會把這種想法說出來，不斷地去辨證，有時透過詩，有時透過其他的文學形式，它是一種以欣賞的角度來達到意義上的陳述。但是批評就是單刀直入，在我的了解和閱讀經驗裡，詩人參與政治所在多有，比如像拉丁美洲有太多的詩人是政治家，雖然政治的原理、原則不一定和文化的原理、原則相像，而且詩人參與政治會有許多挫折，因為政治的道理和文學藝術的道理不一定一樣。

作為公民、社會的一分子，我很喜歡義大利一位著名的導演，他在義大利被認為是市民的詩人，參與公共事務。我也有這種性格，因為我把近代意義的政治，當作一種文明條件必要的選擇，我認為近代的社會意義是要發展出國民或市民意識；將國民視為國家主體者，顧及其權利及責任，那種所謂民主化就是我的信念。要達到這種政治結構的文明化會有很多障礙，這是封建性留下的政治基礎，人類文明在進化中並不是從天上掉下來，它有各種力量在牽動，如善的、惡的、利人的、利己的力量，當正面大於負面的力量時就會進步，且社會是一種生態，它不是進步以後就能保持，所以不斷要有批評。那麼我基本上就是以詩人的本職去面對這些，也從我所閱讀到的許多詩人的職責去參與這些。

袁瓊瓊：

近年來，我愈發體會到，我們在約莫二十年前張愛玲風靡的時期，當時胡蘭成老師很喜歡說一句話，就是「你的人要比文章大」，我是近年來才特別體會到這句話，就是說，我們要先學會做人，再來寫文章，在這樣的狀態下，我有時候覺得寫小說或是寫劇本，對我來說，是一種充實自我，使我的人生比較豐富、讓我內在成長的方式。比如說我去逛街、做採訪、看電影，也都是同樣豐富我自己的方式，因此對我來說，我不會給自己設定這樣的評價，就是寫小說比較重要還是寫劇本比較重要，基本上這些東西，都是用來滋養我的。透過寫小說，我了解很多事；同樣的，透過寫劇本，我也了解很多事，透過這兩個行為，我會感覺自己的人生某些事情得到轉化，我們在寫某一樣東西的時候，內在會有一種分析，就會看到一些自己忽略的東西，或者是說自己從來沒有想過的東西，尤其是我認為作品不錯的作家，他的內在成長會比較豐富。基本上，這兩樣東西，對我來說就是一種自我成長與豐富，因此兩者不分軒輊，我不會覺得哪一個特別重要。況且，說真的，這兩件事對我來說都有相當大的樂趣，這兩件事都非常好玩。

顏崑陽：

散文在形式的經營上，假如要要求它的藝術性，其實是要用心去經營的。至於它有沒有一定的法則，我倒認為是沒有的。像我們以前在課堂上寫文章的時候，老師會告訴我們要注意起承轉合，一開始是起，中間接著承，接下來是轉，最後以合結尾，其實這種是很匠氣的做法，文章這樣寫，不太可能產生好的文章，也許命題作文可以這樣做，但是像我們這種自由創作、自主的作家，不會是那樣寫文章的。因此法隨意轉，就是所謂表現的方法，其實是跟隨著表現的主題、處理的題材，把這些東西做最恰當而有機的安排，然後把主題呈現得最深刻、最有效果。所以每篇文章謀篇的方法都不一樣，不會有一個固定的模式，寫作往往就是如此。

陳義芝：

寫詩與散文的層面其實有相當多類似的地方，讀者很容易可以去追溯作者背後所描寫的情境有什麼樣的關聯。就作者而言，也是一樣的感覺。我們總是會希望作品本身就很完整，讀者可以不需要依託作者的創作背景，不認識作者，與作者毫無關係；就像《詩經》中的作品「蒹葭蒼蒼，白露為霜，所謂伊人，在水一方」到底是哪位男人在這邊說，他所追慕的女子又是什麼樣的形貌？我想這樣的意境已經是一個共通的意象，也是寫詩的最高境界，不論是從小我經驗出發，或是將這個經驗對應向遠方，終究是想傳達一種完整美的呈現、深刻情意、情境的傳達。一個創作者自我的經驗流露於筆下，是否會有更多的面向，更多的層次，其實跟他的生活、努力有關。若是他只侷限在有限的生活環境當中思考，很可能會使他在這樣的作品當中翻來覆去，也無法產生新的感覺。

如果一個作者本身的思考就相當靈活，不斷的要做自我革命，推翻自己固定的思維，甚至是世俗原有的認知，不斷的閱讀思想性的作品、感性的作品，直到這些東西都化為作者的經驗，為他自己所運用。我也很喜歡閱讀別人的作品，例如古代詩人的作品、當代詩人的作品、西方詩人的作品，這些作品都像一個很豐富的世界，讀了之後會覺得好像自己的鄰居一樣，鄰居的動靜、思維就好像變成自己的經驗一般，是相當自然的。

羅智成：

我早期的詩作花了很大部分的力氣在做自我內在的探索，就像所有現代主義創作者，在早期，最吸引他的是一個內在的宇宙，透過自己內在宇宙的探索，可以了解到普遍人性的困境，普遍人性的內在探索，因為這種事情沒辦法透過抽象的東西來演算，只能透過自我內心的剖析和反省。漸漸的，我們已經把握對內在人性的探索，渴望能往外發展的時候，其實也就是說一個文學創作者有沒有可能讓他的文學創作除了對自己貢獻之外，對這個社會也有所貢獻。我發現到最大的可能性就是為這個徬徨的社會創造各種理想，讓人民知所因循。這樣一種透過文學為社會呈現夢想的歷史，最有名的就是德國的文學家，在浪漫主義的時代裡頭，他們為德國日爾曼民族勾畫一個屬於全日爾曼民族的文化共通理想，甚至還透過這個理想改造了德意志的民族性。往後有很多文學與藝術創造者，他們希望跟這個社會對話的時候，自己的創作直接或間接上都能勾畫這個社會的民族，或人民對某種文化影響的衝擊，而且就是有一個具體衝擊的方向或是對象。

的確，在這個階段中，我渴望透過我的創作，去刻畫、創造出一些屬於我們社會可以去想像的理想人格或是典範，所以這段時間就是我創作大量「諸子篇」的時代，透過對於孔子、老子、李賀、耶律阿保機、荀子、墨子等等的古典人物的重新塑造。我也渴望用一種現代人願望，現代人的理想，把它壓縮投射在古代我們認為比較精彩的人物再現上面，這就是我當時提出想為這個徬徨的社會創造出一個可供追尋理想典範的願望。

八　給有志從事創作者的建言

林太乙：

我認為好文章要寫得自然、通順、深入淺出、容易懂，不要矯揉造作。我喜歡的作品都是這樣的。寫得自然、通順、真實、生動，這談起來容易，寫起來卻非常難。這要靠真功夫。

余光中：

致力於文學創作的人，應該要熟悉兩個傳統：大傳統就是《詩經》以降，小傳統是「五四」以降，這兩個傳統任缺其一，他的功夫便還沒達到可下山的程度，下山以後還要經常回頭。所以，若是只看「五四」以後的東西，那麼對悠長的文化是失根。本來我對台灣印象是保守，在中文系裡面古典文學大概占十分之七、八，現代文學是十分之二、三，現在是平分秋色，甚至於要凌駕於古典之上。大陸的中文系分三個部分：古典文學，當代文學，世界文學。我覺得很平衡的，所以他們寫文章或寫理論的也好，就會引用很多西方的東西，這是很不錯的。如果光是集中在眼前更小的傳統，到後來就變成近親繁殖，有時混血種還是不錯的。

陳映真：

不要趕流行，後現代、後設、拼貼……去追逐這些，不會有好的作品。畢卡索把那邊的眼睛畫到這邊來，這是傑作，可是只有那一張。另外一個人要重新依樣畫葫蘆，也把這邊的眼睛畫在同一邊，像比目魚一樣，就沒什麼意思了。現代主義的藝術有這個特點，只許一個人有先創的idea，第二個人跟就沒什麼意思了。要有比較廣闊的人文關懷，不是為了玩。我回憶起來，我們那個時代，腦筋裡沒有稿費這兩個字，我寫了小說，領到稿費的還真少，多半都是在沒有稿費的情況下給同仁雜誌寫。現在的小孩可能計算的不一樣，為了想著能拿到多少，會去了解報社的文學獎的可能方向，現在流行什麼，鄉土的就找一些鄉土的來看，像做市場行銷一樣……。不要這樣！真正要多讀、多想。我個人總是期待這樣的一種作品，讓所有受侮辱的人重新得到尊嚴，跌倒的人因為我們的作品重新站起來，戀愛快樂的人可以因為我們的作品重新分享他們的喜悅，讓受到挫折而絕望的時候，因為一篇小說而得到重生的力量。當然現在講出去，人家會笑。可是我想我年紀這麼大了，想來想去，我這個想法沒什麼錯，所以就一直堅持。至於寫得好或寫得壞，老實說，我有一個可能不正確的想法，覺得藝術作品是種工具。

張曉風：

喜歡創作的人，其實最重要的就是要小心謹慎，不要傷害到創作原始很靈敏的感覺，就是讓自己的思想儘量單純化，也可以說是一種「笨」。當一個人思想單純的時候，會比較少一點功利，比較少一點討好心態，這樣比較容易集中心神在所要深掘的事情上面；保持著對世間萬物和人的情意的純真，我認為小孩子在某些方面比較可以做我們的導師，例如：小孩子本來應該要去上學，卻可以因為要看螞蟻，而專注的蹲在地上，忘記了上學這件事。這種心情我們成人不太會有了，因為我們會計算著時間、算計著時效。當然不是說我們都應該看螞蟻看到遲到，而是，看到什麼呆住了的那種赤子心情，我們還是應該要一直保有。假如，我們經常缺乏錯愕、驚訝、驚喜、迷亂……等等情緒，當這些情緒都消失的時候，我們就會覺得一切就是這樣，沒有什麼特別，一切都很「正常」，也就沒有什麼事物可以寫作了，因為一切都納入「常規」之中，一切都像是工廠的機器一般，照規矩來，按了按鈕就開始運作，我認為生命當中最可怕莫過於此。

但是，很不幸的，隨著年齡的增長，人總是會慢慢的麻木，或許說是比較正常，可是我覺得失去了這些情緒，也等於宣告了寫作生命的死亡。因此我認為不論活到幾歲，還是要保持著兒童時期，那種對萬物非常驚訝的心緒。有的時候甚至不只是對於看到某些事物，有的時候語言也可以讓人很驚訝。我的孩子小的時候，很驚訝的跟我說：「媽媽，怎麼有人說那個人是有頭有臉的，那麼誰是沒有頭沒有臉的？」他不知道這句話是一個成語，於是就使用文字最原始的意義去解讀它，覺得這句話非常讓人驚奇。然而，大人已經說慣這句話的時候，已經不再被這句話所感動或驚嚇。我們的語言裡面其實有很多字眼相當漂亮、動人，可是我們講慣了，感覺也就死掉了。聽小孩問那句話的時候，才會發覺語辭當中的玄妙。我們對語辭有沒有敏感性，對現實社會有沒有敏銳的觀察，這是創作的基本要素，當然，對於古典文學、鄉土文學……等，也必須具備一點素養；古典文學的素養有助於辭彙、語法的建立；在鄉土文學當中則可以發現許多庶民長輩的智慧，對於這些古早傳承下來的言語，也不妨多吸收。從上焉者的古典文學，或是下焉者的民俗言語智慧，從中去體會，都能獲得相當多的收穫。隨便翻開成語或諺語字典，都會領受他人怎麼那麼會講話，例如：廣東有句話：「牙齒當金使。」就是在形容別人相當有信用，牙齒可以當金子來使用，這句話用廣東話來說，節奏腔調比較鏗鏘有力，表示一開口就相當守信用，可以把那些開空頭支票的人都羞死了。我覺得祖先那些庶民因經驗、體驗所激發出的格言，真是讓人不勝驚訝，值得我們好好學習。

其實進入散文的創作是滿容易的，我記得我一開始寫散文的時候，是無意中的事，原先我是寫小說的，進入散文這個領域之後，也是開始慢慢摸索出來。所以剛開始個性並不是那麼明顯，卻也可以發現散文寫作像一面鏡子一樣，不是讓你照了以後更漂亮，而是像車子的照後鏡一樣，讓你看看自己的左邊、右邊，看看前面有沒有走對路，看看後面有沒有來車，是調整自己的方向的照後鏡，寫散文的確是滿有意思的。

楊牧：

如果真的還有人要立志寫作，我想不必急著從十六歲就開始立志全部寫作。我覺得一邊讀書、一邊寫作，然後至少學一個外文，不管什麼外文都好，你英文差，法文、德文、日文學一個，空間自然會有一個地方打開給你，可以看到別人比較看不到的東西，而且也可以使你對中文的結構、中文的特性更了解。因為你突然看到德文是這個樣子、中文這個樣子，然後你從德文當中去學到一個什麼東西。我想是要讀很多書，不見得每天一定要寫五、六個鐘頭。至於是不是要常常出去旅行，我倒沒什麼意見。我在《一首詩的完成》裡頭提到「壯遊」，其實我好像也不太贊成那樣子。我覺得跑來跑去幹什麼，一下子去巴西、一下子去布拉格，我覺得不見得有那個必要。不過讀書大概還是要，讀書是一種想像力的訓練。所以大致上是這個樣子，我也從來沒有想過怎麼樣才會把文章寫好。

施叔青：

第一就是興趣。因為這年頭寫作絕對不是為了名利。我覺得寫作是個人的完成。不論什麼事都不像寫作對我那麼樣的有挑戰。就像爬山一樣，到目前為止，我都還沒有寫出令自己非常滿意的作品，所以要不斷的往上走。如果年輕人覺得必須要寫作的話，因為這是一種力量，讓你不得不排除這些玩樂，然後到書桌前面去記錄自己的一些心路歷程。但是這樣子的話，我常說這是一種被詛咒的 (curse)，必須好好的下功夫。其次，我覺得閱讀好的作品可以有很大的幫助，然後觀察這些眾生，無時無刻都在觀察眾生，如果有什麼意象，有什麼感覺，就可以先把它記錄下來，等到醞釀成熟以後，才把它寫出來。剛開始，先寫短篇，因為長篇或中篇會很難駕馭。然後要不怕改，寫了以後擱到一邊，隔些時候再拿回來改。這些都是方法。

韓　秀：

親身感受到了一個事情或經歷了一個故事，你不能馬上去寫，因為不但不夠客觀，而且可能非常的主觀。因為，你站在故事裡邊或邊緣，或者情緒激動，或者非常悲傷、高興，總而言之，那個時刻寫下來的東西都沒有辦法留得很久，都經不起推敲。那個時候說的話，過了一段時間再回頭看，往往會覺得非常慚愧，覺得太衝動了。你一定需要一點時間來沉潛情感，沉潛心靈。同時你也需要有一個距離，就是說你不能夠在當時那個氛圍去寫當時的那個氛圍，你不是普魯斯特，你知道普魯斯特躺在病床上，憑著他的想像可以去寫百萬言的《追憶似水年華》，但是，我們每一個人都不是普魯斯特，不能夠用他使用過的方法來寫作。所以，寫作時，一定要求我們要成熟一點，並給自己一點時間的距離。許許多多的故事，你都要過一段時間再來看、再來想。那個時候你才會覺得你離那個事件反而比較近了。因為你雖然人在其中，有時候離那個真實面反而很遠，我想在台灣生活的很多朋友都很清楚，我們每天看新聞，新聞裡頭有多少是生活當中的真實？有一點時間、一點距離後，比較客觀，相形之下，寫出來的東西就有力量，而有力量的東西是會活下去的。

廖輝英：

小說最主要其實有兩個部分，一個是敘事，第二個是文字，一個作家的文字如果沒有風采的話，其實就不能成為一個獨特的作家。另外，寫作是不是要從年輕的時候一直寫到老，中間都不要去做別的事情，我想也未必是這樣，因為認真的生活是非常重要的。我在大學畢業以後，是很痛苦的放棄寫作，全心全意地投入工作。在全心全意工作以後，才發現人生的路常常讓人一驚，你在哪個地方轉彎，命運會改變成怎樣，你都不得而知；如果你有很好的機會，你可能在某一年又重新拾筆再寫這些東西，可是寫出來的東西，加上人生豐富的經驗，也許會更好。其次，我是認為氣度要大，我覺得一個寫作者如果心胸不夠寬大、氣度不大，永遠寫不出好的、像樣的作品。另外，要有充沛的體力、毅力，身體要非常好，才能夠將一部書十幾萬、二十幾萬字持續寫下去。我自己在二十年中寫了五十幾本書，如果寫作紀律不是很好的話，絕對是沒有辦法完成的。很多人常常勸我「不要寫那麼多，要寫好一點」，我常常都嗤之以鼻，我要成為一個名家，就要一直維持我的知名度和水準，我如果沒有在品質上把關的話，我就會完蛋了，所以我並不是亂寫的。各位一定不相信我用什麼方式鍊字、鍊句，我讀書的時候一定最少有一枝螢光筆，甚至是兩、三枝一起畫來畫去，所以讀書很慢，讀完以後，有一些我特別偏愛的字句，我用好幾本筆記本，自己重新再把它抄一遍。以後看的時候，就常常翻閱這些東西，會帶給我很多靈感，通常它一句話，會觸動我很多另外的想法，這些其實都不是很多人能想像出來的，一天要工作十幾個小時，做很多準備功夫，那都是別人看不到的。

袁瓊瓊：

其實我不知道我的經驗或方法，能不能夠幫助別人，因為以我知道的每一個小說家、散文家，每個作家之所以開始寫東西，契機都是不一樣的。像我最近看一篇小說，看到年輕作家寫他打電動玩具的狀態，現在的小孩子都有那種情況，就是打線上遊戲、電動玩具，都已經玩到真實和虛構的界線模糊了。我當時就覺得他們的狀態打動了我，因為當你玩線上遊戲的時候，你自己可以選定要做一個什麼樣的人，他雖然是一個男生，可是他可以選擇做美女，可以選定自己的背景，選定有什麼樣的武功，接下來就出發到這個世界裡。我當時就覺得，有一個東西進到我的腦子裡，後來就想要寫這樣的小說，寫一個人進到非現實世界裡，現實世界掩蓋了的狀態。我常常都是這樣了的，看到什麼東西，就會很有想法，我的小說開始，也都是這個樣子，回到〈自己的天空〉，第一句話是「她一下就哭起來了。」之所以有這樣的發展，是因為我在吃飯的時候，真的看到了一個女生坐在那邊哭，於是就開始替她編故事，到後來，才把我自己的生命和理解加進去。我自己是常常碰到一句話，或是一個景象、一個狀態，就覺得可以發展下去，於是才開始寫小說。

陳義芝：

青年朋友有時候有心寫，就會很期待看到反應、成果。事實上，我覺得光閱讀還是不夠。要掌握一個文類的傳統是相當重要的，一個要寫白話詩的人，要了解新文學的變革，要了解這項變革所衍生出的常識和明白這些常識的好與壞，一定要細細的體會。若是憑空從八〇年代、九〇年代就直接切入，我認為是滿冒險的，因為有很長的一段路都是矇著眼睛的。新詩的河流很長，若是不了解上游的情況如何，直接從中游切入出發，有沒有狀況會產生、水性如何，都變成一種未知的狀態。對於新詩整體發展的掌握，其實也很容易，畢竟只有大約一百年的歷史而已，所以必須用很虛心、同其理、同其情的心思去感受那些作品的世界，這是很重要的一環。

練習寫作也很重要，我發現青年朋友在自己練習的時候，對於文辭、文句的掌握下了一番功夫，卻往往走火入魔，使它變得很怪異。我比較喜歡問讀者為什麼要來讀你的詩，可不可以不讀，那麼難讀、痛苦，讀得氣都不順暢，為什麼要讀？你給了讀者什麼樣的東西，什麼樣的見解，或者你有什麼樣優美的姿態、描寫，總是要有一些很特別的東西，否則讀者為何要閱讀你的作品呢？我想語言的精緻要講究，又不能流於怪異。另外，詩人和其他的作家一樣，對於生命的體會要比較深刻，例如給人什麼樣的體會，要讓讀者從當中得到東西，而不是像花拳繡腿的繞來繞去。一個喜歡寫詩的人，需要具有廣泛的閱讀、深刻的思考，對於外在事物的敏感或不敏感也要相當注重。我經常對學生說，你對葉子枯了、葉子發芽了、鳥在頭上叫都沒有感覺，你的感性觸角都還沒有被引動出來，是不可能寫出什麼感人的作品的。

在我年輕的時候就見到很多的同學只憑藉著才氣、靈感來寫，其實不是這樣一回事。甚至到了我現在這個年紀，在學習階段的初步基礎大致已經完成了以後，都還是要繼續持續學習的，靈感是要你去召喚而得來的，必須用功的坐在書桌前、電腦前或稿紙前很認真的思考。甚至在閱讀的時候、生活的時候，都在觀察與思考，只是有的部分記錄在紙上，有的部分記錄在腦子當中，然後再不斷的篩選，才能萃取結晶的成品。

王德威：

有的時候我不禁感歎，這一輩的剛嶄露頭角的創作者，或是正躍躍欲試的創作者，也許已經錯過了一個很美好的時光，就是七〇、八〇年代。我們對文字的珍惜，還有維護文學的愛心，到了九〇年代以後不太容易見到了。文學從一個比較大眾的媒體，變成了一個分眾的媒體。我想這一點自知之明對有志創作的作者來講是必要的。也正是因為有了這樣的自知之明，他們也許就更坦然了。我覺得創作，第一個當然是自己有不得不寫、不得不說的衝動。回到今天最原始的話題，所謂對話性或眾聲喧嘩。其實你心裡總是有一個或多個聲音，它未必總是和你自以為是的聲音相契合，但它總是刺激著你、攪擾著你、鼓勵著你、誘惑著你，要你去做一些自己覺得不同的事情。我們每個人可能都會有這樣的聲音存在，迫促我們做一些其實並不讓大眾或自己覺得很討好的事情。但是為什麼不呢？所以這一點想清楚了以後，然後繼續持續地創作，我覺得並不是難事。沒有了那樣續存的、傳統的讀者或觀眾，但是在網路上也許另外有一個新的空間。所以在這個意義上，只要有心，我覺得是有為的。既然過了那個好時間，那就乾脆安心下來，寫點自己真正想要寫的東西。我最喜歡舉曹雪芹為例，他寫《紅樓夢》時是沒有想像要有多少暢銷版的，甚至是沒有幾個讀者的，甚至在生前沒有出版。同樣的，吳敬梓寫《儒林外史》也是在他最孤寂的時候。當時的作家哪像現在這樣熱鬧，你來我往。他們也不上電視，也沒有報紙來捧，也沒有這些訪問什麼的。所以我覺得這樣的一種行業，經過了這麼一大圈之後，也許真的又回到了一個像班雅明所要談論的，一種寫作的「丰采」，所以這是一個非常有趣的問題。作為評者，我自己並不是一個真正特定定義下的創作者，但是我很希望能夠見到更多新的聲音，當然這也是我們繼續參與批評活動的一個本錢。

簡媜：

寫作很重要的當然要多寫、多讀，大概沒有其他的捷徑，因為寫作好像沒有辦法買到威而剛之類的，或是十全大補丸，可是我覺得很重要的就是獨立思考，而不是人云亦云，所以在一種思想的磨練上、思考的鍛鍊上面，是要多下功夫的，這是第一。其次，當然要尋找到文字表達自己的生命。可能在剛開始的時候，難免都會有別人的影子，可是必須很自覺的，把這個影子擺脫掉，永遠不要去作某某人的第二，或者某某人的接班人，去作自己，也就是創格吧！寧願創格也不要襲調，不要沿襲別人已經成熟的一種風格或一種技術，寧願去創出自己一條歪歪扭扭的路。

我想大概會寫作的人對文字本身都比較感興趣，就像數學家沉迷在那些我們看起來扭扭捏捏的、而且非常枯燥的1、2、3簡單符號裡面。同樣的，作家和文字也特別有緣。可是對我們來講，文字已經不停留在符號裡面，它已經進入到一個非常豐富的變化裡面，不同的字，單獨的看，有它自己的面貌跟神態，真的每個字像一個人，就說下雨的雨這個字，它就長得像它自己，它不是那個簡單的筆劃而已；曝曬的曝，或瀑布的瀑，它真的長得就像瀑布的樣子，到最後它已經不是符號了，它進入到非常活生生，有溫度、有熱度的一種存在。

當你把不同的文字結合的時候，它會產生一連串複雜的變化，那裡面有很迷人的東西，所以在寫作的過程當中，恐怕對我來講，是很私密的遊戲；有時候，好像是沒有意義的在做一些造句，一些文字的組合，字跟字的組合。可是這些遊戲本身做久了之後，它會產生一些成果出來，所以是不是因為平常常做這樣的遊戲，所以使得在寫作的時候要捕捉某一種意念，或者要捕捉某一種情感、某一種感觸的時候，似乎就比較不困難，大概是一個遊戲的成果吧！

我讀中文系，在詩詞歌謠裡面，甚至在小說傳奇裡面，也接觸到了不同的朝代，不同的詩人、不同的詞人，他們有他們不同的遊戲手腕，譬如同樣的字在王維的手裡、在李白的手裡，它產生的變化就不一樣，它激盪出來的火花跟成果也不一樣。對我來講在中文系裡面，去接觸這些的時候，特別容易進入到他們的這種遊戲裡面，你就慢慢的去拆解，為什麼他要把這幾個字組合在一起，當然除了格律、聲韻方面的要求之外，為什麼他們會特別把這幾個字排在一起，那這幾個字到底產生了什麼樣的變化，那麼換到另一個詩人的手裡，為什麼他組合的又是另外的一行字。所以這些東西都已經加強了。不過在進入中文系之前，我想我大概就對文字本身有感覺，這滿重要。

【文學004】**你道別了嗎？**　林黛嫚 著

●民國九十四年中山文藝散文創作獎、聯合報讀書人周報書評推薦

你知道每一次道別都很珍貴，你無法向那些不告而別的人索一句再見，但是，你可以常常問問自己，你道別了嗎？作者在這本散文集中，除了以文字見證生活經驗之外，更企圖透過人稱轉換造成距離感，以及小說化的敘事筆調呈現散文的瀟灑文氣。

【文學007】**荒　言**　吳鈞堯 著

●中國時報開卷周報書評推薦

當時間緩慢而堅決地自生命的罅隙滲漏流逝，記憶如沙堆疊、崩落、四散。面對著一切的終將消逝，作者將凝斂在時空裡的過去，收拾成一篇篇記錄自我生命軌跡的「隻字荒言」。唯有在對逝去歲月的眷戀凝視中，才能把告別的哀傷，化為一股持續奮起的力量。

【文學009】**描　紅——臺灣張派作家世代論**　蘇偉貞 著

張愛玲，其人其文，在上個世紀合力構築了一則精緻華麗的傳奇。被評論家和媒體稱為「張派傳人」的蘇偉貞，從《孤島張愛玲》到《描紅》，她進入張愛玲的心靈和創作世界，再由此剖析張愛玲與臺灣作家間的關係，自人生經歷到作品風格，不僅完整繪製出「臺灣張派作家譜系」，也隱隱向這位「祖師奶奶」致上最高敬意。

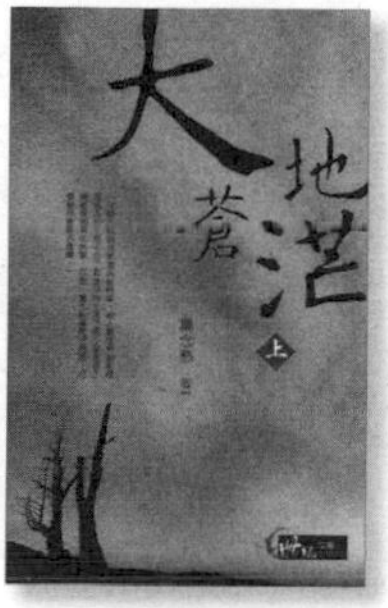

【文學010】**大地蒼茫（全二冊）**　楊念慈 著

暌違二十多年，資深作家楊念慈，繼《黑牛與白蛇》、《廢園舊事》後，又一部長篇鉅著——《大地蒼茫》終於問世！山東遼闊蒼鬱的故事背景、粗獷樸實的人物性格，在作家的妙筆下栩栩如生。凝神細讀，你將會不知不覺，走入那段驚心動魄的烽火歲月。

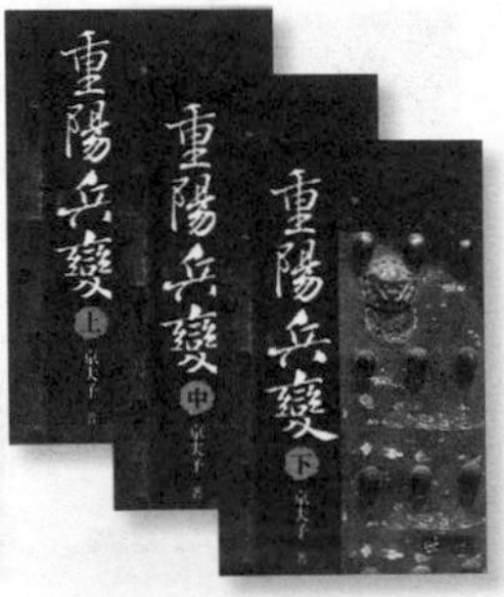

【文學011】**重陽兵變**（全三冊）　京夫子 著

本書為京夫子現代歷史小說系列壓卷之作。一九七六年春，毛澤東重病至去世前後，中南海內外黑雲四合，陰謀密布，機詐萬端。從天安門廣場百萬民眾抗爭，到唐山大地震幾十萬人喪命，到領導階層左右派雙方調集重兵圍城，釀成十月六日的「重陽兵變」，一舉消滅「四人幫」及其黨羽。京夫子一路寫來，筆走舞龍蛇，讓讀者如同觀賞一齣歷史大劇，不亦快哉！

【文學013】**文字結巢**　陳義芝 著

很少有人同時是作家、大報副刊主編、又是大學教授。很少有人能將文學源流、創作方法，娓娓清晰地表達，展露一個老文學青年最深情的眼光。很少有人願意用淺顯的文字、自己親歷的指標性情境，指引年輕一代如何閱讀文學。《文字結巢》就是這樣一本具有視野與深情的書！

【文學015】**泰山唱月**　古華 著

本書為作者過往所寫的數百篇散文雜記中，翻揀編定而成。全書以懷人憶舊為主軸，敘述的時間則涵蓋從災難伊始的童年、屢遭生死磨難的青春歲月，到步入充實而憂患的中年，最後飄落異鄉，靜心寫作。在這漫長的歲月中，看到命運給他的雖多是磨難和考驗，但文學卻讓他立命安身，未曾改變過。古華的散文，抒情敘事並重，情感醇厚，在趨向輕薄之風的現今讀之，愈顯耐人尋味。

【文學017】**無人的遊樂園**　黃雅歆 著

每人心底都需要一座「無人的遊樂園」，可以誠實而自由的，飛舞著生命的姿態。人很矛盾，有時候害怕人家說起「我們」時，裡面沒有自己，因為有被排斥的孤單；有時候卻又很討厭被說成「我們」，因為許多私密情緒，愉悅或憂傷，只有自己知道。書裡許多和記憶／地域／人事瞬間錯身，所引發的種種火花，在心中留下無可取代的印記，正是歡樂與沉默交錯的、無人的遊樂園。

【生活001】老饕漫筆　趙珩 著

飲食流變，實為文化傳承，既賴於經濟的發展，更臻於文化的提高。本書作者自謂是饞人，故自稱為「老饕」。因其特殊的生活環境，所見所聞較同時代的人稍多。他於閒暇中，追憶過往五十年歲月中和飲食有關的點滴，或人物，或時地，或掌故，信手拈來，所傳遞的，不僅是一道道佳餚的美好滋味，更多是對漸漸消逝的文化之戀戀情懷。

【生活003】不丹樂國樂國　梁丹丰 著

本書作者從小就喜歡簡單又豐富的生活，一直盼望能到不丹旅行。在畫旅八十餘國後，她終於踏上這片嚮往已久的樂土。十多天簡單樸實的生活，卻享有富足的心靈饗宴。對於不丹人物風情、山川景致，作者以其一貫的細膩筆調，做了詳實敏銳的觀察與深刻感性的描述。同時，更以彩筆勾勒出一幅幅動人的人間樂土，與讀者分享她在不丹的旅程中，盈滿的藝術情感和內心悸動！

【生活005】溫室中的島嶼　古蒙仁 著

台灣崩壞的豈只是生態環境？世道人心同樣危脆羸弱，二者同在風雨飄搖之中。其實，生態環境的安危，與世道人心有莫大的關係。而節能減碳云云，根本之計還在恬安淡泊，無為無慾。作者為深入了解台灣的生態危機，以一年的時間，親赴各地災區採訪。曉行夜宿，無畏風吹雨打，就是為了驗證這塊土地曾發生過的災難，提醒國人關心我們所處的生態環境，這也是本書希望獲致的成果。

【生活006】取法哈佛：美國法學院的思辨札記　李劍非 著

本書介紹作者於哈佛法學院修習課程的感受，包括申請學校心得及紐約律師考試介紹。哈佛法學院資源豐富，給予學生各種演講與座談等各種機會。在充足的資源下，法學院孕育出濃厚的學術討論氣氛，同時與實務接軌。作者開始重新思考，「法律」到底是什麼的問題。究竟法律能直接給出正義的答案，還是僅作為追求正義的手段？希望本書能讓更多法律學子，一窺哈佛法學院的殿堂。

【傳記001】永遠的童話：琦君傳　　宇文正 著

●琦君唯一授權的傳記，琦君迷不可錯過的珍藏機會

曾寫過膾炙人口《橘子紅了》、《紅紗燈》的知名作家琦君，有一個曲折的人生。她的童年，宛如一部引人入勝的童話；她的求學生涯，見證了中國動盪的歲月；她的創作，刻畫美善的人間。作家宇文正為琦君作傳，模擬琦君素淡溫厚之筆，寫出她戲劇性的一生。

【傳記002】漂流的歲月（上）——故宮國寶南遷與我的成長　　莊因 著

●中國時報開卷周報、聯合報讀書人書評推薦

「千百萬人在同一個時期，跟我一樣，歷經了也接受了這樣巨大的動亂。」本書作者成長於中日戰爭、國共內戰之際，且因父親任職於故宮，他自孩童時期就隨著國寶文物的搬遷而遷徙。因此，本書不僅是個人的回憶，也是國家動盪、國寶文物遷徙的歷史。